La tricheuse

GUY DES CARS | *ŒUVRES*

Guy des Cars

La tricheuse

Éditions J'ai lu

© Ernest Flammarion, 1957

L'ACCIDENT

Jamais il n'avait conduit aussi vite.

Jamais il n'avait fait un tel voyage uniquement motivé par la réception d'un télégramme laconique qui venait de le contraindre à abandonner, sur les rives ensoleillées du lac de Côme, un bonheur dont il ne pouvait soupçonner la plénitude quelques semaines plus tôt. Maintenant il avait l'impression de se hâter vers un malheur indéfinissable.

D'avance il savait qu'aucun des paysages enchanteurs, qu'il allait traverser à grande allure, ne pourrait retenir son attention.

Ni l'écrasante majesté des Alpes, ni la sauvage beauté de la Riviera, ni le décor enluminé de la Côte d'Azur, ni le bruissement léger des fontaines d'Aix, ni la patine séculaire des arènes d'Arles, ni la blancheur des murailles de Carcassonne, ni la chaîne grandiose des horizons pyrénéens n'offriraient pour lui le moindre attrait. Il ne remarquerait pas les hautes cimes, les forêts de pins, l'azur de la Méditerranée, les reflets de sang de l'Esterel, les tuiles dorées des mas provençaux, les vestiges de la civilisation latine, les espaliers généreux du Languedoc et la douceur du ciel basque. Tout se fondrait en un cinérama gigantesque dont il ne chercherait pas à découvrir les merveilleux détails.

L'unique vision qu'il attendait avec fièvre — et pour laquelle il allait franchir des centaines de kilomètres — serait une banale plaque indicatrice placée, comme les milliers d'autres qui jalonneraient la longue route, à l'entrée d'une ville et sur laquelle il lirait enfin : *Biarritz,* le nom qui résumait la raison et le but du déplacement vertigineux. Avant l'apparition de cette plaque, tout ce qui défilerait dans le kaléidoscope serait sans intérêt pour l'homme dont les mains restaient crispées au volant.

Il semblait entièrement accaparé par la dévorante attraction de l'interminable ruban goudronné qui exerçait sur lui une sorte de fascination. Ce n'était pas la griserie de la vitesse mais plutôt la course vers l'inconnu avec tout ce qu'elle comportait de mystère et de danger.

Par moments une image étrange se superposait, dans un mirage sans cesse renouvelé, au fond neutre de la route et, à chaque fois que l'homme — dans son obsession — pensait que la vitesse allait lui permettre de l'atteindre et de la palper, l'image s'évanouissait... La déception passagère était presque aussitôt tempérée par la réapparition de la fantasmagorie quelques centaines de mètres plus loin. C'était un cycle infernal avec toujours la même image qui revenait lancinante, reflétant un visage de femme.

... Visage alternant lui-même d'expression à chacune de ses apparitions comme si une loi secrète obligeait la femme inaccessible à se montrer sous une double apparence : tantôt elle avait le charme indéniable mais déjà vieillissant d'Ida, tantôt elle

6

rayonnait de la beauté agressive mais juvénile d'Edith...

Si les reflets de vie variaient sensiblement selon la personnalité très différente des deux femmes, la physionomie générale du visage restait immuable. Mais peu à peu, pour l'homme solitaire dans sa voiture, la contemplation silencieuse de cette perpétuelle métamorphose, à laquelle son imagination ne pouvait s'arracher, devenait une véritable souffrance. N'était-il cependant pas normal que la luminosité des regards et la sensualité des lèvres fussent les mêmes puisque Ida était mère d'Edith ?

Dès les premiers kilomètres, après son départ matinal de Bellagio, il revécut le moment prodigieux où il avait vu pour la première fois Edith. C'était en mai à Paris, à la piscine du Racing...

L'homme jeune n'en croyait pas ses yeux : cette splendide créature — vers laquelle tous les regards étaient braqués et qui, sur la planchette de départ du grand plongeoir, se préparait à s'élancer — était le portrait vivant d'Ida. Une Ida qui aurait vingt années de moins...

La ressemblance était incroyable.

L'homme se rapprocha du bord de la piscine dans l'attente de l'instant où l'inconnue, qu'il n'avait jamais vue dans le Club, remonterait à la surface.

Le visage, encadré par le serre-tête en caoutchouc et brillant de perles d'eau, réapparut à quelques mètres de lui, le regardant et semblant s'amuser de son expression d'étonnement.

— Mon Dieu ! s'écria une voix claire. Si seulement vous pouviez voir votre tête ! Vous semblez effaré de me voir... Mon « saut de l'ange » a donc été mauvais ?

Il se sentait incapable de répondre. Ce fut elle qui continua, en s'agrippant des deux mains au rebord pour se maintenir à sa hauteur :

— Nous nous connaissons ?

— Je... Je ne crois pas, balbutia-t-il enfin.

En réalité il ne savait plus : la voix elle-même rappelait celle d'Ida mais ses intonations étaient plus gaies. Il se souvenait très bien que, dans les derniers temps où il l'avait vue, Ida ne pouvait plus s'empêcher de laisser filtrer à travers ses paroles quelques accents de tristesse désespérée... Tandis que la jeune femme qu'il avait devant lui était l'incarnation de la joie de vivre.

Il dut faire un effort pour ajouter :

— Pardonnez-moi si je vous ai regardée avec une telle insistance, mais vous me rappelez à un degré inimaginable quelqu'un que j'ai très bien connu.

— Vraiment ? Il me semble avoir déjà entendu cette phrase-cliché quelque part.

— J'en suis persuadé mais, pour une fois, ce n'est pas le vieux stratagème pour faire connaissance. C'est vrai !

Elle continuait à le regarder, incrédule et moqueuse.

— Je sais bien... poursuivit-il assez décontenancé. J'aurais dû d'abord me présenter : Geoffroy Duquesne. Maintenant, j'ai réparé !

— Sans doute pour connaître mon nom ? Après tout, je n'ai aucune raison spéciale de le cacher : Edith Keeling.

— Edith Kee... ?

Il ne put achever, tellement la stupeur avait fait

place chez lui à l'étonnement du début. Elle l'observa, cette fois, avec une réelle curiosité en demandant :

— Qu'y a-t-il ?

Il répéta comme si ce nom le bouleversait :

— Edith Keeling... Non ! Ce n'est pas possible ! C'est même impossible !

— Très possible au contraire ! fit-il. Savez-vous qu'en ayant l'air de mettre ainsi en doute mon identité, vous devenez presque injurieux ?

— Une fois de plus, je vous fais mes excuses...

— Il était grand temps, sinon je m'en allais... Dites-moi franchement ce qui vous contrarie ?

— Moi ?... Rien ! Je suis médusé ! Je sens que vous me prenez pour un fou mais tant pis ! J'ai une seule question à vous poser : êtes-vous parente d'Ida Keeling ?

— Il me paraît difficile d'être plus apparentée à cette dame : c'est ma mère...

Elle l'avait dit très simplement mais cela produisit quand même en lui un choc :

— Vous êtes vraiment la fille d'Ida ?

— Voilà que vous recommencez. Seriez-vous un nouveau saint Thomas ? Et devant un tel ahurissement, je dois supposer que vous avez bien connu ma mère ?

— Oui...

— Vous l'avez vue récemment ?

— Pas depuis un an...

— Si vous m'aviez fait une autre réponse, j'aurais tout de suite su que vous n'étiez qu'un menteur. Ma mère est en effet aux Etats-Unis.

— Ah ? J'ignorais où elle se trouvait...

— Alors vous ne la connaissiez pas beaucoup ?

— Un peu plus que vous ne pourriez le penser...

— Elle ne vous a quand même pas confié le secret de son dernier voyage ?

— Peut-être a-t-elle eu d'excellentes raisons d'agir ainsi ?

Ce fut elle, à son tour, qui le regarda avec un étonnement dans lequel passa un mélange d'inquiétude et de méfiance. Il le sentit et voulut faire dévier le tour étrange que prenait la conversation :

— Bien que je me sois déjà baigné, cela vous ferait-t-il plaisir que je me redéshabille pour que nous nagions ensemble ?

— Ne vous donnez surtout pas cette peine ! Il y a trop de monde dans cette piscine... Aidez-moi plutôt à en sortir.

Il lui tendit les mains. En un saut elle fut debout à ses côtés et il ne put s'empêcher de constater :

— Une sportive !

Mais son admiration ne se borna pas à la remarque banale : cette Edith Keeling, dont il ignorait l'existence quelques minutes plus tôt, était certainement la femme la mieux faite qu'il eût jamais vue. Son corps faisait plus penser à la jeune femme qu'à la jeune fille... Peut-être était-elle mariée ?... Un corps exhalant la santé, charpenté, musclé, bien en chair mais sans le moindre bourrelet de graisse inutile... Les jambes étaient longues et droites, les cuisses fermes et hautes, les attaches fines, les bras harmonieux, la courbe des épaules gracieuse, le cou racé et — dominant l'ensemble — des boucles d'or s'échappèrent en une cascade éblouissante du serre-tête que la nageuse venait de retirer. Ida aussi avait une chevelure admirable mais rousse.

L'émerveillement grandissant de l'homme était cependant tempéré par un sentiment de gêne indéfinissable : cette peau de blonde, que le maillot largement échancré laissait découvrir et qui semblait s'offrir le plus naturellement du monde à tous les désirs, paraissait être celle d'Ida.

Jamais fille n'avait autant rappelé sa mère mais, à la réflexion, c'était assez normal. Ce qui, aux yeux de Geoffroy, semblait plus incroyable, était qu'Ida ne lui eût jamais parlé de l'existence de cette Edith... La seule explication possible était que la mère avait préféré cacher à tout le monde son secret plutôt que de se vieillir par un tel aveu. Ida, qui ne cherchait qu'à plaire et pour qui la vie n'avait pas d'autre sens, devait être désespérée à la pensée que sa propre enfant — dont un destin inexorable avait fait sa réplique exacte avec les années en moins — talonnerait de plus en plus sa féminité qu'elle croyait irremplaçable. Telle qu'il l'avait connue, l'homme savait qu'Ida était sincère dans l'orgueil de sa propre beauté. Elle devait cacher le plus longtemps possible sa fille qui deviendrait, de jour en jour, la plus redoutable des rivales. Pour la mère affolée, Edith était dangereuse : ne lui avait-elle pas tout pris en y ajoutant le seul attrait dont elle ne pourrait plus jamais se parer : la jeunesse ? Oui, tout était logique dans le silence d'Ida...

Ces rapides réflexions eurent un effet salutaire sur l'esprit troublé du garçon qui put ensuite demander, plus détendu :

— Me permettez-vous de vous offrir quelque chose au bar ?

— Tout à l'heure... Vous allez d'abord me laisser me sécher au soleil qui a eu la gentillesse de se montrer depuis ce matin. Et, comme toutes les vraies blondes, je profite de ses moindres rayons pour essayer de brunir... Si vous saviez la fierté que mon genre de femme éprouve à obtenir ce résultat ! Nous nous retrouverons dans une demi-heure et je serai ravie de prendre le scotch de l'amitié naissante...

Elle s'était déjà éloignée pour s'allonger sur le gazon sans prêter la moindre attention aux regards qui continuaient à la poursuivre.

Pendant l'attente au bar, mille pensées encore confuses se heurtèrent dans l'esprit du garçon, mais celle qui les domina toutes fut le côté véritablement prodigieux de la rencontre en un tel lieu...

Elle était apparue, rayonnante de sa beauté sculpturale et de son aisance souveraine, suscitant la convoitise chez les hommes et la jalousie chez les femmes qui s'étaient aperçues, dès le premier regard et avec un instinct exaspéré, qu'aucune lutte ne serait possible avec la nouvelle venue s'il lui prenait envie de faire son métier de femme. Le désir et la haine seraient les deux sentiments qui naîtraient spontanément sur le passage de cette Edith Keeling... Mais Geoffroy avait déjà la conviction intime que la fille d'Ida ne cherchait nullement à ouvrir une compétition quelconque. Pourquoi aurait-elle agi ainsi ? Ne donnait-elle pas l'impression d'être sûre d'elle et ceci, sans qu'il y eût le moindre calcul de sa part ? Partout où elle paraîtrait, elle triompherait. N'importe quel homme l'aurait compris.

Lorsqu'elle vint le rejoindre, il la trouva encore plus attirante et plus désirable dans sa robe imprimée qui était pourtant très simple. Elle avait relevé ses cheveux sur sa nuque et, sans la vieillir aucunement, cette coiffure faisait d'elle « la jeune femme » en accentuant encore la ressemblance avec sa mère.

12

Geoffroy ne pouvait oublier qu'Ida, elle aussi, adorait se coiffer ainsi...

Il croyait avoir une foule de questions à poser mais ce fut elle qui l'interrogea :

— Racontez-moi où et comment vous avez fait la connaissance de ma mère ?

— A Paris dans un grand dîner, répondit-il après une légère hésitation.

— Cela ne m'étonne pas... Ma mère ne peut vivre que dans les endroits où on l'admire et où elle brille !... C'est bien de son âge ! Ne trouvez-vous pas ?

Il ne répondit pas.

— Dans la dernière carte qu'elle a réussi à m'envoyer malgré ses multiples occupations mondaines et inutiles, elle m'informait qu'elle avait l'intention de séjourner longtemps à Miami... Telle que je crois la connaître, c'est certainement parce qu'elle a dû y trouver un gigolo quelconque !

— Vous êtes sévère !

— Pas plus qu'elle ne l'a été pour moi...

Ce fut dit d'un ton sec qui surprit le jeune homme, mais très vite la voix redevint plus douce pour demander :

— Connaissez-vous la Floride ?

— Je n'ai jamais été aux Etats-Unis.

— Un garçon comme vous ? C'est à peine croyable !

— Je pense qu'il y a encore un certain nombre d'hommes dans mon cas en France et en Europe.

— Vous auriez beaucoup de succès là-bas !... Malgré la réputation de « femmes très intéressées » que l'on nous a fait dans le monde, je crois qu'au fond nous autres Américaines sommes avant tout de grandes sentimentales... Et nous nous montrons particulièrement friandes d'hommes de votre genre : vous incarnez le type idéal du « Frenchman ».

— C'est un compliment ?

— Là-bas, pas toujours !

— Vous êtes née aux Etats-Unis ?

— Mais oui et j'y ai vécu.

— Je me souviens en effet qu'Ida... enfin Mme Keeling... m'avait dit que son mari était américain.

— Malheureusement pour moi, je n'ai aucune souvenance de mon père qui est mort deux ans après ma naissance. Je pense que ma vie aurait été très différente s'il avait pu me voir grandir.

— Que voulez-vous dire ?

— Lui au moins m'aurait peut-être aimée ?... Oh ! Ma mère n'est pas mauvaise... Seulement elle n'est qu'*une* femme, qui aurait préféré ne jamais me voir venir au monde. Elle m'a subie !... Le moins possible, il est vrai, puisqu'elle m'a exilée dans les pensionnats les plus sévères et les plus fermés des Etats-Unis ! Pendant ce temps-là, elle ne trouvait pas désagréable de jouer les jeunes veuves en France, son pays natal.

— Elle n'a quand même pas pu continuer à vous imposer une vie de pensionnat le jour où vous avez été majeure ?

— Même avant ! J'étais déjà dans une Université à dix-huit ans... Je m'y suis plu énormément et j'y ai appris une quantité de choses intéressantes, spécialement sur la façon de remplacer la vie de famille par quelques solides amitiés...

— Vous n'aviez donc pas envie de connaître le pays de votre mère ?

— Pas, tant qu'elle y serait ! A force de m'obliger à passer mon enfance et ma jeunesse dans des régions où elle a pris bien soin de ne jamais mettre les pieds, elle a fini par me faire comprendre qu'il n'y avait aucune raison spéciale pour que nous nous rencontrions, elle et moi... La terre est ronde, certes, mais tout de même assez grande pour que l'on puisse s'éviter, si on le veut vraiment ! Aussi, quand j'ai vu ma mère débarquer à New York, il y a un an, sans m'avoir prévenu de son retour inopiné et surtout quand je l'ai entendue me déclarer que, ne pouvant plus voir la France, elle venait de décider de vivre désormais aux Etats-Unis, j'ai pensé qu'il était grand temps pour moi de venir m'installer à Paris ! C'est ce qui nous a permis de prendre ici le premier scotch... Buvons à la France, Geoffroy ! J'aime votre pays et je ne déteste pas votre prénom...

— Vous le dites avec très peu d'accent ! Je trouve que c'est merveilleux pour quelqu'un qui est resté en Amérique...

— Plus d'un quart de siècle ? Je vais même vous donner des précisions : vingt-sept années... J'ai horreur des cachotteries : j'espère passer mon vingt-huitième anniversaire en France. Etes-vous satisfait maintenant que vous savez tout ? Ne me faites pas de compliments inutiles : je sais que je parais mon âge mais pas plus ! Et vous ?

— Trente-quatre.

— Bien conservé, le monsieur... presque un jeune homme ! N'auriez-vous pas envie, par hasard, de me demander pourquoi je ne me suis pas mariée ?

— Non puisque je connais déjà la seule réponse valable : vous ne l'avez pas voulu...

— En cherchant à être aimable, vous avez réussi à dire la vérité... Quelle autre raison sérieuse, en effet, pourrait être la cause du célibat prolongé de

« la charmante Edith Keeling » ? N'a-t-elle donc pas tout, cette « parfaite créature », pour trouver le mari rêvé ? N'est-elle pas la fille unique d'un milliardaire qui a eu le bon esprit de disparaître assez tôt pour qu'elle pût hériter d'une immense fortune le jour de sa majorité ? Ce qu'elle s'est empressée de faire d'ailleurs... N'a-t-elle pas enfin la chance insigne d'avoir une mère française qui est infiniment plus préoccupée par son propre bonheur que par celui de son enfant ? Vraiment, à moins qu'elle n'ait fait vœu de célibat ou décidé d'entrer au couvent, on ne comprend pas pourquoi Edith Keeling n'a pas encore convolé ! Et voilà qu'un monsieur inconnu, un certain Geoffroy, vient de découvrir du premier coup la clef de cette troublante énigme : l'héritière n'a trouvé à son goût aucun des hommes qui lui ont fait la cour et le malheur a voulu que ceux qui auraient pu lui plaire, fussent déjà casés ! Pauvre Edith Keeling !... Et vous ? Seriez-vous dans la même pénible situation ?

Un signe affirmatif de tête, ponctué par un soupir de faux désespoir, fut la réponse.

— Vous êtes quand même beaucoup moins à plaindre que moi ! continua-t-elle en souriant. Vous avez bien une petite attache sentimentale ? Sinon, vous me décevriez ! Cela bouleverserait l'idée assez arrêtée que je me suis faite au pensionnat sur les compatriotes de ma digne mère...

— Peut-être auriez-vous mieux fait de rester là-bas pour conserver vos aimables illusions sur nous ?

— Peut-être... Et, pour le moment, il faut que je me sauve !

— Déjà ?

— C'est gentil, ça ! Ne m'en veuillez pas : j'ai

promis à une amie de me rendre avec elle chez un attaché d'ambassade, qu'elle veut à tout prix connaître et qui donne un cocktail. Ce sera très ennuyeux ! Je le sais d'avance...

— Alors, restez avec moi ?

— Que faites-vous des « obligations mondaines » chères à ma mère ?

— Pour quelqu'un qui n'a guère vécu avec elle, je constate que vous la connaissez !

— Hélas ! Personne au monde ne l'apprécie mieux que moi à sa juste valeur ! A bientôt, j'espère... Vous venez souvent au Racing ?

— Pas plus que vous...

— C'est la première fois où l'on m'y voit...

— Je m'en suis aperçu ! Pourrai-je vous téléphoner ?

— A condition que ce soit de bonne heure. Je suis très matinale !

— Votre mère ne l'était guère...

Elle le dévisagea, interloquée, avant de répondre :

— Je vais finir par croire que vous la connaissez très bien, vous aussi ?... Notez toujours mon numéro : Balzac 18-32.

— Je l'aurais parié ! C'était déjà celui d'Ida...

— Ida ?... Au fond vous avez raison de continuer à l'appeler par son prénom. Tous ceux qui m'ont parlé d'elle l'ont toujours nommée ainsi devant moi. C'est même assez curieux : j'ai toujours eu l'impression que ce besoin de prononcer son prénom au lieu de dire « votre mère » ou « Mme Keeling » était plus fort que la volonté des gens. Vous qui semblez l'avoir tellement connue, l'imagineriez-vous portant un autre prénom ? Ida lui va si bien !

Il ne répondit pas, sachant depuis longtemps qu'il n'y avait qu'une Ida...

— Un de ses bons amis, continua la jeune fille, m'a même affirmé que ma mère adorait se faire tutoyer par des garçons nettement plus jeunes qu'elle !

Et comme il ne disait toujours rien :

— Vous ne l'avez pas tutoyée, au moins ?

— Même si je l'avais fait, cela ne prêterait pas à conséquence ! J'ai connu beaucoup de gens qui la tutoyaient, peut-être parce qu'ils trouvaient qu'elle n'était pas une femme à qui l'on avait envie de dire « vous » mais surtout parce qu'ils savaient que ça lui faisait plaisir...

— Soyez franc : pour connaître par cœur son numéro de téléphone, qui est devenu le mien puisqu'elle m'a cédé son appartement, il faut que vous l'ayez souvent formé sur le cadran ?... A moins que vous n'ayez une mémoire prodigieuse ?

— Ce doit être cela...

— J'aimerais quand même être fixée sur un point précis avant que nous ne nous quittions : n'auriez-vous pas été un peu amoureux de la belle Ida ?

— Tout Paris a été plus ou moins amoureux d'elle à une certaine époque... Seulement tout passe... surtout à Paris, où on se lasse encore plus vite qu'ailleurs ! Ida ne l'a compris qu'un peu tard. Ce doit être la véritable raison pour laquelle elle a quitté la France... L'idée que ce Paris, sur lequel elle avait régné pendant des années, commençait à l'oublier pour s'intéresser à de nouveaux visages plus jeunes a dû être pour elle une blessure telle qu'elle n'a plus entrevu qu'un remède : la fuite ! Mais croyez-moi : contrairement à l'opinion que vous semblez avoir d'elle — et qui peut malheureusement se justifier par ce semblant d'abandon moral dans lequel elle semble vous avoir laissée presque depuis votre venue au monde — Ida ne fut pas que belle... Elle eut aussi du cœur, beaucoup de cœur...

— Elle devait le réserver pour ceux qui n'étaient pas de son sang !

— Je comprends que vous soyez amère mais dites-vous bien qu'aujourd'hui vous êtes vengée au centuple : jamais plus Ida n'osera se montrer dans les endroits et les milieux où vous serez passée ! Vous écraserez même partout son souvenir : n'êtes-vous pas « Elle » en plus jeune ?

La jeune fille ne répondit pas, comme si la simple pudeur l'empêchait de penser qu'elle fût tellement mieux que sa mère ? Cette modestie acheva de faire la conquête de son interlocuteur qui ne put s'empêcher d'avouer dans un élan sincère :

— Je suis très heureux d'avoir fait votre connaissance...

— Moi aussi, dit-elle en tendant les deux mains qu'il garda pendant quelques instants dans les siennes : geste qui n'était que l'ébauche d'une camaraderie naissante mais qui dépassait déjà le stade de la banale amitié mondaine.

Après son départ, il se sentit assez seul.

C'était stupide puisque cette Edith n'était encore qu'une inconnue ressemblant à Ida qui, elle, à un moment, avait été tout pour lui... Mais Geoffroy éprouvait quand même une certaine difficulté à se débarrasser du sentiment très subit et très fort qui venait de l'envahir. Il ne parvenait plus à chasser de son esprit la vision de la belle fille se dressant sur le plongeoir ni celle, qui avait suivi, des boucles blondes se répandant en cascades voluptueuses sur les épaules nues...

Les vagues projets qu'il avait élaborés, pour occuper sa soirée, étaient bouleversés. Au lieu de dîner avec des amis, il préféra s'enfermer chez lui.

La nuit lui parut ne jamais devoir se terminer. Grillant cigarette sur cigarette, buvant scotch sur scotch, tentant vainement d'oublier dans la lecture d'un roman policier aussi bien Edith qu'Ida, il ne parvenait pas à s'évader de l'empire, à la fois tyrannique et éblouissant, qu'exerçaient sur lui les femmes de la famille Keeling... Il en arriva même à se demander si à elles deux, Ida et Edith, n'incarnaient pas « le type » exact de la compagne qui devait lui être destinée depuis toujours ? C'était cette créature — débordante de vitalité et de santé, éclatante de sensualité, instinctive, sûre de son triomphe perpétuel — qu'il lui fallait... En comparaison d' « elles », toutes les autres femmes paraissaient fades. La seule gêne venait de ce qu'Ida et Edith fussent mère et fille. C'était presque l'une de ces situations qui font de bons vaudevilles ou de mauvais drames. Mais se seraient-elles ressemblé à ce point s'il n'en avait pas été ainsi ? Et c'était peut-être cette prodigieuse ressemblance qui l'attirait le plus, qui le fascinait... Il devait être écrit quelque part, dans le livre des grands secrets, que les Keeling ne viendraient sur terre que pour marquer à jamais la vie sentimentale d'un certain Geoffroy Duquesne.

Il avait pourtant cru, depuis ces derniers mois, être parvenu à oublier la magnifique amante qu'avait été Ida et dont la fuite brutale l'avait laissé infiniment plus désemparé que la première petite séparation qu'il venait de connaître avec Edith.

20

Il se revoyait téléphonant, affolé, à ce même Balzac 18-32 pour essayer de savoir vers quelle lointaine direction sa maîtresse avait bien pu s'envoler. Ida n'avait pas éprouvé le besoin de lui laisser le moindre mot d'adieu... Au bout du fil, il était tombé sur la voix impersonnelle et odieuse de Lise, la femme de chambre qui le haïssait et qui lui avait répondu sur un ton trop poli pour ne pas être ironique « qu'elle ignorait l'adresse de Madame ».

Voulant en avoir le cœur net, il s'était rendu en hâte avenue Montaigne avec l'espoir de découvrir, en donnant un gros billet à la concierge, le lieu où cette dernière devait réexpédier le courrier de la locataire disparue ? Mais là aussi il s'était heurté à un mur de silence : il semblait qu'une véritable conspiration entourait la disparition de la belle Mme Keeling... Le jeune homme crut même à un moment qu'il s'agissait d'une fugue mais, très vite, il chassa cette pensée : Ida l'avait trop aimé pour le remplacer aussi vite.

La seule faible indication qu'il avait fini par obtenir de la gardienne de l'immeuble était que Mme Keeling n'était plus en France. Il avait pensé alors à tous les pays d'Europe et spécialement à cette Italie dont Ida répétait souvent que c'était le pays où elle aimerait mourir... Mais pas un instant l'idée de ces Etats-Unis, qu'elle lui avait souvent dit détester, n'avait effleuré son cerveau désemparé. Il avait fallu la miraculeuse rencontre avec Edith pour qu'il sût enfin qu'Ida s'y était cependant réfugiée pour oublier Paris et la France. En même temps il avait eu l'explication de l'horreur presque maladive que son ancienne amante semblait avoir réellement pour l'Amérique : elle se refusait à vivre sur le même continent que sa fille dont la beauté insolente et la jeunesse radieuse marquaient sa complète défaite de femme se croyant encore irrésistible.

Sincèrement, il pensait avoir oublié Ida... Mais voilà qu'après une année, à l'instant où Edith venait à son tour d'entrer à l'improviste dans son existence, il s'apercevait que l'écrasante personnalité de la mère n'avait jamais cessé — malgré l'éloignement et le silence qu'elle avait voulus — de continuer à peser sur ses moindres pensées et sur ses actes d'homme. La preuve en était qu'après le départ d'Ida, il n'avait pu s'attacher à aucune autre femme. Ses parents, des amis même, heureux de le savoir enfin libéré de la tutelle despotique, avaient vainement tenté de lui présenter toutes les jeunes filles susceptibles de lui plaire dans l'espoir qu'il se marierait enfin ? Mais, à chaque fois, le souvenir de l'exigeante maîtresse était revenu s'interposer entre les projets familiaux et son cœur avec une violence et une force décuplées par la séparation.

Geoffroy avait préféré se calfeutrer dans une vie assez solitaire sans se préoccuper de la réputation de célibataire endurci qui commençait à lui être faite dans son entourage. Peu à peu, il s'était même familiarisé avec l'idée qu'il ne devait pas être fait pour le mariage et que si un jour — qu'il souhaitait ardemment — il avait la chance de retrouver Ida, il la supplierait humblement de reprendre avec lui la vie commune. Si elle y consentait, il ferait cette fois tous ses efforts pour qu'elle n'ait plus jamais envie de s'enfuir...

Il ne l'épouserait pas parce qu'il est très difficile, quand on est contraint à vivre dans une société soi disant civilisée qui passe son temps à vous observer et à vous critiquer, de se marier avec une femme qui est largement l'aînée ! Très vite leur « couple légal » deviendrait un sujet de risée permanente et ne résisterait pas à l'assaut mille fois répété d'attaques sournoises qui finiraient, tôt ou tard, par faire se transformer une grande passion en une existence infernale. Le Monde, qui admettait à la rigueur les liaisons étranges, ne savait pas tolérer les unions anormales.

Il savait enfin qu'Ida n'avait jamais cherché à se faire épouser, préférant rester toujours « la maîtresse » : rôle pour lequel elle devait être née...

Et c'était au moment où son chagrin commençait à s'estomper qu'une Edith, frémissante de vitalité et follement attirante, faisait son apparition. Mais cette Edith était avant tout « la jeune fille » ne rêvant que de devenir « la jeune femme ». Elle ne saurait se contenter, comme sa mère, du rôle subtil et parfois délicat de maîtresse. La première conversation avait suffi pour faire comprendre que le juvénile appétit d'Edith serait insatiable : pour elle l'homme serait tout ou rien. Elle paraissait aussi avoir un caractère trop entier pour se complaire aux situations ambiguës... N'avait-elle pas le droit de se montrer exigeante puisqu'elle même semblait bien décidée à tout apporter à celui auquel elle se donnerait ? Peut-être se révélerait-elle même, une fois mariée, une maîtresse comparable à Ida ? Ne serait-ce pas navrant qu'elle n'eût pas hérité du tempérament de celle dont elle était la réplique insensée ?

Mais quel homme oserait demander à une fille aussi franche de l'accepter pour époux sans lui avouer qu'il avait été pendant trois années l'amant de sa mère ? Geoffroy avait déjà l'intime conviction qu'il aimerait Edith qui, en plus de son éclatante beauté attendant l'épanouissement de l'amour, lui rappelait dans un renouveau de jeunesse tout ce qu'il avait adoré de la seule maîtresse authentique qu'il eût jamais connue.

S'il courait le risque fou de faire la demande, ne ferait-il pas mieux de cacher complètement le passé ? Seulement Edith ne finirait-elle pas, un jour ou l'autre, par l'apprendre de la bouche de « bons amis » ? Le Tout-Paris avait connu sa liaison. Ne serait-ce par Ida elle-même qui la révélerait à sa fille ? Une Ida qui devait être partie en le haïssant après ce qui s'était passé... Sa vengeance pourrait être impitoyable, s'exerçant doucement sur son enfant et à l'égard de l'ancien amant sur qui elle devait estimer avoir encore des droits. La façon dont elle se cachait à l'étranger prouvait qu'il y avait des choses qu'elle ne pardonnerait jamais et qu'elle n'hésiterait certainement pas à faire un scandale plutôt que de voir « son » Geoffroy bâtir un nouveau bonheur avec sa propre fille !

Quelle serait la réaction d'Edith si elle découvrait, dans de telles conditions, la liaison brisée ? Ne serait-il pas préférable de tout avouer dès qu'il la reverrait ? La jeune fille ne lui avait-elle pas déjà fait comprendre qu'elle le trouvait sympathique ? Malheureusement, entre la sympathie et l'amour il y a une marge qu'Edith, connaissant le passé, n'aurait peut-être pas le courage ou simplement le désir de franchir ? Ce ne serait possible que si elle l'avait aimé dès le premier instant où elle l'avait vu au Racing. Geoffroy était encore bien incapable de répondre à une pareille question. C'était trop tôt.

N'ayant pu s'endormir, ce fut avec une sensation

de réel soulagement qu'il vit poindre l'aube. Dans quelques heures, il formerait sur le cadran téléphonique le numéro qu'il n'avait pas composé depuis un an : Balzac 18-32. Il attendrait avec anxiété que la voix douce résonnât dans le récepteur... Peut-être retrouverait-il alors son courage ? La voix douce ? Plus il la réentendait dans le souvenir de la veille et plus il avait l'impression de l'avoir aimée depuis des années... Edith avait dans la voix les mêmes intonations caressantes qu'Ida.

... Elle parut joyeuse de son appel et accepta sans la moindre hésitation de dîner avec lui. Ses derniers mots furent :

« — Venez me chercher chez moi, avenue Montaigne... Vous devez bien connaître l'adresse ? »

Puis elle avait raccroché dans un éclat de rire.

A 8 heures, l'ascenseur s'arrêtait au sixième étage : palier que Geoffroy connaissait en effet tout autant que l'appartement ensoleillé où il allait être introduit et dont les larges baies s'ouvraient sur les senteurs des jardins des Champs-Elysées. Edith avait-elle modifié le cadre ultra-moderne mais très douillet qu'avait imaginé Ida et dans lequel il avait connu des heures qui lui avaient paru appartenir au bonheur ? Dès qu'il avait pénétré sous le porche de l'immeuble, son cœur avait battu plus vite...

Son index tremblait lorsqu'il se décida enfin à sonner.

Quand la porte s'ouvrit, il resta pétrifié : Lise, l'ancienne femme de chambre d'Ida, était devant lui. Elle aussi le dévisagea avec une stupeur hostile et il comprit qu'Edith ne lui avait sûrement pas dit le nom du monsieur qui venait la chercher. Debout l'un en face de l'autre, Lise et lui se sentaient incapables de prononcer une parole. Il y avait, dans ce silence, un peu d'affolement chez le visiteur et beaucoup de haine chez la domestique. La gêne grandissante fut balayée par l'apparition souriante d'Edith dans le vestibule :

— Vous n'osez donc pas entrer, Geoffroy ? Je ne pensais pas que vous fussiez aussi timide !... Venez vite prendre un drink qui vous redonnera du courage.

Elle l'avait déjà entraîné dans le living-room où il constata, d'un regard, que le décor était inchangé. Il en ressentit une sorte de vertige : allait-il revivre exactement le passé ?

— Qu'est-ce qui vous arrive ? continua-t-elle. Vous êtes tout pâle ?

— Ce n'est rien, je vous assure.

— L'émotion de me revoir ?

Il ne put répondre avant d'avoir bu d'un trait le scotch qu'elle lui offrait.

— Vous vous sentez mieux ?

— Beaucoup mieux, merci...

— Mais au fait, vous êtes déjà venu ici au temps de ma mère ?

— En effet...

— Quand je l'ai quittée aux Etats-Unis, c'est elle qui m'a conseillé de m'installer dans cet appartement qu'elle avait eu la sagesse de garder. De cela je lui suis très reconnaissante car je ne vois pas comment j'aurais pu trouver en débarquant un logement pareil à Paris ! Il y a une qualité que l'on ne peut retirer à Ida : le goût. Je n'ai pas découvert une seule faute dans la décoration de ces pièces : je m'y sens chez moi !

Il lui parut bien difficile de répondre, ayant été mieux placé que personne pour pouvoir apprécier les lieux avant elle.

— Ma mère m'a rendu aussi un grand service en confiant la garde de l'appartement à sa fidèle Lise : une vraie perle !

— Vous vous entendez bien avec elle ?

— Vous devriez dire que je ne l'entends pas ! Ce qui est préférable. Lise est infiniment discrète.

— Il doit bien lui arriver de vous parler de son ancienne patronne ?

— Elle a essayé une fois, deux jours après mon arrivée... Mais comme je lui ai fait comprendre que j'avais horreur des comparaisons, elle n'a plus insisté ! Qu'aurait-elle pu me raconter sur ma mère que je n'aie su déjà ? Que « Madame recevait beaucoup plus de monde que Mademoiselle... » que « Madame se réveillait rarement avant midi et qu'elle ne rentrait jamais avant 2 ou 3 heures du matin... » que « Madame savait mieux commander un menu » ?

— Lise ne vous a parlé de moi ?

— Et pourquoi, grands dieux ! Peut-être allez-vous être déçu, mais sans doute vous a-t-elle classé dans le lot des habitués sans vous attacher plus d'importance qu'aux autres ! Evidemment si je lui avais confié ce matin que le monsieur qui viendrait me chercher à l'heure du dîner se nommait Geoffroy Duquesne, cela aurait probablement ravivé ses souvenirs... Mais nous n'avons pas aux Etats-Unis l'habitude de tenir notre personnel au courant de nos faits et gestes. Nous nous contentons de bien le payer pour qu'il fasse convenablement son service : le reste ne le regarde pas !

— Vous avez la bonne méthode... J'ai quand même

l'impression que cette Lise ne doit pas m'aimer beaucoup.

— Vous, Geoffroy ? Quelle idée ?

— Elle m'a vu ici assez souvent et, malgré cela,
nous n'avons jamais sympathisé ! Cette femme taci-
turne m'a toujours donné l'impression de détester
cordialement tous les amis d'Ida.

— Sans les connaître, je crois que j'aurais été comme Lise ! Ma mère a toujours eu la réputation de
ne voir que des gens impossibles.

— Pourquoi me recevez-vous, alors ?

— C'est différent !... Où m'emmenez-vous ? Je raf-
fole des petits « bistrots » de la rive gauche...

— J'en connais un qui vient d'ouvrir et qui est
assez pittoresque.

— Un autre drink avant le départ ?

— Non merci.

— Laissez-moi juste le temps de prendre une cape
de fourrure.. Ces soirées de printemps à Paris sont
merveilleuses mais trop fraîches.

Se retrouvant seul il put remarquer que rien
n'avait changé à l'exception d'un détail... Il se souvenait que sur le guéridon chinois, placé à gauche
de la baie, était posée bien en vue une excellente photographie d'Ida... Une Ida sensiblement plus jeune
que la femme qu'il avait connue et ressemblant à
l'Edith qu'il venait de découvrir... La photographie
avait disparu.

Pendant le repas dans « le bistrot en vogue », ils
parlèrent de tout et de rien : de ces mille petits
événements quotidiens qui avaient meublé jusqu'à
ce jour leurs deux existences dans des continents
différents. Il connut ainsi les noms des collèges et de
l'Université de Pennsylvanie où elle avait terminé ses

études avant de voyager à travers l'Amérique. Elle apprit qu'après avoir fait son doctorat en Droit, il avait ouvert un cabinet de conseiller juridique dont la clientèle s'était rapidement étendue. Il importait peu à Geoffroy qu'elle fût riche mais, comme toutes les filles d'Amérique, Edith parut attacher une grande importance au fait qu'il était capable de gagner sa vie et même qu'il la gagnait très bien.

En dépit de ces découvertes réciproques, ils sentaient l'un et l'autre que tout ce qui s'était déjà passé dans leur vie n'offrait plus d'importance : le premier, le seul événement sérieux était qu'ils se fussent trouvés.

Vers minuit ils échouèrent à « *Dinazarde* ». Ce n'était pas qu'ils eussent une telle envie de s'enfermer dans un établissement de nuit mais ils ne détestaient pas, l'un et l'autre, l'atmosphère spéciale de ces « boîtes » russes où les plaintes nostalgiques des violons et la discrétion des éclairages aux chandelles créent le fond de musique douce et l'ambiance mystérieuse qui permettent de parler d'amour sans paraître y attacher trop d'importance.

Ce fut le moment qu'il choisit pour se décider enfin à dire :

— Il y a une chose que je ne peux plus vous cacher, Edith... Hier vous m'avez demandé si j'avais été amoureux de votre mère ? J'ai été plus que cela !... Pendant trois années votre mère a été ma maîtresse et nous avons vécu ensemble dans cet appartement où vous l'avez remplacée... Tôt ou tard, si nous devons continuer à nous voir, vous l'auriez appris, ne serait-ce que par cette Lise qui était déjà au service d'Ida et qui ne m'aimait pas justement parce que je devais incarner dans son esprit

« l'amant de Madame » ! Je préfère donc que vous sachiez la vérité par moi. C'est tout.

Pendant l'aveu, aucune expression de surprise ne s'est manifestée sur le visage de la jeune fille. Ce fut d'une voix calme qu'elle répondit :

— Merci de cette franchise, Geoffroy... Vous avez bien agi.

— Vous ne m'en voulez pas ?

— Je ne vous aurais certainement pas pardonné de me le cacher plus longtemps mais comment pourrais-je vous reprocher d'avoir été l'amant de ma mère ? Vous ignoriez mon existence... Nous ne reviendrons plus jamais sur ce sujet, voulez-vous ?

Il la regarda avec une réelle reconnaissance pour sa compréhension.

— Ne valait-il pas mieux, continua-t-elle, que la situation fût nette ? J'ai la conviction que maintenant vous devez vous sentir débarrassé du poids qui vous oppressait quand vous vous êtes retrouvé dans l'appartement de l'avenue Montaigne ? C'était cela votre malaise ?

— Oui...

— Désormais vous pourrez toujours continuer à me regarder en face... Je pense que nous nous sommes fait assez de confidences ce soir ? Il est temps que vous me reconduisiez chez moi.

Lorsqu'ils se quittèrent, il n'osa même pas demander s'il pouvait lui retéléphoner.

Les jours passèrent sans qu'il eût le courage d'accomplir un nouveau pas vers la jeune fille pour qui ses sentiments étaient étrangement partagés : tout en éprouvant un impérieux besoin de la revoir, il appréhendait une nouvelle rencontre... Ne serait-il pas plus sage d'éviter la fille d'une maîtresse dont le seul souvenir avait douloureusement marqué sa solitude pendant les mois qui avaient suivi la rupture ? Maintenant qu'il avait enfin réussi à se libérer d'un passé, n'était-ce pas pure folie que de se jeter à nouveau sous les griffes doucereuses d'une autre Keeling ? Si encore ses relations avec Edith avaient pu se limiter à une simple aventure amoureuse sans lendemain et sans conséquences ! Mais avec une jeune fille aussi décidée, il ne pouvait en être question. Geoffroy ne le désirait pas non plus : dès le premier instant, Edith aux cheveux d'or lui était apparue comme la compagne idéale, la seule peut-être à qui il se sentait prêt à lier son destin « pour le meilleur et pour le pire »... Mais était-il concevable de devenir l'époux de la fille après avoir été l'amant de la mère ? Cela avait un côté déplaisant et monstrueux.

Par crainte de la revoir, il ne voulut pas retourner au Racing.

Jamais il n'avait encore connu un pareil désarroi, se demandant cent fois par jour ce qu'elle pouvait bien faire, où elle était et surtout ce qu'elle devait penser de lui après l'aveu fait dans la pénombre d'une boîte de nuit ?

Ce fut elle qui l'appela un matin au téléphone. La voix claire et presque joyeuse disait :

— Que devenez-vous, Geoffroy ?... J'ai beaucoup réfléchi depuis notre dernière conversation... Sans doute allez-vous me considérer comme une demi-folle mais moi aussi je vous dois un aveu : vous souvenez-vous m'avoir entendu vous confier qu'aucun des hommes que j'avais rencontrés jusqu'à ce jour ne m'avait plu ?... Mais depuis que j'ai fait votre connaissance, je ne cesse de me demander pourquoi vous me paraissez différent des autres ? Et je crois avoir enfin trouvé la réponse : je pense que vous êtes le seul qui soit capable de me faire la cour... Je vous ai dit aussi que les Américaines étaient de grandes sentimentales... Elles rêvent toutes, plus ou moins, de faire la conquête d'un Européen. C'est assez stupide mais c'est ainsi : dans l'âme ou le cœur d'une jeune fille yankee, il doit exister un coin très secret où se cache le désir de connaître un jour le grand amour avec un Latin... Je dois être faite dans le même moule que mes sœurs romanesques ! Vous me comprenez, Geoffroy ? J'adorerais que vous me fissiez la cour ! Je vous permets même de la commencer dès ce soir en venant me chercher à 8 heures pour notre troisième tête-à-tête... Mais ne vous méprenez surtout pas : ceci ne veut pas dire que je sois prête à vous aimer !... J'oubliais aussi : j'ai beaucoup apprécié votre franchise de l'autre jour... A tout à l'heure...

Malgré le déclic qu'il avait entendu à l'autre bout du fil, il resta un long moment songeur en se demandant, sans oser raccrocher son appareil, s'il ne venait pas d'entendre une voix irréelle prononçant des mots magiques ?

Ce soir-là, ils n'éprouvèrent plus le besoin de se réfugier dans une boîte de nuit. Après le dîner, qui eut lieu dans le même petit restaurant de la rive gauche où elle avait voulu retourner comme si elle ressentait déjà le besoin d'y faire un pèlerinage, elle dit gentiment :

— Je vous invite à prendre un dernier drink chez moi...

Fut-ce la conséquence de l'aveu fait quelques jours plus tôt ? Il n'éprouva plus la moindre gêne à se retrouver dans le living-room qui lui sembla ne plus être imprégné du souvenir obsédant d'Ida. La présence souriante d'Edith avait tout effacé : la mélancolie et les regrets.

Jamais la jeune fille ne s'était révélée aussi douce, jamais encore il ne s'était senti aussi près d'elle. Et brusquement, parce qu'il savait que c'était cela son destin, il demanda d'une voix un peu étranglée :

— Edith... Accepteriez-vous de devenir un jour ma femme ?

A peine eut-il parlé qu'il s'en voulut d'avoir posé la question folle. Le silence qui suivit lui parut un siècle. Enfin les lèvres sensuelles s'entrouvrirent pour murmurer :

— Je ne sais pas encore.

Puis la voix caressante continua :

— Si je vous répondais « oui » tout de suite vous auriez le droit de me mépriser... Une fille ne se substitue pas aussi vite à sa mère dans la vie d'un homme... Seul le temps pourra peut-être arranger les choses. Bien que je ne doute pas un instant de votre sincérité, tout ceci me paraît tellement rapide ! Nous ne nous connaissons pas depuis assez longtemps, Geoffroy ! Moi-même, à certains moments, je suis effrayée de l'attirance que j'éprouve pour vous : elle est faite d'une force beaucoup plus grande que ce « charme latin » dont je vous parlais ce matin au téléphone... Je ne sais si c'est vraiment de l'amour ? A chaque fois que je commence à le croire, une ombre se dresse pour me ramener à la réalité... Une ombre qui a la silhouette de ma mère et dont je ne parviens pas à voir le visage pour savoir s'il se moque de nous ou s'il nous hait ? Même en ce moment, j'ai un peu l'impression qu'Ida nous épie, cachée derrière un meuble ou une tenture, écoutant nos moindres paroles, guettant vos réactions d'homme... Elle ne vous gêne pas, vous aussi, cette ombre ?

— Plus maintenant !

— A moi, elle continue à me faire peur... de plus en plus ! Je finis même par croire que c'est elle seule qui m'a conduite insensiblement vers vous et non pas un hasard miraculeux ! Je ne sais plus très bien si c'est moi qui ai vraiment voulu venir en France ou si c'est Ida qui me l'a conseillé ? Si ce n'est pas elle qui m'a parlé la première fois du Racing dans l'espoir que je vous y rencontrerais ?... Ida est un monstre d'égoïsme, Geoffroy ! Monstre que vous avez cependant adoré et dont vous reconnaissez les moindres traits sur mon visage... N'éprouvez-vous pas, lorsque vous êtes avec moi, la sensation de retrouver enfin ce qui vous manquait depuis une année ? Oui, j'ai peur... tellement peur que vous ne m'aimiez que pour cette raison ! Je me doute que ma mère a su être toute la femme pour vous mais moi, je suis une « autre femme » capable comme elle de remplir complètement la vie de celui que j'aimerai... Quand vous me connaîtrez davantage, vous vous apercevrez très vite que la personnalité d'Ida et la mienne sont très différentes ! Ne serait-ce pas terrible pour moi que vous fussiez déçu ? Ne m'en veuillez pas, Geoffroy, mais si j'acceptais un jour de devenir la compagne de votre vie, ce serait parce que j'aurais la certitude que vous m'aimez pour moi seule et non pas parce que je n'ai été que l'instrument de chair qui vous a permis de rajeunir des souvenirs...

Il l'avait écoutée, retenant son souffle. Et, pour la première fois, il eut la conviction qu'elle serait bientôt sa femme.

34

Ce fut très facile pour lui de faire cette cour qu'elle espérait depuis des années ! Il resta lui-même et elle l'aima parce qu'il fut ainsi. Un mois plus tard, ils étaient fiancés.

Jaloux de leur merveilleux secret, ils décidèrent de se marier le plus tôt possible en prenant soin de n'alerter personne. Pourquoi, après ce qui s'était passé entre Ida et lui pendant trois années, révéler à un monde incompréhensif la naissance d'un nouveau bonheur ? Tous les amis, français ou américains, seraient placés devant le fait accompli quand les nouveaux époux reviendraient de leur voyage de noces.

Celui-ci aurait lieu sur les rives des lacs italiens. Edith le voulait :

— Je sais que c'est banal, disait-elle, et que nous retrouverons là-bas tous les autres voyages de noces de la terre mais j'ai toujours rêvé de vivre ma lune de miel en Italie... Ce doit être encore chez moi un aspect du côté fleur bleue de l'Américaine ou de ce goût prononcé que nous avons, outre-Atlantique, pour les cartes postales coloriées !

Pour lui, le lieu — où ils connaîtraient leurs premières semaines d'existence commune — importait peu : la compagne seule compterait. Il ne put cependant s'empêcher de rapprocher le désir un peu puéril exprimé par sa fiancée d'une phrase qu'il avait maintes fois entendu dire par son ancienne maîtresse :

« — Mon plus grand regret n'est pas de m'être mariée aux Etats-Unis avec un homme que je n'aimais pas, mais ne n'avoir pu faire mon voyage de noces en Italie... Mr Keeling a voulu absolument me faire connaître les chutes du Niagara ! C'était beau... Trop beau pour une jeune femme qui se moquait éperdument de la splendeur de la nature dont elle ne cherchait à connaître que la douceur... Et qui sait ? Si Mr Keeling avait eu l'intelligence de m'emmener sur les lacs italiens, peut-être aurais-je fini par lui trouver un certain charme ? C'est très important, le fond de décor d'un premier amour... Si je devais me remarier, j'exigerais cette fois que mon nouvel époux m'offrît cette joie dont j'ai été frustrée et à laquelle toute femme a droit au moins une fois dans sa vie ! »

Geoffroy souriait en pensant que la fille avait les mêmes goûts que la mère : ce devait être la véritable raison pour laquelle les deux femmes ne pouvaient pas se voir. Le plus étrange, dans cette mésentente, était que la séparation et l'éloignement — voulus aussi bien par Ida que par Edith — n'atténuaient en rien une tension permanente que chacune d'elles devait s'ingénier à maintenir. Elles ne se téléphonaient jamais et ne s'écrivaient pratiquement pas : la dernière et unique carte postale qu'Ida avait envoyée de Miami à sa fille datait déjà de plusieurs mois et Edith avait confié à son fiancé qu'elle n'avait pas vu la nécessité de répondre à ces quelques lignes banales... Par moments, Geoffroy décelait une haine sourde mais tenace dans les propos sans aménité que la jeune fille tenait sur le comportement de sa mère et cela l'inquiétait : malgré son amour grandissant pour sa future femme, le jeune homme aurait voulu lui dire qu'il y avait de l'injustice dans ces paroles et il était sûr — lui qui avait vécu dans son intimité — qu'Ida n'était pas aussi égoïste qu'Edith semblait le penser. Geoffroy aurait voulu arranger les choses, faire une œuvre de conciliateur mais il jugeait préférable de se taire, s'estimant très mal placé pour jouer un tel rôle. Comment aurait-il pu parler des qualités de son ancienne maîtresse ?

Pourtant, une dizaine de jours avant le mariage, il se risqua à demander :

— Avez-vous l'intention de faire part à votre mère de notre mariage ?

Le regard d'Edith exprima la stupeur avant qu'elle ne répondît :

— Vous n'y songez pas ? Cela ne la regarde pas... Je suis majeure depuis longtemps et je ne pense pas qu'il soit nécessaire de lui annoncer que vous allez devenir mon mari ! Il sera grand temps de l'en informer quand nous reviendrons d'Italie : ce sera trop tard alors pour qu'elle puisse nous faire du mal ! J'imagine déjà la tête qu'elle fera quand elle apprendra la nouvelle ! Elle est très capable d'en avoir une syncope... Pauvre chère Ida !

Ces derniers mots avaient été prononcés sur un ton sarcastique qui résonna douloureusement dans le cœur de Geoffroy. Cette ironie amère lui fit croire pendant quelque temps qu'Edith n'avait consenti à l'épouser que pour ennuyer sa mère mais, très vite, l'impression de malaise se dissipa devant la gentillesse et la confiance amoureuse dont l'enveloppait la jeune fille. Enfin les derniers préparatifs cachés du mariage furent suffisamment absorbants pour dissiper ses inquiétudes.

La double cérémonie civile et religieuse eut lieu le même jour à trois heures d'intervalle et en la seule présence des deux mêmes témoins : des garçons discrets qui avaient toujours été des amis intimes de Geoffroy. L'un d'eux fut le témoin d'Edith qui n'avait voulu prévenir aucune de ses anciennes amies de jeunesse.

— Je me méfie, disait-elle, de la terrible indiscrétion de notre presse américaine qui n'hésite devant rien pour prouver qu'elle est la mieux informée du monde ! Si l'un de ses correspondants parisiens savait que la fille unique d'Edward G. Keeling, le milliardaire décédé, vient de se marier ici, cela me donnerait droit à des colonnes de « potins » dans les rubriques mondaines de New York ou de Philadelphie... La chose la plus difficile aux Etats-Unis est de construire un bonheur tranquille dont ne se mêlent pas les autres !

Tout avait été minutieusement réglé pour éviter aussi que la nouvelle ne se répandît à Paris. Le Consulat des Etats-Unis avait su se montrer assez compréhensif pour qu'Edith obtînt rapidement tous les papiers nécessaires. Le mariage civil fut célébré à la mairie du VIIIe par un adjoint à qui on avait fait discrètement comprendre que tout discours, vantant ce nouveau rapprochement franco-américain, serait superflu. La cérémonie religieuse se déroula dans la chapelle privée d'un couvent grâce à une bienveillante autorisation de l'archevêché. L'officiant fut un père jésuite qui avait été autrefois le professeur de Geoffroy au collège ; ce religieux subtil sut montrer que la Compagnie de Jésus approuvait un couple qui ne ressentait pas le besoin de transformer un sacrement en une tapageuse manifestation mondaine.

L'après-midi même, Edith et Geoffroy Duquesne partaient en voiture pour l'Italie.

Leur première étape eut lieu à l'*Hôtel de la Cloche* de Dijon, comme s'ils étaient bien décidés à ne faire aucune entorse au rite adopté par les nouveaux couples qui empruntent l'une des routes les plus classiques du bonheur. La traversée de la forêt de Fontainebleau, des collines du Morvan et de la Bourgogne avait été un enchantement : jamais paysages ne leur avaient paru plus beaux. N'étaient-ils pas deux pour s'imprégner de la poussière de soleil ? Elle ne vit le décor qu'à travers lui, il ne rêva de nature que parce qu'elle était à ses côtés.

Cette nuit-là, elle devint sa femme.

Ce fut pour Geoffroy une découverte prodigieuse.

Ce qu'il avait à peine osé espérer, dans les premières heures où il avait fait la connaissance d'Edith, se réalisait : elle n'était pas que le portrait rajeuni d'Ida, elle était aussi « la maîtresse » comme Ida... Amante ardente dont la fougue et la passion seraient insatiables. Cette première nuit d'amour fut un éblouissement. Lorsqu'ils se retrouvèrent, le lendemain après-midi, à nouveau sur la route baignée de lumière, ils étaient plus que mari et femme.

Montreux fut la deuxième étape. La nuit douce, avec la fenêtre ouverte sur la phosphorescence du lac, leur permit d'achever leur conquête réciproque. Rien ne pourrait plus les séparer.

Enfin ce fut l'éblouissement du rêve de jeune fille : Bellagio où l'hôtel portait un nom enchanteur : *Villa Sebelloni.*

Pendant cinq semaines, ils n'y vécurent que pour l'amour. Il n'y eut pas un moment où ils cessèrent de communier dans l'intimité des amants. Même quand elle ne lui prodiguait pas ses caresses, il se sentait prisonnier du regard limpide, de la bouche gourmande, de la voix tendre et des boucles d'or. Ils ne virent, l'un et l'autre, aucun des visages qui les entouraient : clients de l'hôtel, personnel, pêcheurs du port n'étaient pour eux que des fantômes frôlant leur bonheur sans pouvoir le comprendre.

Il leur arrivait de louer une barque pour s'éloigner doucement des humains sur un lac enchanté. Une fois au large, ils laissaient l'embarcation voguer à la dérive dans le bercement délicat des flots pour savourer avec délices leur isolement. Il était rare alors qu'ils eussent dans le cœur ou sur les lèvres d'autres pensées et d'autres mots que « Mon amour » ou « Je t'aime »... Un jour pourtant, la voix apaisée de Geoffroy troubla le silence :

— Maintenant que nous savons que nous étions faits l'un pour l'autre, je puis te confier que j'ai été follement heureux quand j'ai découvert, à notre première étape, que tu étais femme... Ne crois pas que je pourrai te le reprocher un jour... Si tu savais comme j'appréhendais que tu ne fusses encore qu'une jeune fille ! Cela doit t'étonner et te paraître bête de ma part ?

— Non, mon chéri. Tu n'es pas le premier homme à avoir redouté ce premier contact... Il risque d'être si dangereux pour un bonheur naissant ! Je te sais gré de ce que tu viens de dire mais je me doutais qu'il te fallait « la femme » sinon tu n'aurais pu supporter de vivre aussi longtemps avec ma mère...

C'était la première fois que l'ombre d'Ida réapparaissait depuis des semaines. Ce fut aussi la première entaille faite à leur bonheur... Elle en était responsable. Il lui en voulut car il croyait avoir oublié Ida pour toujours... Mais, à peine le nom avait-il été prononcé, qu'il revit le visage de son ancienne maîtresse et qu'il comprit, en un éclair de pensée, que la sensualité à fleur de peau qu'Edith lui apportait à longueur de nuits et de journées n'était que le

40

reflet exact de celle de sa mère. Et, en dépit de l'aveu qu'il venait de faire pour assurer qu'il n'avait pas été déçu de trouver en Edith la femme formée, un vague sentiment de jalousie commença à s'infiltrer dans son cœur où il ne fit ensuite que se développer sourdement au fur et à mesure que leur lune de miel se prolongeait.

Plus Edith devenait son amante et plus il était hanté par un passé sentimental dont elle ne lui parlait jamais. Dans les premiers jours de leurs fiançailles puis de leur union, il avait attribué ce silence à une pudeur légitime de sa jeune femme qui, de son côté, ne lui avait jamais posé la moindre question sur l'intimité qu'il avait connue avec Ida. Une sorte d'accord tacite s'était établi entre eux : chacun conservait en soi le secret que l'autre n'avait pas à connaître. C'était à la fois la souffrance et l'aiguillon de leur passion.

Si Edith paraissait n'avoir aucune envie de savoir à quel point Ida avait su se montrer la maîtresse, Geoffroy ne pouvait plus supporter l'idée d'ignorer même le nom de celui qui avait révélé l'amour physique à celle qui portait maintenant son nom. Il était devenu « le mari »... Il se sentait handicapé, estimant qu'il y avait rupture d'équilibre dans leur mutisme réciproque : sans qu'elle ait besoin de l'interroger, elle en savait beaucoup plus sur son ancienne amante que lui sur l'homme que son esprit tourmenté qualifiait du nom de premier amant.

Avait-il seulement su être l'amant, ce mystérieux inconnu ? Geoffroy avait du mal à le croire, tant sa propre liaison charnelle avec Edith était totale, absolue... Il ne lui paraissait pas concevable que la merveilleuse créature ait pu appartenir à un autre aussi complètement qu'elle était à lui. Ou alors Edith serait la femme pour qui tout homme peut devenir l'amant ? Cela impliquerait, après les preuves d'amour qu'elle ne cessait de lui prodiguer, qu'elle était donc capable de toutes les dissimulations : ce qui cadrait mal avec sa franchise. Geoffroy se refusait à admettre une pensée aussi bouleversante.

Mais il découvrait également un tel raffinement de caresses chez sa compagne, une telle connaissance du plaisir, un si grand besoin d'assouvir ses sens jamais rassasiés, qu'il en venait à se demander si la jeune femme — qu'il n'avait connue que lorsqu'elle atteignait déjà sa vingt-huitième année — n'avait pas eu une mais plusieurs aventures ? Etait-il possible qu'un seul individu, avant lui, ait pu la marquer à ce degré et lui laisser une telle empreinte qu'elle semblait ne plus pouvoir se passer de la présence continuelle de l'homme ? S'il en était ainsi, c'était la preuve que cet homme unique avait su être « l'amant ».

Hanté par la haine cachée, qu'il vouait déjà à celui qui avait eu la chance de jouer le premier ce rôle d'homme indispensable, Geoffroy préférait se dire qu'Edith n'avait puisé son expérience amoureuse que dans la fréquentation de plusieurs hommes, de beaucoup d'hommes... Dans son raisonnement d'époux, c'était moins grave et moins dangereux... Avait-il même le droit de se montrer ridiculement jaloux de simples aventures ? N'en avait-il pas connu, lui aussi, de nombreuses avant de devenir l'amant obéissant d'Ida ?

Parce qu'Ida, il la mettait à part... Pour lui elle avait été tout : l'amante, la maîtresse, l'amie, la conseillère parfois... Ce qu'il redoutait le plus était

42

qu'Edith ait su se montrer, pour un autre avant lui, une femme aussi complète qu'Ida... Une seule raison pouvait lui faire espérer qu'il n'en avait pas été ainsi : Edith était encore trop jeune. Pour acquérir la maîtrise de la femme complète, il aurait fallu qu'elle approchât la quarantaine au moment où elle s'était abandonnée totalement à son métier d'amoureuse.

Il survint cependant un moment où Geoffroy s'en voulut de s'être laissé envahir par le doute... Edith venait de manifester le désir de s'évader du cadre romantique de Bellagio pour passer une journée à Milan que ni elle ni lui ne connaissaient.

Jamais peut-être elle ne sut faire preuve de plus de féminité que pendant cette visite de la capitale lombarde. Après le pèlerinage classique au Dôme et l'admiration obligatoire des vestiges de la splendeur des Sforza, elle lui dit :

— Chéri, tout cela est magnifique mais j'aimerais tant que tu m'emmènes dans des magasins ! J'en ai aperçu quelques-uns dont les vitrines sont trop tentantes... Un furieux besoin d'achats me tenaille ! Je sens, sans savoir exactement encore lesquelles, que j'ai une foule de petites emplettes à faire !

Ils allèrent de boutique en boutique pour un foulard de soie, pour des crèmes de beauté, pour des souliers fragiles, pour des bibelots inutiles... Elle achetait tout ce qui était superflu, tout ce qu'elle possédait déjà à ne savoir qu'en faire, tout ce qui donnait à une femme élégante l'impression délicieuse qu'un monde de merveilles serait toujours à la disposition de sa fantaisie.

A chaque fois qu'ils sortaient d'un magasin, Geoffroy croulait sous les paquets, mais il ne s'en plaignait pas : cette fièvre subite d'acquisitions lui permettait de constater une fois de plus combien Edith avait le goût sûr, autant de goût qu'Ida.

— Mon pauvre amour, dit-elle quand la voiture commença à être remplie, je t'ai imposé une redoutable corvée que les hommes détestent ! Tu t'es montré non seulement un excellent mari qui a la patience d'excuser toutes les lubies de son épouse mais aussi un adorable compagnon. En récompense, tu mérites que je m'occupe de toi à mon tour : je veux te faire un cadeau... Celui auquel je pense va te sembler très banal : je meurs d'envie de te voir porter des cravates que j'aurai choisies moi-même... Je reconnais que les tiennes sont discrètes mais comment veux-tu que je les aime puisque ce n'est pas moi qui te les ai offertes ? Tu les donneras à qui tu voudras ! Je ne veux plus te voir à l'avenir qu'avec des cravates achetées par ta femme !

Une demi-heure plus tard, ils ressortaient de l'une de ces admirables chemiseries — qui font croire au touriste étranger qu'il n'y a qu'en Italie que l'on connaît l'art de fabriquer du beau linge d'homme — avec une provision prodigieuse de cravates. Edith avait exigé qu'il quittât, dans le magasin, celle qu'il portait en y entrant, et noué elle-même l'une de celles qu'elle venait de choisir. Il s'était laissé faire, docile, sachant que par ce geste elle voulait affirmer encore davantage son pouvoir de femme.

— Si à l'avenir, ajouta-t-elle avec une grande sincérité, je te vois porter une cravate que je ne connais pas, je penserai qu'une autre que moi te l'a offerte et je ne te le pardonnerai jamais !

— Jalouse ?

— Je crois que je l'ai été dès le premier jour où je t'ai vu...

— Pourquoi ne me l'as-tu pas dit plus tôt ? Cela m'aurait peut-être fait plaisir, on ne sait jamais ?

— Cela t'aurait gonflé d'orgueil et fait croire que tu étais déjà devenu pour moi l'homme indispensable... Tandis qu'aujourd'hui, je peux te l'avouer puisque je sais que tu es à moi pour toujours ! Si jamais tu me quittais, je mourrais...

Il la serra contre lui pour l'embrasser en pleine rue sans se soucier des sourires des passants.

— Devine la nouvelle envie que je ressens chéri ?

— Je pense la connaître...

— Il y a elle, bien sûr, mais je veux distiller mon plaisir en attendant un peu... Pour me faire patienter, tu vas te débrouiller et trouver deux bons fauteuils pour la Scala. Je viens de voir sur une affiche que l'on y donnait ce soir *Aïda* : interprété ici, ce doit être grandiose ! Et il n'est pas permis de venir à Milan sans faire également un pèlerinage au sanctuaire du *bel canto*... Nous serions des béotiens ! Enfin la musique de Verdi me paraît être l'une de celles qui incitent le plus à l'amour... Tu verras comme cette attente musicale du moment où nous serons à nouveau l'un à l'autre sera merveilleuse !

— Ton idée est excellente mais il y a un petit ennui... Quand nous avons quitté *Bellagio* ce matin de bonne heure, nous pensions y revenir ce soir pour le dîner et nous n'avons que les vêtements que nous portons en ce moment. On ne nous laissera jamais pénétrer dans le plus illustre opéra du monde vêtus ainsi !

— Nous allons retenir tout de suite un appartement dans un hôtel agréable... C'est très important ! Après nous essaierons de trouver l'un de ces restaurants typiques où l'on fait à ravir l'*osso buco*. J'ai très faim ! Ensuite nous nous quitterons... Mais oui, chéri ! Tu t'occuperas des places de théâtre et tu feras des miracles pour dénicher dans un magasin de confection un smoking qui ne te rende pas ridicule ou pitoyable... A moins qu'un tailleur chevronné n'accepte de te livrer ce vêtement indispensable pour 6 heures au plus tard à l'hôtel : s'il y parvient, ce sera un miracle ! Mais je crois que c'est te donner beaucoup de mal pour rien : dès le premier instant où je t'ai aperçu au Racing, j'ai pensé que tu avais la taille idéale... Cela non plus, je ne te l'ai pas encore dit : je vous trouve très bien bâti, monsieur mon époux ! Vos épaules ne sont pas en portemanteau, votre silhouette élégante et le physique... mon Dieu, il n'est pas déplaisant, ce physique... Un rien doit t'habiller, même un smoking d'occasion à condition qu'il ne soit pas trop râpé !

— Ce sera comme chez le chemisier ? Tu voudras sans doute présider à l'essayage ?

— Non, mon amour. Le rayon des cravates me suffit... Pour le reste de ton habillement, je me fie à ton discernement. D'autant plus que je serai bien assez occupée de mon côté...

— Le coiffeur ?

— Tu n'as pas encore remarqué que les coiffures de mon invention valent mille fois celles dont je risquerais d'être affublée en sortant de l'une de ces officines où l'on étouffe pendant des heures sous des séchoirs pour n'en ressortir finalement qu'avec une tête de caniche savant ? Non ! Je serai chez un grand couturier... On dit que cette espèce si rare a fait des progrès étonnants ces dernières années en Italie... J'ai l'intention d'acheter un décolleté qui

46

fera pâlir de jalousie toutes les belles Milanaises ! L'idée te plaît ?

— Elle m'enchante.

Une heure plus tard, ils achevaient leur déjeuner chez *Giannino* après avoir trouvé à l'hôtel *Duomo* l'appartement douillet dont l'ambiance leur parut suffisamment sympathique. Tous deux avaient mangé de bon appétit.

— Je finis par croire que l'amour creuse, et toi chéri ?

— Je suis très satisfait de constater que tu es gourmande : une femme qui n'apprécie pas la bonne chère est rarement une amoureuse ! C'est même amusant de penser que ta mère l'était aussi.

— Il faut bien qu'Ida et moi ayons quelques points communs... Seulement il y a une différence sensible : elle devait être dans l'obligation de ne pas manger tout ce qu'elle aimait pour surveiller sa ligne... Tandis que moi, j'ai encore le temps d'y penser... Enfin, je veux quand même bien croire qu'elle était aussi gourmande que moi mais jamais qu'elle ait pu être aussi amoureuse !

Il ne répondit pas.

— Tu n'es pas de mon avis ?

— Mais si, chérie ! Chez toi, c'est à la fois spontané et insatiable... Chez Ida, j'ai eu l'impression qu'elle avait parfois des moments de lassitude comme si elle souhaitait ne plus pouvoir aimer ?

— C'est la première fois où tu me dévoiles la façon dont t'a aimé ton ancienne maîtresse... Dismoi : elle était très exigeante ?

— Elle était femme...

Edith comprit qu'il ne lui dirait rien de plus, mais, dans son cœur dévoré par sa jalousie de jeune amante, elle était fermement décidée à tout apprendre peu à peu... Elle lui arracherait les moindres confidences, une à une, sans même qu'il s'en aperçoive, avec cette ténacité patiente dont seules sont capables les amoureuses.

... Il trouva un smoking correct dans un magasin de confection et ne put s'empêcher de sourire quand il entendit le vendeur lui affirmer avec conviction :

— C'est si facile d'habiller monsieur ! Il a la taille mannequin !

Edith ne fut de retour à l'hôtel qu'à 6 heures du soir : son entrée dans l'appartement rappela assez celle d'une star de l'écran. Elle était accompagnée d'un véritable état-major comprenant deux jeunes femmes et quatre grooms qui portaient des cartons volumineux contenant ses acquisitions de l'après-midi.

— Tu me crois devenue folle, chéri ? Eh bien, si invraisemblable que cela puisse te paraître, toutes les splendeurs que je rapporte sont à peine suffisantes pour me permettre de te faire honneur ce soir !

Elle s'était retournée vers les grooms :

— Posez tout sur le lit avec précaution !... Quant à ces dames, ajouta-t-elle en désignant à Geoffroy les jeunes femmes, l'une d'elles est une essayeuse de la maison de couture qui va m'aider à passer la robe et qui y apportera les retouches du dernier moment si c'était nécessaire quand je l'aurai sur moi, l'autre est une esthéticienne dont la mission sera d'essayer de rehausser encore l'éclat et la beauté de ta femme ! Si tu n'es pas fier de moi tout à l'heure, je serai désespérée ! Maintenant, mon amour, tu vas me faire le plaisir de passer ton smoking dans le petit salon... Dès que tu seras prêt, tu descendras au bar pour m'y attendre devant un double-scotch avec interdiction formelle de remonter ici ! Tu as les places pour *Aïda* ?

— Oui. La représentation commence tôt : il faut être à la Scala à 8 heures.

— Je serai prête. Pendant ton attente au bar, tu n'auras qu'à t'imaginer être un monsieur désœuvré qui est de passage dans une grande ville étrangère... Il espère secrètement y faire la rencontre de quelque belle inconnue... et, brusquement, alors qu'il commence à désespérer et qu'il se sent prêt à noyer sa solitude dans un nombre respectable de drinks, la dame de rêve fait son apparition au bar... Pour l'homme c'est l'éblouissement. Qui peut être la somptueuse créature ? Une aventurière sans doute ? Mais quelle aventure !... Nous la vivrons tout à l'heure... Va-t'en, chéri !

Elle avait déjà refermé la porte de communication avec le salon dans lequel il se retrouva, rêveur, n'ayant plus qu'à endosser le smoking de confection.

Au bar, il pensa à la rencontre évoquée par Edith et il finit par trouver que cette attente était grisante ; bientôt « Elle » apparaîtrait telle qu'il ne l'avait encore jamais vue, parée de tous ces atours qui font la beauté vespérale de la femme. Jusqu'à ce jour, Edith ne s'était pas mise en robe du soir devant lui ; c'était à peine croyable mais ni pendant leurs fiançailles à Paris, ni ensuite à Bellagio elle n'en avait éprouvé le besoin. Geoffroy ne connaissait encore d'Edith que la sportive en maillot de bain, la jolie femme en tailleur matinal, l'Américaine devenue très vite Parisienne grâce à des robes de cocktail ou de dîner intime, la mariée enfin qui avait refusé de porter la robe blanche et le voile nuptial le jour de la cérémonie secrète. Geoffroy en avait été un peu chagriné mais il avait fini par l'approuver quand elle lui avait dit :

— Ne m'en veuillez pas de cette décision qui est très raisonnable : laissons le privilège du tulle blanc aux toutes jeunes filles. J'ai déjà coiffé Sainte-Catherine depuis trois ans !

Et lorsqu'il avait découvert — à la première étape du voyage — qu'elle était femme, il lui avait été reconnaissant d'avoir choisi pour le mariage un ensemble gris perle.

Ce soir, il ferait connaissance avec une Edith qui ne s'était encore jamais révélée à lui : la femme qui veut éblouir.

Elle apparut enfin.

Il y eut un courant vertigineux de têtes qui se tournèrent et de regards qui se fixèrent sur la nouvelle venue. Les conversations s'étaient arrêtées.

Geoffroy, figé, se sentait incapable d'aller vers la femme prodigieuse qui se tenait, souriante et sûre d'elle, à l'entrée : ce n'était pas Edith mais Ida... Une Ida qu'il avait déjà contemplée une fois habillée exactement de la même façon : le manteau du soir en faille blanche jeté sur les épaules nues et laissant entrevoir la robe en satin blanc brodée de perles, les longs gants également en satin blanc, les longs cheveux relevés en torsades sur la nuque, le dessin accentué de la bouche sensuelle, la teinte volontairement plus pâle de la lèvre inférieure, le maquillage doré faisant ressortir le cendré de la chevelure, tout appartenait à Ida...

Il semblait même qu'il n'y eût plus la moindre différence d'âge entre les deux Keeling : c'était à croire qu'Edith avait tout mis en œuvre pour se rapprocher physiquement de sa mère et l'image d'Ida, qui hantait une fois de plus le souvenir de son ancien amant, était rajeunie.

Accompagnée par tous les regards, Edith traversa le bar avec une démarche de reine pour demander à son mari toujours immobile :

— Etes-vous satisfait, mon amour ?

Les lèvres de Geoffroy tremblèrent sans pouvoir articuler un son. Edith continua, souriante :

— L'aventurière, que vous venez de découvrir en moi, vous intimiderait-elle à ce point ?

Il balbutia enfin :

— Tu as même volé son parfum !

Elle le regarda, surprise :

— De qui veux-tu parler ?

— D'Ida.

— Je t'ai dit qu'il fallait bien que nous ayons quelques goûts communs, elle et moi... N'as-tu pas l'impression que ce « *Vol de Nuit* » nous convient à toutes deux quand nous sommes amoureuses du même homme ? Puisque tu trouves que je « lui » ressemble d'une façon terrible ce soir, dis-moi une fois pour toutes qui gagne d'Ida ou de moi ?

— Toi, bien sûr...

— Voilà le plus beau compliment que tu m'aies jamais fait ! Mais je te dois une petite confidence : j'étais certaine de ma victoire définitive... Maintenant tu ne la regretteras plus jamais !... Et c'est à mon tour de t'admirer : en toute sincérité, tu es né pour porter un smoking !

Après avoir trempé ses lèvres dans le verre qu'il avait devant lui, elle déclara, radieuse :

— Je voulais connaître tes pensées : elles sont bonnes ! Si nous partions ? Il me semble que l'on nous admire beaucoup ici ? N'était-ce pas le résultat que nous cherchions ?

Lorsqu'ils quittèrent le bar, il n'y eut pas un seul des habitués qui n'eût la conviction qu'il venait de voir ce miracle rarement réalisé : le Couple idéal.

Pendant le trajet en voiture de l'hôtel au théâtre, Geoffroy continua à rester songeur et elle ne fit rien pour troubler ce mutisme qui la ravissait : elle savourait son triomphe de femme.

Craignant d'être encore le jouet de l'obsédante hallucination, il osait à peine la regarder. Contrairement à ce qu'elle avait dit, il n'était pas très sûr que l'imitation parfaite d'Ida, qu'elle avait réussie, contribuerait à effacer définitivement ses propres souvenirs d'amant ? Plus l'effet du premier choc visuel de l'apparition sur le seuil du bar s'estompait et plus il revivait, avec une lucidité surprenante, un autre moment essentiel de sa vie : celui où Ida s'était montrée à lui pour la première fois, quatre années plus tôt, dans le dîner parisien auquel il avait été convié chez des amis...

Il allait peu dans ces réceptions mondaines qui l'ennuyaient mais il lui avait été très difficile, ce jour-là, de refuser.

« — Je m'excuse, lui avait dit le matin même la maîtresse de maison en l'invitant par téléphone, de vous convier à la dernière minute... Je sais que c'est très mal élevé de ma part mais ma table sera catastrophique si vous ne venez pas : nous serons treize et nous sommes vendredi ! Il me manque un homme... La dame seule est veuve. D'ailleurs, vous devez certainement la connaître de réputation : Ida Keeling... Cela vous amusera de la rencontrer. Mon mari et moi comptons absolument sur vous à 9 heures... »

Bien qu'il n'eût aucune envie spéciale de faire connaissance avec celle que le Tout-Paris avait surnommée depuis longtemps déjà « La Veuve Joyeuse », il ne put se dérober. Mais il était agacé à l'idée que les maîtresses de maison faisaient régulièrement appel à lui lorsqu'il leur fallait un célibataire. Il avait horreur de jouer les bouts-de-table. Pour bien le marquer, il arriva intentionnellement avec une demi-heure de retard : ce serait sa vengeance à l'égard de ses hôtes qui se demanderaient avec angoisse, pendant l'attente, s'ils n'allaient pas se trouver réellement avec treize convives ?

En pensant être le dernier, il se trompait lourdement : il ignorait les mauvaises habitudes d'Ida qui n'arriva que longtemps après lui au moment où la maîtresse de maison venait de dire :

« — C'est une femme adorable mais impossible ! Elle n'a aucune idée de l'heure... »

Paroles qui s'évaporèrent dès qu'Ida fut sur le seuil du grand salon... Il y eut un silence : en une seconde, la beauté épanouie et l'élégance éblouissante de la milliardaire firent oublier sa mauvaise éducation.

Jamais Geoffroy n'avait vu femme plus désirable. Tout, depuis le port altier jusqu'à la désinvolture radieuse, était admirable dans cette Ida Keeling à laquelle il était impossible de donner un âge autre qu'une étonnante quarantaine. Elle avait tout ce qu'il venait de retrouver sur Edith : la robe en satin blanc brodée de perles, les longs gants, les cheveux relevés sur la nuque, le dessin de la bouche, le maquillage doré... Et quand il lui avait baisé la main, il s'était senti enivré par le « *Vol de nuit* »...

Dès lors, ce dîner qu'il appréhendait tant, lui parut le plus merveilleux qu'il eût connu. Pendant la soirée il n'eut d'yeux que pour Mme Keeling dont le prénom, Ida, chantait déjà dans son cœur. Sans qu'il pût s'en rendre compte lui-même, cette femme, qui avait déjà largement vécu, était devenue sa maîtresse au premier moment où il l'avait aperçue. Il n'avait plus rêvé que d'elle...

Il avait fallu quatre années pour qu'il pût s'apercevoir enfin, le jour où Edith était entrée à son tour dans sa vie, que la belle Ida n'était pas la seule maîtresse existant pour lui sur la terre.

L'éclatante représentation de la Scala l'intéressa peu. Les voix avaient beau être les plus chaudes du monde, les chœurs d'une homogénéité rarement égalée, la marche triomphale d'une splendeur fabuleuse, l'orchestre très habilement dirigé, toute la salle vibrante de musicalité... Les fastes d'*Aïda* se déroulèrent pendant trois heures sous ses yeux telle une fresque lointaine et inaccessible : ses pensées étaient ailleurs... Par moments, dans la demi-obscurité de la salle, il jetait quelques regards furtifs vers sa compagne dont la sensibilité frémissante semblait tout enamourée de mélodie et, dans cette transfiguration du visage aimé, il retrouvait chaque caractéristique du tempérament artiste de son ancienne maîtresse.

Quand le rideau tomba pour la dernière fois, Edith dit dans un élan :

— Tu viens de m'offrir l'une des plus pures joies de ma vie ! Je rêvais, depuis des années, d'entendre un jour *Aïda* dans ce cadre prestigieux aux côtés de l'homme que j'aimerais... Merci, mon amour.

Il crut avoir entendu parler Ida qui lui avait souvent répété :

« — Il faudra absolument un jour que nous allions à la Scala de Milan. »

Et, comme elle devait deviner que cette perspective ne l'enthousiasmait guère, elle ajoutait :

« — Je veux te former le goût ! Un homme n'est complet que lorsqu'il est capable de vibrer à la beauté des chefs-d'œuvre. »

Ce soir, il n'était pas venu à la Scala avec cette maîtresse qui avait tout tenté pour parfaire son éducation d'amant mais avec sa jeune femme qui le remerciait. Les rôles étaient inversés.

En sortant du théâtre, Edith dit encore :

— Une pareille soirée ne peut se terminer aussi vite ! Si tu étais un bon mari, tu inviterais ta femme à souper.

Il répondit, s'arrachant avec difficulté à ses pensées :

— Où cela ?

— Mais à l'hôtel, dans notre appartement d'une nuit... Ton « aventurière » aura tout à fait l'impression de se trouver dans le cadre qui lui convient : un cabinet particulier... Ne te préoccupe de rien : avant de descendre te rejoindre au bar, j'avais sonné un maître d'hôtel. Une table dressée doit nous attendre dans le petit salon avec tout l'accompagnement classique de ce genre d'aventure : magnum millésimé et lumières irisées... Viens !

Lorsqu'ils se retrouvèrent dans l'appartement, il éprouva la sensation de continuer à vivre l'idylle ébauchée au bar par la rencontre avec la belle inconnue. Celle-ci était une authentique magicienne qui possédait le don d'embellir chaque moment que l'on vivait auprès d'elle. Dans cette atmosphère tendre et ouatée de leur souper, il finit par oublier Ida pour ne plus être qu'avec Edith qui parlait doucement :

— Pendant nos fiançailles, tu m'as très bien fait la cour rêvée par toute jeune fille... Maintenant, j'aimerais que tu me fisses une cour moins chaste : celle que les hommes ne réservent qu'aux femmes dites « faciles »... Ne penses-tu pas qu'une ambiance, comme celle qui nous enveloppe cette nuit, est propice aux amoureuses toujours prêtes à s'abandonner ?

La passion se réveilla en lui, plus violente que jamais. La femme qu'il étreignait n'était plus seulement la sienne mais toute l'Aventure... Il comprit que sa compagne portait aussi en elle le perpétuel renouvellement qui permet aux plus grandes amours de ne jamais devenir monotones.

Mais brutalement, alors qu'elle semblait heureuse, Edith eut un éclat de rire amer dont la résonance douloureuse bouleversa leur intimité. Puis elle dit d'une voix étranglée qu'il ne lui connaissait pas encore :

— Geoffroy, tout est tellement merveilleux que j'ai peur que ça ne puisse durer !

Et elle fondit en larmes.

C'était la première fois qu'il la voyait pleurer.

— Chérie ! répétait-il affolé en essayant vainement de la consoler. Pourquoi te mettre dans un état pareil ? Il n'y a aucune raison pour que notre bonheur ne se prolonge pas autant que nous-mêmes...

N'avons-nous pas tout pour être heureux ? Nous nous aimons comme aucun couple n'a dû savoir le faire avant nous ! Cette journée à Milan a été accablante : je comprends très bien que tes nerfs soient à bout.

Il l'avait prise dans ses bras avec une tendresse infinie pour la transporter dans la chambre où il l'allongea, tout habillée, sur le lit.

Il essuyait les larmes qui continuaient à couler, silencieuses, sur le maquillage doré.

— Tu es un être adorable, murmura-t-elle en retrouvant peu à peu son calme. Notre drame, à nous les femmes, est de nous laisser guider par l'instinct... Et nous devinons avant vous les choses, bonnes ou mauvaises, qui doivent arriver... Je ne puis pas te dire sa nature exacte mais j'ai un affreux pressentiment qui me poursuit depuis quelques jours déjà et que j'aurais voulu te cacher... Ce matin encore, pendant que nous faisions tous ces achats, il m'a repris avec une force obsédante ! C'est pourquoi je t'ai demandé de rester à Milan pour la soirée et de m'emmener au théâtre : j'avais un besoin fou de m'étourdir pour ne plus y penser et de ne plus me préoccuper de rien d'autre que de ma beauté... Mais maintenant je suis à nouveau angoissée à l'idée que « notre » représentation touche à sa fin et que le rideau va tomber sur « notre » soirée de gala improvisée... En connaîtrons-nous jamais une semblable ? Nous avons bien fait de la vivre !

— Tu es folle, Edith ! Après une bonne nuit de repos, tu ne penseras plus à tout cela... Je te garantis, en tout cas, que nous ne retournerons plus jamais entendre *Aïda !* La musique de M. Verdi produit sur toi un effet désastreux !

— Tu dois avoir raison : mettons tout sur le dos

d'un opéra ! Ne faut-il pas toujours un responsable ou une explication ? Pourtant, si les voix et l'orchestre étaient justes, tout était faux dans nos cœurs pendant la représentation : ils n'étaient plus à l'unisson ! Le tien n'a pas cessé une seconde de penser à ma mère, j'en suis sûre ! Et moi...

Il attendait, anxieux, ce qu'elle allait dire :

— Tu as cru que j'étais entièrement prise par la beauté du spectacle ? Tu t'es trompé... Je n'avais pas besoin de tourner la tête pour sentir le poids de ton regard, parfois lourd de reproches, qui m'observait dans la pénombre... Tu m'en voulais de t'avoir trop rappelé physiquement Ida... Je ne l'ai cependant pas fait avec intention ! Malgré cela, j'ai été bien punie : pendant toute la représentation j'ai été torturée par l'idée que tu n'étais plus moralement auprès de moi mais avec ton ancienne maîtresse ! Oui, je n'ai aucune honte à l'avouer : je suis affreusement jalouse de ton passé ! Depuis que je suis ta femme, je hais encore davantage ma mère.

— Tu ne dois plus dire des choses pareilles, Edith ! Elles nous font un mal inutile. Ida n'a plus compté pour moi à partir du moment où tu l'as merveilleusement remplacée et supplantée... Je te sais également incapable d'avoir des sentiments de haine : les semaines que nous venons de vivre ensemble m'ont apporté la certitude que tu ne pourrais jamais vouloir du mal à personne.

Elle le regarda, incrédule, comme si elle ne se connaissait pas elle-même, avant de dire dans un sourire un peu forcé :

— C'est terrible, n'est-ce pas, ce que la jalousie peut faire d'une amoureuse ? Je te promets de ne jamais te faire de scène si tu me jures, en échange, d'oublier toutes les autres femmes que tu as connues avant moi ?

— Un vrai márchandage ? Je t'aime...

— Et, dès demain matin, nous repartons pour Bellagio. J'ai l'impression d'en être partie depuis un siècle !

Quand ils arrivèrent, vers midi, à la *Villa Serbelloni*, le portier leur remit un télégramme en précisant :

— Il est arrivé hier soir à 8 heures.

— Juste au moment où nous faisions notre entrée remarquée à la Scala ! dit Edith en prenant le message encore cacheté qu'elle tournait dans sa main sans oser l'ouvrir.

— De qui peut-il être ? demanda Geoffroy. C'est assez curieux : il est adressé à nous deux, *Monsieur et Madame Duquesne*...

— Ce sont peut-être, chéri, les félicitations tardives d'un ami, qui vient d'apprendre notre mariage ?

— Cela m'étonnerait ! Personne ne sait où nous sommes. Ouvre-le vite !

Elle lut la première et les traits de son visage se durcirent instantanément. Il lui arracha le télégramme pour lire à son tour :

Madame Keeling gravement souffrante. Stop. Elle vous réclame d'urgence auprès d'elle.

C'était signé : *Direction Hôtel Miramar, Biarritz.*

— Qu'est-ce que c'est que cette histoire ? dit Edith.

— Ce n'est peut-être pas une histoire, mais je reconnais que c'est plutôt étrange.

— Ne crois-tu pas qu'un mauvais plaisant, furieux

d'apprendre après coup notre mariage secret, a voulu nous jouer un tour d'un goût douteux ? Beaucoup de gens ont connu ta liaison avec ma mère ?

— Pourquoi l'aurions-nous cachée ? Nous ne faisions de tort à personne : Ida et moi étions libres.

— Je ne te le reproche pas, Geoffroy ! D'abord, pourquoi ma mère serait-elle à Biarritz ? Il me paraît quand même invraisemblable qu'elle soit rentrée en France sans me prévenir et comment peut-elle déjà savoir que nous sommes mariés puisque nous avons pris soin de le cacher à tout le monde et aux journalistes ? A moins que l'un de tes deux amis, qui nous ont servi de témoins, n'ait été indiscret après notre départ de Paris ?

— Non. Ce sont des garçons en qui nous pouvons avoir une confiance absolue. Mais ta femme de chambre ?

— Lise ? Elle ignore absolument que je suis devenue ton épouse. Tu te souviens bien qu'elle m'avait demandé depuis longtemps un congé de huit jours pour aller voir son frère en Bretagne et que je me suis arrangée pour le lui donner cinq jours avant la cérémonie. Quand elle est rentrée, elle a trouvé mon mot où je lui disais que je m'absentais pour un voyage à l'étranger et qu'elle devait conserver le courrier jusqu'à nouvel ordre. Je lui ai laissé aussi de l'argent pour assurer la marche de la maison et trois mois de gages d'avance : elle n'a pu qu'en conclure que je ne rentrerais pas tout de suite.

— Pourtant je me méfie de cette femme : je t'ai dit qu'elle me détestait... Imagine qu'à son retour elle ait appris notre mariage en dépit de nos précautions. Elle a dû en être ulcérée malgré le soi-disant dévouement dont elle semblait faire preuve à ton égard... Et pour peu qu'Ida ait débarqué brusquement à Paris, elle se sera d'abord rendue avenue Montaigne... Là, Lise peut lui avoir tout dit uniquement par haine pour moi.

— Nous allons en avoir le cœur net.

Dès qu'ils furent dans leur appartement, elle demanda Balzac 18-32 au téléphone. Ils eurent Paris presque instantanément. Elle prit l'appareil :

— C'est vous, Lise ?... Je vais à merveille, rassurez-vous... Je fais un voyage magnifique ! Il y a longtemps que je voulais vous appeler pour vous demander si tout allait bien à la maison ?... Des appels téléphoniques ? De qui ? Vous avez répondu que j'étais à l'étranger et que vous ne saviez pas quand je reviendrais ? C'est parfait... Je pense être de retour d'ici un mois... Conservez le courrier... Vous connaissez bien l'écriture de ma mère ?... Voyez s'il y a une lettre d'elle dans le courrier déjà arrivé ? Une lettre ou une carte timbrée d'Amérique ?... Il n'y en a pas ? Ma mère n'a pas téléphoné par hasard ? Vous ne l'avez pas vue non plus ? Comprenez-moi : elle n'est pas arrivée à Paris à l'improviste ? Non... Si, par hasard, elle donnait signe de vie ou vous appelait par téléphone pour savoir mon adresse, dites-lui la même chose qu'aux autres personnes... Merci, ma bonne Lise. Au revoir !

Après avoir raccroché, elle lui dit :

— Aucune nouvelle d'Ida avenue Montaigne...

— Es-tu sûre que cette Lise ne ment pas ? Elle était également très dévouée à ta mère.

— Pourquoi ferait-elle ça ? Elle a une place en or... Ida devait être une patronne beaucoup plus exigeante que moi ! Tu as tort de te méfier de Lise : c'est une brave et honnête femme.

— Admettons ! Alors qui a parlé et révélé notre adresse ?

— Ida, jalouse comme elle l'est de moi, m'a peut-être fait suivre par un détective privé depuis mon arrivée à Paris ? Elle en serait bien capable...

— Il est certain que si ce policier privé t'a vue entrer à la mairie en ma compagnie et deux heures plus tard dans une chapelle de couvent, il a dû être fixé ! C'était enfantin pour lui de consulter aussitôt le registre de mariage pour connaître ton nouveau nom.

— Et quand Ida a appris que j'étais devenue Mme Geoffroy Duquesne, elle a dû en tomber malade ! C'est peut-être la véritable cause de son état grave annoncé par le télégramme ? Elle souffre de ce même mal incurable qui m'a donné hier soir des nausées : la jalousie... Et, sachant la vérité par le rapport de ses espions, elle n'a plus eu qu'une idée fixe : prendre le premier avion pour venir troubler notre bonheur en Europe ! Si j'avais été à sa place, je crois que j'en aurais fait autant !

— Telle mère, telle fille !... Cela n'explique quand même pas pourquoi Ida a échoué à l'*Hôtel Miramar* de Biarritz ? Quand elle est arrivée en France, son informateur a dû compléter les renseignements qu'il lui avait envoyés : ce ne peut être que lui qui a révélé que nous étions ici ! Comment l'a-t-il su ? C'est un autre mystère... Mais enfin l'adresse du télégramme est très précise... Aurions-nous été suivis d'étape en étape ?

— Chéri, il n'y en a eu que deux avant Bellagio : Dijon et Montreux... Il ne me paraît pas nécessaire d'être un très fin limier pour déduire que des amoureux qui suivent un pareil itinéraire vont presque à coup sûr vers les lacs italiens ! Ma mère n'a pas dû s'adresser à n'importe quel détective et une agence bien organisée a des correspondants un peu partout... Rien de plus facile que de charger celui qui réside dans une grande ville, telle que Milan, de faire une enquête discrète mais méthodique dans tous les hôtels et villégiatures propices aux lunes de miel... *La Villa Serbelloni* et Bellagio arrivent en tête de liste ! Le mystère me paraît s'éclaircir.

— Pas complètement ! Pourquoi Ida, connaissant notre adresse, n'est-elle pas venue directement ici au lieu de se rendre dans une direction diamétralement opposée, sur la côte basque ?

— Sans doute ne tenait-elle pas à nous rencontrer tout de suite ? Ce qu'elle doit chercher, depuis qu'elle sait ne plus pouvoir empêcher le mariage, c'est à empoisonner notre existence ! Sincèrement, Geoffroy, tu me déçois un peu : après trois années de vie commune avec elle, tu devrais mieux la connaître ? Ida est capable de tout mais elle est loin d'être sotte ! Je ne l'ai jamais vue agir à la légère... Dis-toi bien qu'en ce qui concerne la meilleure façon de troubler notre bonheur, tout chez elle a dû être mûrement pensé, voulu, calculé... Les précautions qu'elle a prises pour se débarrasser de moi pendant des années et cacher mon existence à tout le monde prouvent à quel point elle est capable de ne pas commettre la plus petite erreur de tactique ! Pour nous, elle sera de plus en plus l'ennemie... Ce télégramme n'est destiné, sous le couvert d'une pseudo-maladie, qu'à nous avertir qu'elle nous épie...

— Je ne peux pas croire qu'Ida soit capable d'agir ainsi... Précisément, parce que j'ai vécu dans son intimité, je peux t'affirmer qu'elle était aussi franche que toi. Quand quelqu'un ou quelque chose ne lui plaisait pas, elle ne se gênait pas pour le dire ! Si elle a des reproches à nous faire, tu peux être assurée qu'elle n'hésitera pas à nous les jeter en pleine figure ! Elle et toi, vous êtes des lutteuses nées dont le tempérament et la personnalité n'admettent pas l'échec... Franchement, si tu étais à la place de ta mère, simulerais-tu une maladie pour apitoyer ta fille que tu ne considères plus que comme la pire de tes rivales depuis qu'elle a épousé ton ancien amant ? Avoue que tu préférerais faire un scandale public, même à ton propre détriment et sachant que tu risquerais de te couvrir de ridicule aux yeux d'étrangers ? Ton unique but serait de chercher à dissocier un couple dont tu ne pourrais pas supporter le bonheur.

— C'est possible, après tout...

— C'est vrai ! Ida, comme tu le disais justement, est trop intelligente pour imaginer une seconde que tu t'inquiéterais si elle était souffrante. Reconnais que sa santé t'indiffère ?

— Complètement !

— Et que si, par malheur, un deuxième télégramme t'annonçait que le pire est arrivé, tu n'en ressentirais qu'assez peu de chagrin ?

Elle se taisait.

— Ton silence est un aveu. Qui sait même si tu n'éprouverais pas une véritable sensation de soulagement ? « Je suis enfin débarrassée d'elle ! penserais-tu. Plus jamais elle ne pourra s'interposer entre Geoffroy et moi ! » Je te prête là des pensées monstrueuses mais elles sont excusables. Je devrais même t'être reconnaissant de les avoir : elles prouveraient que tu fais passer notre amour avant tout ! Ce télégramme ne nous a pas été envoyé sur l'instigation d'Ida : c'est la direction de l'hôtel de Biarritz seule qui en a pris l'initiative, peut-être même contre son gré, parce qu'elle l'estime gravement malade !

— Comment les gens de cet hôtel peuvent-ils savoir que j'existe, que je porte ton nom et que nous sommes ici ?

— Ne m'en demande pas trop ! Pour le moment il y a une chose urgente à faire : je vais téléphoner au *Miramar* de Biarritz pour savoir exactement de quoi il s'agit. Après, nous verrons plus clair pour prendre la décision qui s'imposera.

— Quelle décision ?

— Peut-être sera-t-il nécessaire que nous partions d'urgence là-bas ?

— Tu n'y songes pas ? Tu me vois arrivant au chevet de ma mère malade, en compagnie de mon mari qui a été son amant ? Ce n'est pas possible !

— Il y a parfois, Edith, des moments de l'existence où il faut avoir le courage de tout oublier... Et rien ne prouve qu'Ida nous en veuille ? Songe aussi que tu es son unique enfant et qu'à part toi, elle n'a aucune famille.

— Dis tout de suite que tu as envie de la revoir ?

— Si elle doit avoir lieu, l'entrevue sera encore plus pénible pour moi que pour toi... Mon désir le plus sincère était de ne plus jamais me retrouver en présence d'Ida !

— Tu la crains toujours ! Tu as peur d'avoir honte de notre amour devant elle ?

— J'en serai fier, au contraire ! Si l'éventualité de cette rencontre se précisait, je te promets, sur tout ce que notre amour a d'immense, que je me limiterai strictement à mon devoir de gendre... Que nous le voulions ou non, nous ne pouvons pas méconnaître la loi qui a fait de moi le plus proche et le seul parent masculin d'une femme pour qui, avant notre mariage, je n'étais plus qu'un amant oublié... J'ose espérer que tu as confiance dans ton mari ?

— Totale !

— Je vais demander Biarritz mais j'ai peur qu'avec la distance l'attente ne soit assez longue ?

— Nous avons bien eu Paris en quelques minutes !

— Paris est une capitale.

Ses craintes étaient fondées : la standardiste de la *Villa Serbelloni* confirma que l'attente durerait au moins deux heures.

Pour être sûrs de ne pas manquer la communication, ils avaient fait servir le déjeuner dans la chambre mais ni lui ni elle ne furent capables d'avaler un morceau. Ils étaient à la petite table, installés devant la fenêtre ouverte sur le panorama du lac, assis l'un en face de l'autre, n'échangeant pas un mot et se regardant mutuellement sans se voir. L'ombre d'une Ida malade se dressait à nouveau entre eux...

Ce qu'Edith pouvait penser pendant cette attente angoissante, il ne voulait même pas l'imaginer car il avait maintenant acquis la certitude absolue que sa femme ne lui avait pas menti quand elle avait avoué dans un cri qu'elle haïssait sa mère.

Ce que lui pensait, Edith l'avait deviné : malgré les protestations de brusque dévouement familial qu'il venait de lui prodiguer, elle le savait hanté par le besoin impérieux de revoir son ancienne maîtresse, de courir à son secours... A travers le laconisme voulu du télégramme, il semblait qu'un dernier message passionné se cachait dans le filigrane des mots : « *Madame Keeling gravement souffrante* », cela ne devait-il pas se traduire par « *Tu dois être auprès de celle qui t'a aimé la première* » ? Et cet appel « *Elle vous réclame d'urgence* » ne signifiait-il pas « *J'ai besoin de ton amour pour guérir* » ?

La souffrance cachée d'Edith était horrible.

— Donne-moi une cigarette, dit-elle, nerveuse.

Il remarqua que sa main tremblait quand elle la prit.

Les deux heures d'attente étaient passées.

— Tu devrais rappeler le standard, dit-elle.

Ce furent chez elle les premières paroles de rapprochement, prouvant qu'elle cherchait à reprendre contact avec Ida. Geoffroy en fut heureux : il n'était pas concevable qu'une créature aussi sensible qu'Edith fût capable de continuer à détester sa mère dans de pareilles circonstances. Mais la voix impersonnelle de la téléphoniste répondit :

« — J'ai déjà fait trois réclamations. Il faut attendre. »

Edith avait quitté la table :

— Ce téléphone est une invention odieuse ! Je vais fumer ma cigarette dehors en faisant les cent pas devant l'entrée de l'hôtel. Dès que tu auras la communication, appelle-moi par la fenêtre... Je crois aussi qu'il est préférable que ce soit toi qui parles avec Biarritz...

Il resta seul, les yeux rivés sur le récepteur.

Au bout d'un certain temps, dont il aurait été bien incapable d'évaluer la durée, il hasarda un regard par la fenêtre : Edith était en bas, immobile, lui tournant le dos, semblant perdue dans la contemplation du lac.

Enfin la sonnerie retentit. Il appela Edith qui se retourna et s'engouffra en courant dans l'hôtel.

La voix de la standardiste disait :

« — Il est impossible d'avoir Biarritz. Un violent orage dans le sud-ouest de la France a coupé la ligne. Les communications sont interrompues. »

— Quand sera-t-elle rétablie ?

« — Pas avant demain soir. Maintenez-vous votre appel ? »

— Annulez ! répondit Geoffroy au moment où Edith pénétrait dans la chambre. Il n'eut pas besoin de lui donner d'explications. Ce fut elle, cette fois, qui prit l'appareil :

— Allô, mademoiselle ? Voulez-vous demander si on peut quand même envoyer un télégramme ?... Oui ? Nous vous le portons dans cinq minutes.

Pendant qu'il le rédigeait en hâte, elle se pencha par-dessus son épaule pour lire :

Direction Hôtel Miramar, Biarritz.
Prière câbler urgence renseignements complémentaires et nature maladie madame Keeling. Réponse payée. Merci. Duquesne.

— Donne-le-moi ! dit-elle. Je le porte à la standardiste. Je ne peux plus tenir en place.

Il la laissa faire, de plus en plus heureux de sentir qu'elle cherchait enfin à réparer l'injustice de son jugement trop sommaire sur Ida.

Elle revint quelques minutes plus tard :

— La téléphoniste a transmis le câble devant moi. La poste a confirmé qu'il arriverait là-bas au plus tard dans trois heures. Nous aurons donc la réponse avant le dîner.

— Il n'y a plus rien d'autre à faire pour le moment, ma chérie... Pourquoi ne te reposerais-tu pas un peu ?

— Tu as raison : je ne me sens pas bien... Sois gentil de tirer les rideaux : je vais m'allonger.

Il lui prit la main qu'il trouva glacée.

— Veux-tu que je fasse venir un médecin ?

— Tu es fou, Geoffroy ! Ce n'est pas moi qui en ai besoin en ce moment mais Ida...

— Je vais m'asseoir à côté du lit pour te veiller.

— Tu ferais beaucoup mieux d'aller prendre l'air, toi aussi. Reviens dans deux heures : je serai mieux.

Il la laissa allongée puis sortit sur la pointe des pieds après avoir refermé doucement les rideaux.

Il comprenait qu'elle avait besoin d'être seule. Ce n'était d'ailleurs pas la première fois qu'elle avait manifesté ce désir pendant ces cinq semaines. Deux autres après-midi déjà, elle avait voulu rester ainsi solitaire, étendue, les rideaux fermés. Geoffroy s'était d'abord montré assez inquiet mais il s'était rassuré quand il l'avait retrouvée, quelques heures plus tard, détendue et reposée.

Cette fois l'époux d'Edith pensait plus à une Ida souffrante qu'aux caprices de sa jeune femme : il devait se renseigner pour savoir quel serait pour eux le moyen le plus rapide d'atteindre Biarritz au cas où le deuxième télégramme confirmerait la teneur du premier. A l'Office du Tourisme, on lui répondit qu'il n'existait pas de ligne aérienne directe de Milan à Biarritz. A moins de fréter un avion privé — qui serait très difficile à trouver — le mieux serait de prendre l'avion régulier de Milan à Paris et là d'utiliser la ligne Paris-Toulouse. Malheureusement celle-ci ne fonctionnait pas tous les jours. A Toulouse enfin, il leur faudrait engager un pilote privé qui consentirait à les déposer à Biarritz. Tout cela était assez aléatoire et, en calculant les horaires, Geoffroy s'aperçut qu'ils perdaient aux escales un temps précieux les empêchant d'arriver sur la côte basque avant le surlendemain matin.

Tandis qu'en consultant une carte routière, il constata qu'ils pourraient très bien accomplir avec leur voiture, le parcours Bellagio-Biarritz en moins de douze heures. Pour cela il leur fallait prendre l'autostrade reliant Milan à Gênes sur laquelle ils gagneraient beaucoup de temps. Ensuite ils en perdraient un peu dans les innombrables lacets de la Riviera italienne mais, une fois à Nice et surtout après Saint-Raphaël, ils pourraient à nouveau foncer vers le sud-ouest de la France en passant par Aix-en-Provence, Arles, Carcassonne, Pamiers, Tarbes et Bayonne. Evidemment, il devrait conduire vite en essayant de perdre le moins de temps possible à la douane franco-italienne de Vintimille mais c'était possible : la puissance de sa Bentley et sa grande habitude de la conduire le lui permettaient. En quittant Bellagio à la tombée de la nuit, ils arriveraient au plus tard à Biarritz dans les toutes premières heures de la matinée. Mais Edith ne pourrait pas le relayer au volant : elle ne conduisait pas assez vite et n'aimait pas cela. Dans ce cas, le voyage serait moins fatiguant et surtout moins risqué de jour. Ils pourraient alors partir de Bellagio demain matin à l'aurore pour atteindre Biarritz vers 6 heures de l'après-midi.

Quand il revint dans la chambre, Edith était toujours allongée, les yeux fermés, sa respiration était régulière. Il s'approcha du lit et regarda amoureusement le merveilleux visage à peine éclairé par la lumière du jour filtrant à travers les rideaux... Mais plus il observa ce visage et plus il eut l'impression qu'il exprimait, dans sa demi-léthargie, une souffrance infinie et secrète... Il en était bouleversé. Croyant être l'objet d'une hallucination, il s'approcha encore davantage mais le son de la voix douce l'immobilisa sans que les paupières se fussent réouvertes :

— Déjà de retour, chéri ?

— Tu ne dors donc pas ?

— Non. Cela me détend de garder les yeux fermés... et j'aime te sentir près de moi, veillant sur mon repos.

Il lui prit la main, elle était toujours glacée.

— Edith, tu m'inquiètes !... Tu es fiévreuse !

Le front était brûlant.

— Je t'assure que tu es un mari trop attentionné ! Aux Etats-Unis, je n'ai jamais été habituée à ce que quelqu'un s'occupât de moi... Cette fatigue passagère est le résultat de notre escapade à Milan. C'est fou ce que nous avons pu y faire de choses en si peu de temps : la visite harassante des principaux monuments, les courses dans les magasins, l'essayage de ma robe chez le couturier, le théâtre ensuite, le souper au champagne... Ajoute à ce bilan la nouvelle que nous avons trouvée tout à l'heure en arrivant ici et tu reconnaîtras que c'est plus qu'il n'en faut pour briser ta femme ! Et toi, as-tu fait au moins une jolie promenade ?

— Tu sais bien que rien n'est bien quand tu n'es pas là.

— Bientôt peut-être quelqu'un d'autre te paraîtra beaucoup plus attrayant que moi ?

— Que veux-tu dire ?

— Te souviens-tu que la semaine dernière, alors que je me sentais un peu lasse comme aujourd'hui, je t'ai demandé de me laisser encore le temps d'être ton amante avant que je ne devienne une maman ? Je crois que maintenant il va nous falloir penser à la future maman avant l'amante...

— Ma chérie ! C'est en effet pour moi la plus merveilleuse des nouvelles ! Je t'aimais déjà à la folie mais je vais t'adorer à présent comme seules ont le droit de l'être les femmes qui donnent tout d'elles-mêmes à leur mari.

— Je ne suis pas encore sûre que ce soit vrai... Il serait préférable que nous en ayons la confirmation par un gynécologue. Mais, si je ne me suis pas trompée, tu ne regretteras plus jamais d'avoir épousé une femme jeune ! Ida n'aurait pas pu te donner d'enfant... Sa conduite à mon égard prouve d'ailleurs qu'elle les détestait !

Une fois de plus, il lui en voulut amèrement d'avoir encore prononcé le nom d'Ida à un moment où il éprouvait l'un des sentiments les plus profonds que puisse ressentir un homme. C'était à croire qu'Edith prenait un plaisir sadique à ramener sans cesse dans leur existence le souvenir de sa mère à chaque fois qu'il commençait à penser que le bonheur de son couple ne pouvait pas être plus grand... Ce qu'Edith venait de dire était à la fois mesquin et méchant. Alors qu'elle croyait, par sa remarque déplacée, avoir marqué un point décisif, elle n'atteignait qu'un résultat contraire : l'annonce de la venue de cet enfant, qui aurait dû n'être qu'une source de joie, faisait planer un malaise entre eux deux... Edith semblait fière d'affirmer par cette maternité l'éclatante supériorité de sa jeunesse sur la stérilité d'une amante qui n'avait plus l'âge d'être mère. C'était pitoyable ! D'autant plus que Geoffroy n'était pas du tout sûr qu'à un moment, si elle l'avait pu, Ida n'aurait pas aimé — elle aussi — être enceinte de son amant ? Une maternité tardive n'est-elle pas le plus prodigieux rajeunissement de la femme ?

Il n'eut pas le courage, devant la merveilleuse révélation, de blâmer Edith, mais il estima nécessaire de montrer qu'il avait pensé à la solitude désespérée d'Ida :

— Justement au sujet de ta mère, je me suis renseigné pendant que tu te reposais : s'il le fallait, le seul moyen pratique de nous rendre auprès d'elle serait l'auto. Le chemin de fer ou l'avion nécessiteraient des changements interminables.

— Tu t'obstines encore à vouloir aller la rejoindre malgré la nouvelle que je viens de t'annoncer et qui me paraît tellement plus importante ?

Il y avait, dans la voix, un ton de reproche exaspéré.

— Mais, chérie, si la réponse que nous attendons est impérieuse, je crains qu'il ne nous soit très difficile d'agir autrement ? Sinon nous pourrions nous le reprocher mutuellement un jour, quand ce serait trop tard... Et rien ne nous dit que l'annonce de l'heureux événement ne contribuerait pas à arranger beaucoup de choses ? Ida n'est pas inhumaine... Peut-être voudra-t-elle reporter sur cet enfant tout l'amour et toute la tendresse dont elle t'a privée ?

— Tu es fou, Geoffroy ! Tu peux t'imaginer Ida jouant les grand-mères ? Mais ce serait la négation d'elle-même et de tout ce qui a été sa raison de vivre ! Elle avait déjà honte d'être mère ! Elle détes-

tera notre enfant encore plus qu'elle ne nous hait !
Il ne faudra rien lui dire... Et pour qu'elle ne se
doute de rien, je n'irai pas à Biarritz par crainte
d'être prise là-bas d'un malaise qui révélerait tout !
Tu iras seul, si tu trouves normal de m'abandonner
en ce moment... D'ailleurs, dans mon état, un voyage
aussi rapide ne serait pas du tout indiqué. Je ne vois
pas non plus quelle pourrait être mon utilité là-bas ?
De deux choses l'une... ou ma mère nous a joué une
comédie odieuse pour troubler notre lune de miel en
nous faisant savoir par ce câble qu'elle sait très bien
où nous cachons notre bonheur, ou elle est réellement malade et ce ne serait certainement pas moi,
fatiguée comme je le suis, qui pourrais la soigner !
S'il y avait des décisions à prendre sur place, tu te
débrouillerais beaucoup mieux que moi... Après tout,
Ida ne t'a jamais détesté, toi ?

— Je me le demande.

La réponse à leur télégramme arriva juste avant
le dîner. Geoffroy remarqua, cette fois, que les mains
d'Edith tremblaient en décachetant le message qu'il
lut en même temps qu'elle :

*Confirmons présence famille indispensable. Stop.
Madame Keeling dans un état très grave.*

C'était signé, comme le premier :

Direction Hôtel Miramar, Biarritz.

Ils se regardèrent, un long moment, silencieux.
— C'est toi qui as raison, mon chéri, finit-elle par
dire. Tu dois y aller... Ce sera terrible de nous séparer ainsi.
— Mais je ne ferai qu'un aller et retour !

— Peut-être seras-tu dans l'obligation de rester auprès d'elle plus longtemps que tu ne le crois ?

— Dans ce cas, tu viendrais tranquillement m'y rejoindre par le train qui mettra plus de temps mais qui sera plus reposant pour toi. Tu pourrais prendre le Milan-Bordeaux et j'irai te chercher dans cette ville avec la voiture... Que dois-je faire selon toi ? Partir dès ce soir après le dîner ou demain matin de bonne heure ? L'auto est prête.

— Ce soir, pour rouler toute la nuit ? Ce serait de la folie sur ces routes italiennes qui tournent sans arrêt. Tu partiras demain matin avec moi : je t'accompagnerai jusqu'à Milan où tu n'auras qu'à me déposer à l'hôtel où nous venons de passer la nuit. Je demanderai que l'on me redonne ce même appartement dans lequel nous avons vécu des heures merveilleuses et qui doit encore être imprégné de nos amours... Je n'y penserai qu'à toi, dans l'attente de ton appel téléphonique m'annonçant que tu es bien arrivé à Biarritz et me disant exactement ce qu'a Ida. Il te sera beaucoup plus facile d'obtenir de là-bas la communication avec Milan qu'avec Bellagio. Tu as vu les difficultés que nous avons eues aujourd'hui et la poste a affirmé que la ligne, démolie par l'orage, serait rétablie au plus tard demain après-midi. Selon ce que tu me diras au téléphone, je prendrai le train, où si tu estimes que ce n'est pas nécessaire, j'attendrai sagement à Milan ton retour. Je préfère être dans une grande ville et je ne pourrais pas supporter de rester seule ici où nous avons connu ensemble un tel bonheur ! Je ne reviendrai à Bellagio qu'avec toi... Je profiterai aussi de cette journée passée demain à Milan pour aller consulter un gynécologue.

— C'est une excellente idée. Veux-tu que je me renseigne ici et que je prenne dès maintenant par téléphone rendez-vous pour toi avec le médecin que l'on m'indiquera ?

— Non, chéri. Je ne suis pas mourante, moi ! J'aurai tous les renseignements à l'hôtel de Milan où ils étaient aimables à la réception. La chose la plus importante ce soir est de nous coucher tout de suite après le dîner : il faut que tu aies le temps de bien dormir. Tu as une longue route à faire.

Ils quittèrent la *Villa Serbelonni* le lendemain matin à 6 heures.

Les soixante-cinq kilomètres de l'étape Bellagio-Milan furent franchis à vive allure. Ils parlèrent peu : la pensée qu'ils allaient se quitter les oppressait. Quand ils pénétrèrent dans Milan, elle dit d'une voix brisée :

— Geoffroy, mon chéri, nous allons connaître notre première séparation. Je te promets de me montrer courageuse mais, pour m'y aider, je te demande de me déposer simplement avec ma valise devant l'entrée de l'hôtel, de ne pas m'embrasser parce que je crois que j'éclaterais en sanglots et de repartir aussitôt sans te retourner...

— Ma petite Edith, je te supplie de rester calme ! Je suis persuadé que je pourrai repartir de Biarritz dès demain matin pour te retrouver le soir même. Tu n'auras qu'une nuit à passer seule et tu t'endormiras après que je t'aurai dit bonsoir au téléphone. Tu me diras, toi, le diagnostic du gynécologue.

— C'est étrange... Hier, pendant pendant notre souper d'amants dans cet hôtel vers lequel tu me ramènes, j'ai eu le pressentiment qu'un événement allait survenir qui paralyserait notre merveilleux bonheur... Je ne me trompais pas... Voilà l'hôtel... Je prends ma valise... Dès que tu t'arrêtes, je saute sur le trottoir et tu repars. C'est promis ?

— Oui.

— N'oublie pas que j'attends ton appel ce soir...

— S'il tardait un peu, ne t'inquiète surtout pas ! Avant de demander la communication, j'attendrai de connaître l'état exact de ta mère.

— Dis-lui quand même que je pense bien à elle, même si ce n'est pas vrai... Je ne pense qu'à toi ! Mais je t'interdis de l'embrasser !

La voiture s'était arrêtée. Tous deux, tels des automates, exécutèrent les gestes dont ils avaient convenu. Quand l'automobile repartit, Edith était debout sur le trottoir, la valise à ses pieds, faisant un geste d'adieu qu'il vit dans le rétroviseur.

Elle cria même :

— Sois prudent, mon amour !

Mais il ne l'entendit pas : la voiture était déjà loin. Alors seulement, les larmes, qu'elle avait cachées et qui l'étouffaient depuis le départ de Bellagio, coulèrent sur son visage angoissé.

... Ce furent toutes ces visions qui passèrent devant les yeux de Geoffroy pendant la longue route.

Après avoir revécu en mémoire ce passé tout récent, il avait la pénible impression qu'il ne connaîtrait plus jamais une semblable période de bonheur. La dernière image de cette radieuse séquence de sa vie avait été le geste de la jeune femme reflété par le rétroviseur... Elle fut longue à s'estomper mais brutalement, alors que le conducteur commençait à désespérer d'atteindre le bout de sa route, tous les souvenirs s'évanouirent... un mot de huit lettres blanches venait de se détacher sur une plaque indicatrice : *Biarritz.*

Dans quelques minutes, Geoffroy serait à nouveau en présence d'Ida qu'il n'avait plus revue depuis une pénible scène de rupture mais dont l'écrasante personnalité de maîtresse n'avait jamais cessé, depuis un an, de le poursuivre dans le secret de son cœur malgré tous les efforts qu'il avait faits pour oublier, malgré la prodigieuse aventure de son mariage, malgré l'éclatante jeunesse d'Edith...

— Je suis M. Duquesne, lança-t-il au portier en pénétrant dans le hall du *Miramar* mais l'homme galonné se contenta de répondre poliment :

— Bien, monsieur... Monsieur désire ?

— Vous n'êtes donc pas au courant des télégrammes qui m'ont été envoyés à Bellagio au sujet de Mme Keeling ?

— Non, monsieur. Ceci doit concerner la réception.

Là aussi, Geoffroy se trouva en présence d'une ignorance absolue de son nom, de Bellagio et des messages.

— Enfin, dit-il en commençant à s'impatienter, les deux câbles que vous m'avez adressés à la *Villa Serbelloni* étaient signés « *Direction Hôtel Miramar. Biarritz* » ! Il n'y a pourtant pas d'autre hôtel portant ce nom à Biarritz ?

— Il n'y a, monsieur, qu'un seul *Miramar* sur toute la Côte d'Argent ! répondit avec orgueil le chef de la réception.

— Mme Keeling est donc chez vous ?... Mme Ida Keeling ?

— Cette dame n'est pas à notre hôtel.

— Vous vous moquez de moi ?

— Ce n'est pas dans nos habitudes d'agir ainsi à l'égard de la clientèle... Je vais vérifier sur les listes antérieures... Non... Nous n'avons pas vu de Mme Keeling depuis l'ouverture de la saison... Mais peut-être cette dame va-t-elle arriver prochainement bien qu'aucune réservation n'ait été faite à ce nom.

Geoffroy restait la bouche ouverte, stupéfait.

— Si Monsieur veut bien patienter quelques instants, je vais interroger notre directeur.

Geoffroy se demandait s'il ne venait pas de vivre seulement en rêve tout son voyage ? Il s'en voulait aussi d'avoir laissé dans la chambre de Bellagio les deux télégrammes reçus. S'il avait pris la précaution de les emporter avec lui, il aurait été facile de savoir, grâce à leurs numéros, s'ils avaient été effectivement envoyés au *Miramar* ? En y réfléchissant, ce n'était pas parce qu'ils étaient signés « *Direction Hôtel Miramar* » que ces télégrammes avaient été obligatoirement expédiés de l'hôtel ou même rédigés par la direction.

Le directeur, homme aimable, confirma les dires de ses subordonnés : Mme Ida Keeling n'était jamais venue et restait une inconnue au *Miramar*.

— Je veux bien vous croire, monsieur le directeur, mais vous avez quand même reçu le télégramme que je vous ai expédié de Bellagio hier vers 3 heures de l'après-midi ? Il était signé par moi, voici ma carte d'identité. Ce télégramme ne peut pas ne pas avoir été reçu par vous ! La meilleure preuve qu'il vous est bien parvenu est que j'ai reçu la réponse payée, signée par vous, dans un délai normal de quatre heures ?

— Je vous certifie, cher monsieur Duquesne, que n'ayant pas reçu ce télégramme, je n'y ai pas répondu. Il y a certainement une méprise de votre part.

— Vous maintenez que cette Mme Keeling, dont je suis le gendre et le seul parent avec sa fille unique, n'est pas ici ?

— A moins que cette dame n'ait pris un nom d'emprunt ? Mais ceci me paraît assez invraisemblable puisque nous vérifions avec soin l'identité de chaque nouveau client à son arrivée... Cependant, comme je ne veux pas que vous puissiez avoir le moindre doute, je vous offre de procéder à une nouvelle vérification discrète de l'identité de tous nos clients actuels : pouvez-vous déjà nous décrire Mme Keeling ?

— La voici... ou plus exactement c'est sa fille Edith, qui est ma femme et qui lui ressemble d'une façon frappante en plus jeune.

Geoffroy se félicitait d'avoir emporté dans son portefeuille une photographie récente qu'il avait prise lui-même sur la terrasse de la *Villa Serbelloni* et qu'il aimait particulièrement parce qu'elle était très nette.

La photographie passa des mains du directeur à celles de ses collaborateurs mais tous hochèrent négativement la tête : ils ne voyaient personne, dans la clientèle de l'hôtel, ressemblant de près ou de loin à la jeune femme.

— Voulez-vous, proposa le directeur, que je fasse téléphoner dans les principaux hôtels de la ville ? Cette dame, que vous dites assez souffrante, peut avoir confondu le nom de notre hôtel avec celui où elle se trouve réellement ?

— Oui, j'aimerais que vous téléphoniez. Je vous réglerai les communications.

— Il ne s'agit pas de cela, monsieur, mais de vous rendre service. Si vous voulez bien attendre dans le hall, je vais immédiatement donner des ordres à notre standard... Seulement je vous préviens : cette enquête peut demander un certain temps car Biarritz possède au moins une quarantaine d'hôtels.

— Cherchez seulement dans les hôtels de première catégorie : ma belle-mère apprécie avant tout le confort.

Pendant l'attente dans le hall, il ne put s'empêcher de dévisager tous ceux qui entraient ou sortaient avec le vague espoir qu'Ida apparaîtrait enfin ? Il se demanda s'il ne fallait pas aussi appeler Milan où Edith devait se ronger d'inquiétude pour l'état de santé de sa mère ? Mais il jugea plus sage d'attendre d'avoir enfin retrouvé Ida.

Après trois quarts d'heure, le directeur vint lui annoncer lui-même que Mme Keeling ne se trouvait pas, n'était pas venue antérieurement et n'avait fait aucune réservation dans aucun des principaux hôtels de la ville.

— Mais, ajouta-t-il sans grande conviction et pour se montrer aimable, elle peut très bien avoir préféré résider à Saint-Jean-de-Luz ? Voulez-vous que nous fassions les mêmes recherches dans cette ville ?

— Non. Je vous remercie. Les télégrammes ont bien été expédiés de Biarritz : ma belle-mère s'y trouvait donc... Si elle en est repartie, ce ne peut être avant 5 heures de l'après-midi hier, moment approximatif où il a été répondu d'ici à mon propre câble que vous me dites ne pas avoir reçu ! Vous reconnaîtrez avec moi, monsieur le directeur, que tout cela dépasse l'entendement.

— Je m'excuse de vous faire une telle remarque, mais ne craignez-vous pas, cher monsieur, d'avoir simplement été la victime d'une regrettable plaisanterie ? Cette dame n'est peut-être jamais venue à Biarritz ?

— La poste est-elle encore ouverte ?

— Certainement pas pour la clientèle. Il est 7 heures passées... Toutefois une permanence y est assurée précisément par le personnel préposé aux télégrammes ou aux appels téléphoniques nocturnes. Aimeriez-vous que l'un de mes collaborateurs vous y accompagnât ? Comme les employés de garde le reconnaîtront, vous aurez plus de chance d'obtenir quelques renseignements.

Dix minutes plus tard, Geoffroy et le sous-chef de réception du *Miramar* arrivaient à la poste où ils eurent la chance que l'employé de nuit ce soir-là fut le même qui avait assuré le service de jour la veille de 9 heures du matin à 7 heures du soir. Et Geoffroy put acquérir une double certitude. Le télégramme, qu'il avait adressé de Bellagio à 3 heures de l'après-midi avec la mention « réponse payée » n'était pas arrivé à Biarritz, mais le plus étrange était qu'à 5 h 10 de ce même après-midi, le deuxième câble, signé « *Direction Hôtel Miramar* » avait été effectivement expédié de la poste de Biarritz à destination de la *Villa Serbelloni*... Il fallait donc admettre que le message, parti de Bellagio, avait été reçu ou intercepté par un destinataire qui s'était substitué à la direction de l'hôtel et qui avait immédiatement répondu à l'adresse des Duquesne !

82

— Le montant de ce télégramme, demanda Geoffroy, qui est bien parti d'ici et dont vous venez de me montrer le numéro d'expédition, a été réglé avec l'argent de la réponse payée ?

— Non, monsieur, répondit l'employé. Comment voulez-vous que ce soit possible ? Pour cela, il aurait fallu que votre télégramme, portant la mention R.P. fût arrivé ici : ce qui n'a pas été le cas.

— Donc, la personne qui a envoyé le télégramme à 5 h 10 l'a payé de son argent sans savoir qu'il existait une réponse payée par moi ? Autrement dit, ce n'est pas une réponse à ma demande mais une confirmation du premier télégramme faite sur la seule initiative du mystérieux expéditeur... Pourtant je me souviens très bien du texte de ce deuxième câble qui commençait par : « *Confirmons présence famille indispensable.* » : ce qui laisse supposer que mon télégramme dans lequel je disais : « *Prière câbler urgence renseignements complémentaires.* » avait bien été lu ! C'est véritablement fantastique !... Vous ne vous souvenez pas si le télégramme parti d'ici à 5 h 10 vous a été téléphoné ou déposé directement ici ?

— Il n'a pas été téléphoné, sinon le numéro de l'appel aurait été enregistré pour la comptabilité téléphonique de l'abonné et, comme vous me dites que c'était signé par la direction du *Miramar,* le prix d'expédition aurait été automatiquement inscrit sur le relevé des communications correspondant au numéro de l'hôtel qui est le 404-40. Ce n'est pas le cas.

— Vous souvenez-vous par hasard, demanda le réceptionnaire du *Miramar,* si ce télégramme vous a été apporté par un chasseur de notre hôtel ?

— Certainement pas. Je ne peux pas dire qui me l'a remis, si c'est un homme ou une femme ? A cette saison trop de monde et trop de visages passent devant le guichet mais je me serais sûrement souvenu d'avoir vu dans la journée l'uniforme de l'un de vos chasseurs... d'autant plus que je les connais tous, depuis le temps ! La personne qui a déposé ce télégramme était sûrement en civil.

« Qui peut-elle être ? » se demandait Geoffroy avant de questionner encore l'employé :

— Etait-ce vous qui assuriez le service avant-hier dans la journée à peu près aux mêmes heures, c'est-à-dire entre 9 et 7 ?

— Non. C'était mon jour de congé.

— Vous est-il possible de faire une recherche pour savoir si le premier télégramme arrivé à Bellagio a bien été expédié également d'ici ? Quand ma femme et moi sommes rentrés de Milan hier à midi à la *Villa Serbelloni*, je me souviens très bien que le portier nous a dit en nous remettant ce premier câble : « Il est arrivé hier soir à 8 heures. » Ce qui laisserait supposer qu'il a été posté à Biarritz avant-hier entre 5 et 6 heures... La standardiste de l'hôtel Bellagio m'a dit qu'il fallait compter approximativement deux heures pour la durée de l'acheminement d'un télégramme entre là-bas et ici ?

— C'est exact, dit l'employé. La vérification est facile : voici le registre où sont inscrits chaque jour les numéros, les heures d'expédition et les destinations de tous les câbles... Vous me dites qu'il aurait été envoyé entre 5 et 7 heures de l'après-midi avant-hier ?

Son doigt, qui descendait sur le registre en suivant les inscriptions, s'immobilisa :

— Le voici ! Ce télégramme a en effet été expédié d'ici avant-hier à 5 h 46... Il est donc normal qu'il soit arrivé à Bellagio à 8 heures.

— La seule conclusion que nous puissions en tirer est que c'est presque sûrement la même personne qui a envoyé les deux messages à vingt-quatre heures d'intervalle... Seulement rien ne prouve que cette personne soit Mme Keeling. Vous ne demandez jamais l'identité de l'expéditeur d'un télégramme ?

— Les règlements ne nous obligent à la demander que pour des retraits de lettres et colis recommandés, d'argent ou de dépôts à la poste restante.

— Je vous remercie, monsieur, pour votre grande obligeance.

En sortant de la poste, Geoffroy était perplexe.

— Il reste une dernière vérification possible, lui dit le réceptionnaire du *Miramar*, pour être définitivement fixé sur la présence de Mme Keeling à Biarritz : allons au commissariat de police central. J'y connais tout le monde. Ils possèdent ce que l'on appelle un « massier » qui est un registre dans lequel sont reportées les indications mentionnées sur toutes les fiches que les voyageurs ou étrangers de passage doivent obligatoirement remplir quand ils arrivent dans un hôtel, une pension de famille ou même un appartement meublé.

— Nous pouvons toujours y aller, répondit Geoffroy sans grand espoir.

Ses doutes étaient justifiés. Le registre policier des « meublés et garnis » ne mentionnait nulle part la venue d'Ida depuis le début de la saison. En le refermant, l'employé du commissariat lui dit :

— C'est très fréquent, mon cher monsieur, que

des personnes de passage expédient ainsi des télégrammes d'une ville où elles ne séjournent pas...

— Mme Keeling a cependant dû passer au moins une nuit à Biarritz puisqu'il y a un écart de vingt-quatre heures entre les moments d'envoi des deux télégrammes ?

— Cette dame peut très bien résider dans les environ. Dans une villa ou même chez des amis qui l'ont hébergée et n'ont aucune raison spéciale de déclarer sa présence à la police ?

— Je connaissais tous les amis de ma belle-mère : aucun d'eux n'habitait ou n'avait de résidence dans cette région.

— On croit cela, mon bon monsieur !... Il se peut très bien aussi que, pendant ces vingt-quatre heures, cette dame n'ait pas éprouvé le besoin de se coucher et donc d'élire domicile... Les nuits à Biarritz à cette époque offrent de nombreuses distractions : nous avons un casino où les grosses parties se jouent parfois jusqu'à 9 heures du lendemain matin... Cette dame avait-elle l'habitude de fréquenter les casinos ? Pourquoi n'iriez-vous pas faire un tour par-là ? Je vais vous donner un mot pour le commissaire des jeux... Il est 8 heures : il doit déjà être à son poste. Dites-lui donc qu'il interroge les deux « physionomistes » qui sont à l'entrée : ce sont des personnages étonnants, dont le métier est de connaître le monde entier sans que celui-ci s'en doute ! Montrez-leur donc la photographie que vous venez d'exhiber : bien que ce soit la fille de cette Mme Keeling, si vraiment elle lui ressemble autant que vous me l'affirmez, il y a quatre-vingt-dix-neuf chances sur cent pour qu'ils reconnaissent le visage s'ils l'ont vu ces derniers jours. C'est le seul conseil que je puisse vous donner.

Le mot « casino » avait résonné étrangement dans les souvenirs de Geoffroy : Ida adorait le jeu et ne pouvait pas se passer de pénétrer dans un casino. Elle aimait aussi la danse et les casinos avaient toujours une boîte de nuit ou un dancing.

La visite au casino fut aussi décevante que les précédentes. Le commissaire des jeux, les croupiers et les physionomistes furent formels : la dame de la photographie ou, tout au moins, son sosie n'avait pas paru.

Geoffroy était exténué par le voyage et par ses recherches.

— Rentrons au *Miramar*, dit-il.

Dès qu'il y fut, il retint une chambre en demandant qu'on lui montât un dîner pendant qu'il attendrait la communication avec l'hôtel *Duomo* de Milan qu'il s'était décidé à faire appeler pour tranquilliser au moins Edith sur son voyage.

Avant même de l'entendre, il prévoyait quelle serait la fureur, justifiée cette fois, de sa femme lorsqu'il lui apprendrait qu'Ida n'était pas à Biarritz ! C'était Edith qui avait raison quand elle disait que sa mère leur avait joué la sinistre plaisanterie d'une pseudo-maladie uniquement pour troubler leur bonheur... La maladie ?

Il bondit sur le téléphone pour appeler le réceptionnaire qui l'avait accompagné :

— Je suis stupide ! dit-il. Nous avons oublié l'essentiel : pouvez-vous faire téléphoner immédiatement à l'hôpital et dans toutes les cliniques privées de la ville ou des environs pour savoir si Mme Keeling n'y serait pas ?

En raccrochant, il fut pris d'un immense espoir. Comment n'y avait-il pas pensé plus tôt ? La pauvre Ida devait y être alitée, veillée peut-être par une infirmière, incapable de bouger ou même de parler, terrassée par un mal impitoyable ? Le mot « coma » lui vint en pensée.

Il fit des vœux pour que la réponse lui parvînt avant la communication avec Edith...

Il fut exaucé. Seulement là encore, ce fut la négative : Ida n'était ni à l'hôpital ni en clinique.

Il mangea parce qu'il le fallait mais sans aucun appétit. Son repas était terminé depuis longtemps quand, à 11 heures du soir, le standard lui annonça Milan à l'appareil.

— Allô ? Le *Duomo* ? Passez-moi l'appartement de Mme Duquesne... Comment ? Elle n'est pas là ? Sortie ?... Je ne comprends pas... Qui est à l'appareil ? Donnez-moi la réception... Ici M. Geoffroy Duquesne... J'ai passé avec ma femme une nuit à votre hôtel avant-hier : nous venions de Bellagio... Vous me reconnaissez ? Je viens de demander ma femme, qui est arrivée à votre hôtel ce matin et votre standard me répond qu'elle n'y est pas ?... Elle voulait retenir ce même appartement que nous avons déjà occupé... Elle ne l'a pas retenu ? Mais elle est cependant bien arrivée ce matin ? C'est moi-même qui l'ai déposée, avec ma voiture, devant la porte de votre hôtel à 6 heures du matin... Elle avait une valise... Elle a sûrement été à la réception en arrivant !... Oui, j'attends... Le portier et le réceptionnaire de nuit, qui terminent leur service à huit heures du matin, disent qu'ils ne l'ont pas vue ? C'est impossible ! Vous êtes sûr ? Peut-être a-t-elle décidé, au dernier moment, d'aller dans un autre hôtel mais cela m'étonne... De toute façon, il était convenu entre elle et moi que je l'appellerais de Biarritz ce soir entre 7 heures et minuit : elle a certainement fait prévenir votre standard pour indiquer son adresse... Voulez-vous vérifier ? Aucune adresse ? Mais je vous en supplie, monsieur ! C'est très important... Elle était un peu fatiguée... Elle avait aussi l'intention de vous demander l'adresse d'un bon médecin qu'elle voulait consulter pendant la journée ?... Elle ne l'a pas fait puisque vous ne l'avez pas vue ?... Bon. Pourriez-vous me rendre un très grand service ? Je suis à l'*Hôtel Miramar* de Biarritz... le numéro est le 404-40 à Biarritz... Téléphonez d'urgence à tous les principaux hôtels de Milan pour leur demander si, par hasard, Mme Geoffroy Duquesne ne serait pas descendue chez l'un d'eux... Naturellement, je vous réglerai les communications quand je repasserai par Milan demain ou après-demain au plus tard... Cela risque d'être long ? Il y a beaucoup d'hôtels, évidemment... Rappelez-moi à n'importe quelle heure de la nuit en m'indiquant le nom et le numéro de l'hôtel où elle sera... Merci.

En raccrochant, il avait le vertige : quelle idée avait bien pu passer dans la tête d'Edith pendant les quelques secondes qui avaient suivi le moment où il avait aperçu, dans le rétroviseur, sa silhouette faisant un signe d'adieu ? Elle paraissait cependant tellement désireuse de retourner dans ce même hôtel pour retrouver l'appartement de leur souper d'amants ! Puisqu'elle n'avait même pas pénétré dans le hall du *Duomo*, il fallait qu'en un éclair de pensée, elle ait pris une autre décision ? A moins... mais il se refusait à l'admettre... à moins qu'elle n'ait eu déjà l'intention, plusieurs heures plus tôt de ne pas séjourner au *Duomo* ? Pourquoi agir ainsi ? Elle savait très bien que ce serait à cet hôtel qu'il téléphonerait après son arrivée à Biarritz... Non ! Un événement imprévu qui avait bouleversé leurs plans, avait dû se produire à la toute dernière minute... Edith n'était pas plus au *Duomo* qu'Ida ne se trouvait au *Miramar* ! Et lui était là, désemparé, ne sachant où elles se trouvaient l'une et l'autre, ayant probablement accompli ce voyage exténuant pour rien ! Cela confinait à la folie... Il piétinait, tournant en rond dans cette chambre anonyme d'hôtel de luxe, ne sachant que faire...

Pourquoi aussi Edith, qui savait qu'il se rendrait directement au *Miramar*, n'avait-elle pas téléphoné ou câblé à cet hôtel pour qu'on le prévînt, dès son arrivée, qu'elle avait changé d'avis et indiquer sa nouvelle adresse ? Il venait cependant d'avoir la preuve que la ligne téléphonique, interrompue par l'orage, était rétablie puisqu'il venait de parler avec Milan... L'orage ?

Il eut brusquement un doute fantastique et prit à nouveau l'appareil pour demander la réception :

— Excusez-moi, monsieur, de vous déranger encore, mais est-il exact qu'hier dans la journée un violent orage dans le sud-ouest de la France ait interrompu les communications téléphoniques entre Biarritz et le Nord de l'Italie ? Hier j'ai voulu vous appeler de Bellagio vers 1 heure de l'après-midi pour vous demander des précisions au sujet de l'état de ma belle-mère que je croyais à votre hôtel et la standardiste de la *Villa Serbelloni* m'a répondu au bout de deux heures et demie d'attente que la poste venait de l'informer que la ligne était coupée et ne serait rétablie qu'aujourd'hui ?

« — Je n'ai pas entendu parler de cet orage, répondit la voix du réceptionnaire. Les journaux et la radio ont dit hier dans leurs bulletins météorologiques que le temps avait été beau sur l'ensemble du territoire français... Et votre question me remet en mémoire un fait précis : nous avons reçu hier à 2 heures et à 3 heures de l'après-midi deux réservations d'appartements par des appels téléphoniques qui venaient de Turin et de Florence. Ceci prouve que les communications n'étaient pas interrompues avec l'Italie du Nord. »

Il n'y avait donc pas eu d'orage. C'était une pure invention de la poste italienne qui n'avait pas transmis non plus le télégramme expédié par Geoffroy. Un tel manque de conscience professionnelle méritait des sanctions : dès qu'il serait de retour à Bellagio, Geoffroy porterait plainte.

Bellagio... Pourquoi ne tenterait-il pas d'appeler maintenant la *Villa Serbelloni* ? Peut-être qu'Edith, prévoyant qu'il le ferait, avait jugé plus intelligent de donner à leur véritable résidence italienne depuis cinq semaines la nouvelle adresse où elle se trouvait à Milan ?

Il demanda aussitôt la *Villa Serbelloni* par téléphone.

A 1 heure du matin, le *Duomo* de Milan le rappela pour l'informer qu'après enquête « Mme Duquesne ne se trouvait dans aucun des vingt-cinq hôtels principaux de la ville ».

Il raccrocha, accablé, mettant son dernier espoir dans la communication avec Bellagio.

Il l'eut enfin à 2 h 30 du matin à un moment où, assommé de fatigue, effondré dans un fauteuil, il commençait à lutter désespérément contre le sommeil.

— Allô ? *Villa Serbelloni ?*... Ici M. Duquesne. Ma femme n'a pas téléphoné de Milan et laissé un message pour moi ?

La voix embarrassée du veilleur de nuit répondit :

« — Attendez, monsieur Duquesne... Notre directeur a demandé que je le prévienne dès que vous appelleriez... Il a une communication importante à vous faire. »

Enfin ! pensa Geoffroy. Mais pourquoi a-t-elle éprouvé le besoin de déranger le directeur ?

Ce dernier fut rapidement au bout de la ligne. Sa voix hachée exprimait en même temps la satisfaction et l'angoisse :

« — J'attends votre appel depuis des heures, monsieur Duquesne ! Je ne pouvais pas vous prévenir, ignorant où vous étiez ? »

— Mais je suis à Biarritz, à l'hôtel *Miramar*.

« — A Biarritz ? dit la voix surprise. Vous êtes bien loin !... Il serait indispensable que vous reveniez de toute urgence. »

— Qu'y a-t-il ?

« — Mme Duquesne a été victime d'un accident... »

— Ma femme ? C'est grave ?

« — Très grave. »

— Donnez-moi vite son adresse à Milan...

« — Elle n'est pas à Milan mais ici... »

— A Bellagio ? Elle y est donc revenue ?

« — A 3 heures cet après midi. Ce serait trop long à vous expliquer... Il faut que vous veniez ! »

— Vous ne pouvez pas me la passer au téléphone ?

Il y eut un moment d'hésitation avant que la voix ne répondît :

« — Mme Duquesne ne peut pas vous parler, monsieur. »

— Comment ?... Mais elle est en vie ?

« — Venez, monsieur ! Votre présence est indispensable... »

Un déclic venu de Bellagio mit fin à la conversation.

Pendant un moment, Geoffroy eut l'impression que sa raison vacillait mais il eut la force de se ressaisir pour appeler à nouveau la réception :

— Est-il possible, à cette heure, de me faire du café très fort ?... Oui ? Je partirai dans une demi-heure.

Puis il descendit au garage de l'hôtel pour préparer sa voiture en vue de la longue route qu'il allait faire en sens inverse.

... Quand il passa, à la sortie de la ville devant la plaque indicatrice portant le nom *Biarritz*, il regarda instinctivement la pendule du tableau de bord qui marquait 3 h 15 du matin et il calcula qu'il pourrait atteindre Bellagio dans les premières heures de l'après-midi.

La tension nerveuse, ajoutée à l'excitation de la caféine, l'emportait sur sa fatigue. Pendant les premières heures, il conduisit comme un robot dont les réflexes — dictés par la route — étaient purement mécaniques : il faisait corps avec sa voiture. Ce ne fut que lorsque les premières heures du jour commencèrent à rosir la plaine du Languedoc qu'il put concentrer ses pensées sur l'incroyable succession d'événements qui venaient de se précipiter pendant les dernières quarante-huit heures.

Une question angoissante se posait d'abord : de quel accident Edith avait-elle pu être la victime ?

N'aurait-elle pas été renversée par une voiture en pleine rue de Milan dans les quelques secondes qui avaient suivi leur séparation ? Ceci expliquerait pourquoi on ne l'avait pas vu pénétrer dans l'hôtel *Duomo*... Peut-être avait-elle été transportée d'urgence dans un hôpital ou une clinique mais là elle avait peut-être exigé qu'on la ramenât à Bellagio ?... Il était cependant invraisemblable que les médecins milanais eussent consenti à lui laisser faire un tel déplacement si son état était vraiment aussi sérieux que l'avait laissé entendre le directeur de la *Villa Serbelloni ?* La phrase terrible avait été « Mme Duquesne ne peut vous parler », suivie, quelques instants plus tard, de l'interruption voulue de la communication : son interlocuteur avait préféré employer ce subterfuge plutôt que tout révéler. Geoffroy le sentait : il devait s'attendre au pire.

Et dire que rien sans doute ne se serait passé s'il n'avait pas accompli ce voyage inutile dont la seule, l'unique responsable, était Ida... Jamais Geoffroy ne pourrait lui pardonner de l'avoir contraint à se séparer de sa femme : le malheur avait été immédiat.

Le malheur ? Une pensée, à la fois folle et monstrueuse, lui traversa l'esprit : puisque Ida ne se trouvait pas à Biarritz et n'y avait peut-être même pas été de toute la saison, ne serait-ce pas elle qui aurait provoqué l'accident dont Edith était la victimes ? Les télégrammes successifs prouvaient qu'Ida les épiait, qu'elle était au courant de leurs moindres faits et gestes... Peut-être se cachait-elle même à quelques pas de la *Villa Serbelloni ?* De toute façon, elle avait certainement un espion à sa solde dans l'hôtel, sinon comment aurait-elle pu savoir qu'ils avaient envoyé un câble à la direction du *Miramar* pour demander des précisions ? N'était-ce pas elle aussi qui avait empêché que ce message fût transmis ? Le soi-disant orage et sa fausse maladie n'étaient-ils pas également le fruit de son invention diabolique ? C'était elle enfin qui, ayant pris connaissance de la teneur de leur télégramme, avait dû donner des ordres pour qu'un deuxième télégramme partît de la poste de Biarritz à une heure correspondant à l'arrivée approximative de leur propre demande au *Miramar*. Ainsi la pauvre Edith et lui étaient tombés dans le piège diabolique : n'importe qui, à leur place, en aurait fait autant.

Ida, qu'il avait eu le plus grand tort de défendre à plusieurs reprises devant Edith, était capable de tout : il en avait maintenant la preuve effroyable. Très rapidement cette maîtresse, dont il vantait stupidement la bonté et la générosité, lui apparut sous un autre aspect qu'il ne lui avait connu qu'une seule fois pendant leur longue liaison et qu'il avait eu le plus grand tort d'oublier : l'Ida dévorée, rongée par la jalousie... La femme qu'il n'avait découverte qu'au moment de leur rupture.

Il se souvenait très bien de la scène odieuse... Ce n'était, certes, qu'une sottise de sa part qui l'avait déclenchée : après trois années de vie commune avec cette femme exigeante, il avait ressenti le besoin impérieux de se libérer d'une tyrannie passionnée. Besoin qui s'était cristallisé par la rencontre forfuite qu'il avait faite de Marie-Christine, une fille de vingt et un ans dont la jeunesse plus que la réelle beauté, l'avait attiré. L'inexorable loi de la nature remettait les choses en place en poussant la jeunesse vers les bras de la jeunesse... D'abord il n'y avait eu qu'une simple ébauche d'aventure cachée avec cette Marie-Christine, mais Ida possédait cet instinct terrible des femmes exclusives pour qui l'amant ne peut avoir le moindre secret. Geoffroy le comprit le matin où elle lui dit :

— Pourquoi es-tu rentré aussi tard hier soir ?

— Je t'avais prévenue que ce banquet annuel et cette réunion amicale des anciens de mon régiment se prolongeraient certainement très tard...

Le mensonge était assez banal mais plausible.

— Figure-toi que j'ai téléphoné vers minuit à ton camarade de guerre, Georges. Il m'a répondu que votre association n'avait ni réunion ni banquet cette année et que, en conséquence il ne t'avait pas vu de la soirée... Avoue que c'est pour le moins, curieux ?

— Où veux-tu en venir ?

— Je ne sais pas mais je t'ai déjà averti que je ne tolérerai pas que tu me trompes avec qui que ce soit ! Je t'ai tout donné, moi !

— Sauf tes vingt ans, Ida.

Il s'en voulut aussitôt d'avoir lâché ces mots, mais la blessure était faite : il comprit, à l'expression du visage subitement crispé de sa maîtresse, qu'elle ne se cicatriserait pas. Elle trouva quand même la force de demander avec une voix presque tendre :

— Tu es donc malheureux avec moi, mon petit Geoffroy ?

— Pourquoi ces grands mots ? S'il en avait été ainsi, il y a longtemps que nous aurions cessé de nous voir... Non ! Tu es une femme extraordinaire et une amante admirable, seulement...

— Quoi ?

— Depuis quelque temps, j'ai besoin de prendre l'air ! Nous ne sommes pas mariés ?

— Tu as toujours été libre de reprendre ta liberté le jour où tu le voudrais.

— Je n'en demande pas tant !... Essaie de comprendre : moi aussi, j'ai besoin de toi... Je sais, si nous nous quittions, que tu me manquerais. Nous ne pouvons même pas l'envisager mais tu es assez femme et tu as suffisamment vécu pour savoir qu'un homme, quelle que soit sa passion pour sa compagne, ne peut pas se sentir perpétuellement enchaîné, surveillé comme un petit garçon... Depuis que j'ai fait ta connaissance, j'ai délaissé tous mes amis, ma famille même... Je n'ai vu que toi, vécu que pour notre amour...

— Il ne te suffit donc pas ?

— Il n'y a pas que l'amour !

— Il y a aussi l'aventure ? Et la nôtre n'en est plus une... C'est bien cela que tu veux dire ? Qu'elle s'est terminée le jour où tes sens ont été rassasiés, gavés ? Qui au monde aurait pu te satisfaire autant que moi ? Une fille facile ? Elle en serait incapable... Une femme mariée ? Tu es beaucoup trop exclusif et trop entier pour admettre des complications... Il te fallait une femme libre ! Mon veuvage m'a donné depuis longtemps cette liberté rare... Je te connais mieux que toi-même : tu appartiens à la race des hommes auxquels il faut un port d'attache, qui sont nés pour rester fidèles à une unique passion, qui sont surtout incapables de courir de la blonde à la brune ! Ta fringale d'amour est trop grande, trop belle aussi pour ne pas être canalisée par une seule maîtresse, qui va au-devant de tes désirs... Essaie donc de partir puisque tu en as envie ! Je ne t'accorde pas huit jours avant que tu viennes me retrouver mais ce sera trop tard... Si tu me quittes, je te jure que je ne te reverrai plus !

— Encore des mots...

— Un serment ! Que tu veuilles ou non, Geoffroy, tu resteras jusqu'à ta mort mon amant... Même si nous ne devions plus jamais nous revoir ! Toutes celles que tu pourras rencontrer après moi ne seront toujours pour toi que de piètres aventures... Pendant ces trois années j'ai fait tout ce qu'il fallait pour te marquer : tu es à moi !

— Une exclusivité ?

— Oui, cette merveilleuse exclusivité dont rêvent tous les hommes mais qu'ils ne trouvent que bien rarement ! Quel grain de folie te hante en ce moment ? Pourquoi travailles-tu contre toi-même ? Tu as rencontré une autre femme ? Aie au moins le courage de me le dire plutôt que d'inventer de pauvres petits mensonges... Décris-moi cette femme... J'essaierai de lui ressembler si c'est cela que tu cherches ? Montre-la-moi pour que je puisse au moins te donner mon avis sur elle : je t'aime trop pour ne pas être impartiale.

— Toi ? Ta jalousie féroce te fait haïr chaque femme en qui tu soupçonnes une rivale possible.

— Quel âge a-t-elle ?

— Qui... elle ?

— Tu t'obstines à vouloir mentir ?

— Et toi tu t'entêtes à plaider le faux pour savoir le vrai !

— Tout à l'heure, avec une certaine délicatesse, je le reconnais, tu m'as fait sentir notre différence d'âge... C'est la première fois, depuis que nous sommes amants, que tu me la reproches... J'en déduis donc que la fille qui t'intéresse est jeune, très jeune !

98

Elle doit avoir ces vingt ans que tu regrettes de ne pas avoir trouvés en moi... Mais, mon pauvre garçon, tu n'es pas fait pour une femme trop jeune et encore moins pour une jeune fille ! Il te faut « la Femme » avec tout ce qu'elle t'apporte d'expérience amoureuse, de détachement, de compréhension surtout... Pour moi, Geoffroy, bien que tu t'en défendes, tu n'es encore qu'un enfant-amant... C'est pour cela que nous nous complétons ! Dans notre couple, tu apportes la jeunesse et moi l'amour... Et apprends qu'une vraie femme n'a jamais fini de faire l'éducation de son amant ! Un jour peut-être deviendras-tu « mon chef-d'œuvre » ? Tandis qu'une oie blanche ou une petite dinde de vingt ans ne t'apprendront rien ! Ce seront elles qui attendront que tu les éduques, seulement tu en es incapable ! Pour réaliser un pareil miracle, l'homme doit faire preuve d'une patience et d'une indulgence que tu n'auras jamais !... Maintenant tu peux t'en aller : je n'ai plus rien à te dire.

Exaspéré, vexé surtout de se sentir analysé à ce point, il avait voulu — dans un geste irréfléchi de révolte — répondre par un simulacre de fuite.

Il n'était nullement dans ses intentions de rompre avec sa maîtresse mais seulement de lui donner ce qu'il qualifiait, dans son esprit encore très jeune, « une bonne leçon ». Il décida de ne plus reparaître avenue Montaigne pendant quelques jours pour se faire désirer. Il connaissait bien Ida : malgré la déclaration où elle lui avait claironné qu'elle ne le retenait pas, elle n'aurait de cesse qu'il ne revînt vivre auprès d'elle.

Le soir même il retrouvait la brune Marie-Christine et, plutôt pour se prouver qu'il était un garçon libre que pour se venger des vérités lancées par sa tyrannique maîtresse, il fit l'amour avec la fille de vingt et un ans. Il croyait qu'il allait trouver dans cet acte de chair un renouvellement de ses appétits et une satisfaction très différente de celles que lui avait apportées une femme plus âgée que lui... Mais sa déception fut complète. Sans la connaître, Ida avait vu juste : il faudrait des années avant qu'une Marie-Christine apprît à se comporter en amante. Sa jeunesse ne semblait même pas soupçonner que les raffinements de l'amour pouvaient être illimités...

Dès le lendemain, Geoffroy — qui n'avait même pas pu supporter l'idée, après sa déception, de passer toute une nuit avec sa conquête éphémère — s'en voulut amèrement de s'être conduit d'une façon aussi stupide. Ida, heureusement, ne le saurait jamais puisqu'il n'avait déjà plus l'intention de revoir la fille brune.

Mais il commit l'erreur de ne pas revenir aussitôt auprès de sa maîtresse : un orgueil ridicule de mâle encore vexé l'empêcha d'accomplir le geste de soumission. Il attendit toute une journée chez lui, persuadé que ce serait Ida qui viendrait le relancer, mais plus les heures passèrent et plus il sentit fondre ses espoirs.

Il continua à s'entêter, ne bougeant pas et prouvant qu'il était bien l'homme-enfant décrit par Ida. Seulement, après trois jours de cette solitude, il n'y tint plus et courut avenue Montaigne pour arriver à midi, l'heure où il savait que sa maîtresse se réveillait. L'attente sur le palier, après qu'il eut sonné, fut très longue... Quand Lise ouvrit enfin, il fut frappé par l'expression hermétique et ironique du visage déplaisant.

— Madame est réveillée ? demanda-t-il.

La femme de chambre prit tout son temps pour répondre de sa voix odieuse :

— Madame n'est pas là.

— Déjà sortie ?

— Partie depuis hier matin.

— Ce... Ce n'est pas vrai ? balbutia-t-il.

— Madame a décidé de quitter Paris pour un voyage à l'étranger. Elle m'a dit qu'elle ignorait quand elle rentrerait en France.

— Elle a quand même laissé un message pour moi ?

— Madame m'a donné l'ordre de dire à Monsieur, au cas où il reviendrait ou téléphonerait, qu'il était désormais inutile pour lui de reparaître ici.

— C'est une plaisanterie ?... Vous mentez, Lise ! Je sais que Madame est là... Je vais m'en assurer moi-même !

— Madame a formellement interdit que Monsieur pénètre chez elle à l'avenir.

— Comme si j'allais me gêner ! Laissez-moi passer...

— Non, monsieur !

— Vous ne voulez pas, ma bonne femme ? Et bien je me passerai de votre autorisation et de celle de votre patronne ! Figurez-vous que moi aussi, depuis trois ans, je m'estime un peu chez moi ici !

Et, avant que la femme de chambre ait pu s'interposer, il avait pénétré dans le vestibule. Il se précipita comme un fou vers la chambre à coucher : Ida n'y était pas, le lit n'était pas défait, les produits de beauté placés en permanence sur la coiffeuse avaient disparu ainsi que tous ces objets familiers qu'une femme a toujours avec elle. Il alla dans un couloir servant de débarras et où il savait que les valises étaient entassées : plusieurs d'entre elles ne s'y trouvaient plus... Il revint dans la salle de bains, ouvrit les placards : ils étaient vides.

Partout, dans chaque pièce, Lise l'avait suivi, silencieuse et hostile. Quand il se retrouva dans le vestibule, il lui lança :

— Vous avez fini de me regarder ainsi ? Contente, hein ? Vous attendiez ce moment depuis longtemps ? Seulement moi je vous garantis que les choses ne se passeront pas comme ça !

Il ressortit de l'appartement en claquant la porte.

Une fois sur le palier, pendant qu'il entendait la femme de chambre tourner la clef à double tour dans la serrure de sécurité, il se sentit moins fier, beaucoup moins sûr de lui... Il avait proféré des menaces pour se donner une contenance, sauver la face devant la domestique triomphante, mais en réalité il se savait déjà battu d'avance.

Il ne revit pas sa maîtresse et il fallut la rencontre avec Edith pour qu'il apprît, un an plus tard, qu'Ida s'était réfugiée aux Etats-Unis.

Une femme, qui n'avait pas hésité à rompre aussi brutalement avec un passé de trois années, était capable de tout... Ida avait su rester silencieuse pendant des mois, rongeant sa déception de femme, cachant son chagrin sous le couvert d'une vie brillante en Floride... Car il n'était pas possible qu'elle ne fût pas désespérée ! Geoffroy savait qu'elle l'avait aimé comme jamais femme au monde ne pourrait le faire... Une passion pareille ne pouvait se transformer qu'en haine. L'ancien amant avait trop appris à connaître Ida pour ne pas prévoir qu'un jour ou l'autre elle se vengerait de l'affront.

Elle avait attendu patiemment, sachant que son heure viendrait... Celle-ci avait sonné le jour où elle avait appris le mariage. Ida trouvait enfin l'occasion de mettre à exécution le plan de vengeance qu'elle élaborait depuis plus d'une année : les quarante-huit heures qui venaient de s'écouler prouvaient à Geoffroy que la réalisation en serait démoniaque. Tout, depuis l'arrivée du premier télégramme à Bellagio, s'enchaînait avec une rigueur impitoyable.

L'homme, fatigué et harassé au volant, frissonna à l'idée que l'aboutissement pouvait être un crime. C'était Ida seule qui — après avoir réussi à le faire éloigner — avait sinon exécuté, du moins ordonné l'accident dont Edith était l'innocente victime. Le monstre savait qu'en s'attaquant à la jeune femme, elle atteindrait indirectement et avec beaucoup plus de force son ancien amant. Si le pire survenait, Geoffroy serait touché à mort dans son amour d'époux et dans ses aspirations de père : comment aurait-il pu oublier qu'Edith avait surtout voulu retourner à Milan pour y consulter un gynécologue ? Ida, dont l'ombre maléfique semblait tout savoir de leurs agissements minute par minute, n'avait-elle pas deviné aussi l'admirable nouvelle ? Il était logique qu'elle ne pût tolérer que sa fille donnât un jour prochain à Geoffroy l'enfant qu'elle n'avait pu lui apporter pour ajouter le couronnement suprême à son œuvre de femme. En tuant sa rivale, elle supprimerait l'enfant... et même si Edith survivait, le choc de l'accident serait suffisant pour l'empêcher d'être mère.

Pendant la fin du retour angoissé, l'esprit de Geoffroy fut entièrement accaparé par l'image devenue odieuse d'Ida. Ce ne fut que lorsqu'il atteignit Milan qu'il revit en pensée le visage adoré et souriant d'Edith, mais il traversa le plus rapidement possible la ville où sa compagne avait su se révéler deux soirs plus tôt la plus éblouissante des femmes.

Le parcours de Milan à Bellagio fut accompli à un train vertigineux : il n'était pas encore 2 heures de l'après-midi quand la Bentley s'immobilisa devant l'entrée de la *Villa Serbelloni*.

Le directeur, avec qui il avait parlé par téléphone, l'attendait. Geoffroy comprit tout de suite, devant l'attitude de son interlocuteur, que l'état d'Edith ne s'était pas amélioré.

— Elle est là-haut ? demanda-t-il.

— Non. Mme Duquesne était intransportable ici.

Un deuxième personnage venait de s'avancer. Il se présenta de lui-même :

— Aldo Minelli, commissaire principal chargé de l'enquête...

— Quelle enquête ?

— Celle qui est obligatoire, monsieur, quand il y a mort subite...

Ce fut ainsi que Geoffroy apprit, sans le moindre ménagement, qu'Edith n'était plus.

Il chancela, mais ses interlocuteurs vinrent à son aide. Le policier ajouta avec plus de douceur :

— Nous comprenons, monsieur, votre émotion... Pardonnez-moi si je vous ai annoncé la triste vérité assez brutalement mais j'ai pensé — contrairement à l'avis de M. le directeur qui n'avait pas voulu la révéler quand vous avez téléphoné de Biarritz — qu'il était préférable de vous mettre tout de suite au courant des faits.

Le directeur, qui avait fait signe à un groom, dit à son tour :

104

— Permettez-moi, monsieur, de vous présenter en mon nom et en celui de tout le personnel de la *Villa Serbelloni*, nos condoléances les plus émues... Ne voulez-vous pas vous asseoir dans mon bureau ?

Le groom s'était avancé en portant un verre sur un plateau.

— Vous devriez prendre un peu d'alcool, monsieur ? continua le directeur. Buvez, c'est indispensable !

Geoffroy prit le verre avec un geste d'automate. Après avoir bu, sans même se rendre compte de ce qu'il faisait, il se laissa entraîner par les deux hommes dans le bureau où il s'effondra, désespéré, sur un siège. Il y eut un très long silence respecté par le directeur et le commissaire : la douleur qui se lisait sur le visage de l'homme jeune était plus atroce que n'importe quelle crise bruyante de désespoir. Son regard demeurait fixe, perdu dans la contemplation muette d'un autre visage déjà nimbé d'irréalité.

Puis, brusquement, il y eut la réaction. Geoffroy s'était dressé :

— Que faisons-nous là ? Qu'attendons-nous ? Je veux « la » voir... Où est-elle ?

— C'est précisément, répondit le commissaire, pour vous accompagner à la morgue que je vous attendais, monsieur...

— A la morgue ?

— Le corps de Mme Duquesne y a été déposé après l'accident...

— L'accident ?

Le mot avait résonné étrangement en Geoffroy : son imagination inquiète pendant le voyage de retour lui avait donné la conviction que « l'accident »

n'avait pu se produire qu'à Milan par la faute d'Ida...
Complètement désemparé, il prononça enfin la question qu'il aurait dû poser d'abord :

— Quel accident ? Que s'est-il passé ?

— Mme Duquesne s'est noyée dans le lac hier entre 4 et 5 heures de l'après-midi. Le corps n'a été retrouvé que vers 9 heures du soir... Après l'avoir examiné, le médecin légiste — venu ce matin de Milan — estime qu'il a dû rester un peu plus de quatre heures dans l'eau... La loi exige qu'un membre de la famille ou, à défaut, des intimes, fassent la reconnaissance du corps... Nous savons combien cette formalité sera pénible pour vous, monsieur, mais il n'y a que vous qui puissiez la remplir, étant probablement le seul parent proche se trouvant en Italie ?... En consultant les renseignements que vous avez inscrits vous-même sur la fiche de police quand vous êtes arrivé ici, voici cinq semaines, nous avons appris que Mme Duquesne, née Keeling, était de nationalité américaine ?

— Oui, malgré notre récent mariage, ma femme avait décidé de conserver sa nationalité.

— Ne sachant pas, hier, où vous étiez, jusqu'à ce que nous ayons reçu votre appel téléphonique, à 2 h 30 du matin, nous avons cru de notre devoir d'avertir immédiatement le Consulat des Etats-Unis à Milan... Il n'y en a pas à Bellagio... Le vice-consul est venu lui-même ce matin de bonne heure : nous avons pu lui dire alors que nous avions parlé par téléphone et que vous arriveriez sans doute dans les premières heures de l'après-midi. Après avoir été s'incliner devant le corps, il nous a laissé sa carte à votre intention en nous priant de vous informer qu'il se tenait à votre entière disposition...

106

Geoffroy prit machinalement le bristol et lut le nom gravé sans y attacher d'importance. Tout l'indifférait. La seule, l'unique question que son esprit torturé se posait maintenant était : « Comment Edith a-t-elle pu se noyer, elle qui nageait comme une authentique championne ? » En un éclair de pensée, il la revit se lançant de la planchette la plus élevée du plongeoir olympique du Racing pour accomplir un saut impeccable qui avait fait l'admiration de tous les assistants.

— Vous êtes bien sûr qu'elle se soit noyée ? demanda-t-il faiblement.

Le commissaire eut un moment d'hésitation avant de répondre :

— Nous nous sommes posé la même question que vous, monsieur... Mais il semble qu'il n'y ait aucun doute possible : Mme Duquesne était seule dans la barque quand cela s'est produit.

— La barque ?

— Oui... Celle que vous aviez déjà louée plusieurs fois pour vous promener sur le lac. Le loueur nous a bien précisé que Mme Keeling lui avait dit en désignant l'embarcation qui est bleue : « Donnez-moi celle-ci. Je n'en veux pas d'autre ! » Puis elle s'était éloignée lentement de la rive en ramant.

— Quelle heure était-il ?

— Quatre heures de l'après-midi... Aussi, ne la voyant pas revenir trois heures plus tard, le loueur commença à s'inquiéter. Il prévint l'un des carabiniers, qui sont en permanence aux alentours du port, en lui signalant que les autres jours où cette dame étrangère — dont il ignorait le nom — était montée dans la barque, elle était toujours accompagnée du même monsieur qui devait être son mari tandis que, cette fois, elle était seule. Le carabinier alerta aussitôt le canot automobile de la police du lac qui partit à la recherche de la barque bleue... Celle-ci fut repérée vers 8 heures à une grande distance de la rive : Mme Duquesne ne s'y trouvait pas...

Geoffroy ne se sentait même plus la force de poser une question. Il écoutait, hébété, la voix calme du commissaire continuer :

— Le seul objet que Mme Duquesne avait laissé dans l'embarcation était son sac : ce qui permit à la police du lac de découvrir l'identité de la disparue. Pendant plus d'une heure le canot continua à croiser dans les parages avec l'espoir que votre femme nageait peut-être au large. Mais, très, rapidement, cette hypothèse dut être abandonnée devant le fait qu'il ne restait aucun vêtement dans la barque. Il fallait donc admettre que l'occupante était tombée accidentellement à l'eau.

— Même si cela s'était produit, remarqua faiblement Geoffroy, Edith avait les qualités d'une nageuse exceptionnelle. Elle aurait certainement réussi à remonter dans la barque.

— C'est beaucoup plus difficile que vous ne le croyez, monsieur... De plus, saisie par le froid de l'eau, Mme Duquesne a probablement eu une congestion.

— A cette heure-là, elle avait déjeuné depuis longtemps et les dangers de la digestion étaient passés ! Enfin, elle était de constitution très robuste.

— Si vous vous refusez à admettre cette explication, il n'en reste plus qu'une... Seulement il me paraît difficile de l'envisager, à moins que vous ne me disiez que Mme Duquesne était sujette à des crises de neurasthénie ?

— Edith ? C'était l'être le plus gai de la terre !

— Je vais encore vous paraître très indiscret mais je vous demande de me répondre franchement : où et quand avez-vous quitté votre femme, monsieur Duquesne ?

— Hier matin à 6 heures devant l'entrée de l'hôtel *Duomo* à Milan où je l'ai déposée avec sa valise. D'accord avec elle — pour ne pas perdre de temps et justement éviter la petite tristesse de ces adieux très relatifs puisque nous devions nous retrouver sous quarante-huit heures soit à Milan, soit à Biarritz où j'étais appelé de toute urgence — je suis reparti aussitôt avec ma voiture.

— Cette séparation, en somme assez brusque, n'a pas eu pour origine une discussion quelconque entre vous ?

— Edith et moi n'avons jamais eu de discussions ! Nous nous adorions et nous n'étions mariés que depuis quelques semaines. Une séparation, si courte fût-elle, nous apparaissait comme devant être un supplice.

— Puis-je savoir, dans ce cas, pourquoi Mme Duquesne ne vous a pas accompagné à Biarritz ?

— Pour deux raisons : elle ne tenait pas à y rencontrer un membre de sa famille à qui j'étais dans l'obligation de rendre visite et elle était assez fatiguée. Son état lui interdisait un voyage aussi long et aussi rapide. Elle ne m'a accompagné jusqu'à Milan que dans l'intention d'y consulter un gynécologue.

— Connaissez-vous le nom ou l'adresse de ce docteur ?

— Malheureusement non ! Edith devait se renseigner auprès de la direction de l'hôtel où nous avions déjà passé la nuit précédente.

Le commissaire, qui avait pris quelques notes sur un carnet, poursuivit :

— Il serait très important de savoir à quel médecin Mme Duquesne a rendu visite. Il est en effet très possible que le diagnostic de ce spécialiste ait pu influencer la suite de ses actes ?

— C'est faux ! hurla Geoffroy. Je vous interdis de supposer que ma femme ait pu accomplir un geste pareil ! Elle n'avait aucune raison d'attenter à ses jours !

Il répéta d'une voix sourde : « Aucune ! » avant de retomber dans sa prostration apparente, mais son esprit torturé ne cessait de se poser la question troublante : « Pourquoi l'aurait-elle fait ? Je suis sûr qu'elle était heureuse auprès de moi... Elle aimait trop la vie aussi... »

— Vous m'avez mal compris, monsieur Duquesne... Souvenez-vous que je n'ai avancé cette deuxième explication possible que parce que vous sembliez rejeter tout à l'heure celle du malaise subit. Celle-ci me paraît pourtant être la seule valable. Le médecin légiste a été formel : la mort par asphyxie a dû être presque instantanée... Les poumons étaient remplis d'eau : ce qui laisserait supposer que Mme Duquesne n'a même pas eu le temps de lutter.

— C'est horrible !

— Peut-être est-ce préférable, monsieur, à l'asphyxie lente ?

Geoffroy n'écoutait plus. Son esprit continuait à penser : « Contrairement à ce que vient d'avancer ce policier, le diagnostic du gynécologue ne pouvait en aucun cas déclencher un choc nerveux : s'il s'était révélé positif, la joie d'Edith devant la certitude d'être maman dans quelques mois avait dû être immense... S'il était négatif, Edith était trop équilibrée pour ne pas s'être dit qu'elle avait tout le temps à son âge d'avoir un enfant... Pour que le choc émotif fût assez fort pour engendrer l'idée effrayante de suicide, il aurait fallu que le médecin, après l'avoir examinée, lui eût laissé entendre qu'elle était atteinte d'un mal incurable qu'elle ne soupçonnait même pas quelques heures plus tôt ! Cela aussi n'était pas concevable : à part les trois ou quatre périodes très courtes de lassitude, qu'il lui avait connues pendant leur lune de miel, Edith avait toujours eu une mine florissante : elle débordait de santé... Enfin aucun médecin au monde ne se serait permis de lui faire des révélations aussi graves dont l'effet sur son comportement psychique aurait pu être désastreux. Non ! Ce ne pouvait pas être un suicide. »

Le policier devait être dans le vrai quand il se limitait à la thèse logique du brusque malaise : celui-ci n'était-il pas imputable au seul fait qu'Edith était enceinte ? Et, dans ce cas, c'était lui, Geoffroy, le responsable indirect du drame. Désespéré, il se sentait le meurtrier de sa femme... Il voulait cependant connaître le résultat exact de la consultation : c'était son devoir d'époux et son droit d'homme bouleversé à la pensée qu'il venait peut-être de perdre non seulement sa femme mais aussi son enfant. Il finit par dire avec gravité :

— Vous avez raison, monsieur le commissaire. Il est indispensable de retrouver le plus tôt possible ce médecin...

— Soyez persuadé que nos services vont s'y employer activement. Avant quarante-huit heures, tous les gynécologues de Milan auront été interrogés et, bien entendu, vous serez le premier à être informé des résultats de nos recherches... Pardonnez-moi, monsieur, de vous poser une dernière question : vous m'avez bien dit tout à l'heure que l'une des raisons qui avait fait prendre à Mme Duquesne la décision de ne pas se rendre à Biarritz était son désir de ne pas y rencontrer un membre de sa famille ? Peut-on savoir lequel ?

— Sa mère, Mme Ida Keeling.

— Cette dame habite Biarritz ?

— Non. Elle n'y était même pas hier quand j'y suis arrivé. C'est d'autant plus extraordinaire que c'est uniquement à cause d'elle que j'ai accompli ce stupide voyage : deux télégrammes, signés par la direction du *Miramar* de Biarritz et adressés ici à ma femme et à moi, nous avaient informés que ma belle-mère, gravement souffrante, réclamait notre présence de toute urgence auprès d'elle. Une fois là-bas, j'ai compris que les télégrammes n'avaient pas été postés par leurs signataires et que ma belle-mère n'avait jamais mis les pieds à Biarritz.

— C'est en effet, assez curieux... Et où serait-elle, selon vous ?

Après un moment d'hésitation, Geoffroy répondit :

— Je l'ignore... Je suppose qu'elle doit être en Europe puisqu'il n'y a qu'elle qui puisse être l'instigatrice de ces télégrammes mais, avant leur réception, Edith et moi pensions qu'elle résidait encore en Floride.

— Que comptez-vous faire pour la prévenir du décès de sa fille ?

— Je n'en sais rien... Cela ne presse pas : Mme

Keeling apprendra bien assez tôt une nouvelle qui ne pourra que lui faire plaisir...

— Je ne comprends pas, monsieur Duquesne ?

— Ma belle-mère haïssait sa fille parce que celle-ci était sa réplique vivante avec vingt années de moins.

— Vous ne pensez pas que Mme Duquesne ait souffert de cette attitude de sa mère à son égard au point que sa raison ait pu en être ébranlée ?

— Edith ? Elle rendait au centuple à sa mère la haine qu'elle lui prodiguait !

— Vraiment ? Votre position, monsieur, devait être assez délicate ?

— Encore plus que vous ne le supposez, monsieur le commissaire !

Puis, voulant quitter le terrain glissant de cette conversation incidente, il préféra demander d'une voix mal assurée :

— Pouvez-vous me raconter comment... ils l'ont retrouvée ?

— Au moment où la nuit commençait à tomber et où ils allaient abandonner leurs recherches... L'un des hommes du canot a aperçu au loin une forme sombre qui flottait entre deux eaux : c'était le corps... Dès qu'ils l'eurent hissé dans le canot, ils commencèrent aussitôt à pratiquer la respiration artificielle. Malheureusement c'était trop tard ! De retour au port, ils transportèrent le corps à la morgue de Côme où il est encore. Il n'y a pas d'Institut Médico-Légal à Bellagio. Ce fut à ce moment que l'on me prévint : comme la carte d'identité trouvée dans le sac nous donnait le nom, je consultai immédiatement les listes des étrangers établies d'après les fiches des hôtels et je vins ici pour avertir M. le directeur.

La voix de ce dernier relaya celle du commissaire mais elle était plus émue :

— Je ne parvenais pas à comprendre ce qui avait pu se passer. Je savais que vous étiez partis en voiture le matin même avec Mme Duquesne de très bonne heure et en n'emportant que deux valises. Avant votre départ, vous aviez même dit au portier de nuit qui était encore de service : « Nous reviendrons au plus tard d'ici quatre ou cinq jours... Surtout que l'on ne touche pas à nos affaires qui restent dans l'appartement que nous conservons. » Comme vous vous étiez déjà absentés la nuit précédente, nous avons trouvé ce déplacement normal et je me souviens même d'avoir dit — je m'en excuse — à mon sous-directeur : « Notre couple idéal a dû dénicher un autre paradis pour abriter ses amours ! »

— Ses amours... répéta Geoffroy.

— Mais quand j'ai appris que vous n'étiez pas dans la barque de l'accident et que Mme Duquesne s'était rendue directement au port sans passer par l'hôtel lorsqu'elle était revenue l'après-midi même à Bellagio, j'ai été affolé...

— Pouvez-vous m'expliquer, vous qui semblez tout savoir, monsieur le commissaire, comment ma femme est revenue de Milan ?

— Nous ne l'avons appris que ce matin à 10 heures par un appel téléphonique du commissariat central de Milan. Un chauffeur de taxi s'y est présenté en disant qu'il venait de lire dans un journal du matin la nouvelle de l'accident survenu la veille au soir à une étrangère, de nationalité américaine, sur le lac de Côme et qu'il estimait de son devoir d'informer la police qu'il avait pris en charge, à 3 heures de l'après-midi, à la station située *piazza*

Fontana une dame dont la silhouette ressemblait au signalement indiqué par le journal. Cette dame ne parlait pas l'italien mais le français avec un très net accent anglo-saxon. Elle lui avait demandé de la conduire à Bellagio mais il avait hésité devant la distance kilométrique qui dépassait le périple de ses courses habituelles. L'étrangère avait insisté en lui assurant qu'elle paierait le prix qu'il faudrait. Il finit par accepter et la déposa, selon sa demande, une heure plus tard, à quelques mètres du port. Il précisait enfin que la dame n'avait aucun bagage.

— Pas même une valise ? demanda Geoffroy.

— Rien... La photographie de Mme Duquesne se trouvait sur la carte d'identité : je l'ai fait transmettre par motocycliste à Milan. Trois quarts d'heure après, le commissariat central m'a rappelé pour me dire qu'en voyant la photographie, le chauffeur avait formellement reconnu sa passagère. Je pense, monsieur, que vous connaissez maintenant l'essentiel... Toutes autres explications seraient superflues avant la reconnaissance du corps. Vous sentez-vous maintenant la force de m'accompagner ?

— Il le faut ! murmura Geoffroy... Et je veux « la » revoir...

Il dut accomplir un effort surhumain pour s'arracher à son siège et suivre le commissaire jusqu'à la porte de l'hôtel devant laquelle la Bentley, maculée de poussière, attendait.

— Je crains, monsieur le commissaire, de ne pas avoir la force de conduire pour nous rendre là où nous allons...

— J'ai ma voiture. Venez avec moi.

Pendant le trajet jusqu'à Côme, le regard éperdu de Geoffroy erra sur les rives pittoresques du lac, grouillantes de foule vivante et colorée, ruisselantes de joie, inondées de soleil, vibrantes de chaleur humaine... L'homme, assommé par le Destin, pensait : « Est-il possible qu'il existe, dans ce paysage d'amour et de rêve, un lieu se nommant : la morgue ? »

La façade du bâtiment était quelconque, vétuste, ne portant aucune inscription : c'eût été une injure aux vivants sous un ciel pareil. Seul le drapeau vert, blanc et rouge indiquait que l'Etat en était le propriétaire.

Geoffroy se retrouva, toujours accompagné du commissaire, dans une pièce banale, dont les murs avaient été passés à la chaux et où le maigre mobilier se réduisait à quelques chaises en paille et à une table en bois blanc devant laquelle était assis un employé à casquette galonnée pour qui la principale occupation devait être de tenir à jour le sinistre registre des « entrées et sorties » qu'il avait ouvert devant lui.

— Avez-vous une pièce d'identité sur vous ? demanda le commissaire à Geoffroy. Il est nécessaire de la présenter ici.

— J'ai mon passeport.

— Ce sera suffisant.

Pendant que l'employé relevait le numéro du passeport, Geoffroy demanda à son tour :

— Vous m'avez dit, monsieur le commissaire, avoir trouvé dans le sac de ma femme sa carte d'identité, mais son passeport devait y être également ? Je me souviens qu'avant notre départ pour Milan, je lui ai conseillé de l'emporter parce qu'il lui serait indispensable, étant étrangère, pour remplir la fiche de l'hôtel.

— Ce passeport n'était pas dans le sac.

— Ma femme l'y a cependant mis devant moi.

Après s'être levé, l'employé dit quelques mots en italien au commissaire avant de quitter la pièce.

— Ce ne sera pas long, traduisit l'officier de police. Le médecin légiste est encore là et va venir vous voir. Il se nomme le Dr Matali et a la réputation d'être une sommité dans sa spécialité.

La porte s'était rouverte : le docteur n'était plus très jeune mais son visage couperosé et bon enfant contrastait curieusement avec sa profession. Les yeux, embusqués derrière de grosses lunettes d'écaille, pétillaient d'intelligence. Ils semblaient même rieurs... Ce qui accentua le sentiment de répulsion instinctive que Geoffroy voua instantanément à ce gros homme en blouse blanche dont la vocation était de se pencher en permanence sur des débris humains. La voix était cependant avenante :

— Je sais que vous êtes français, monsieur. Je connais bien votre langue : ce qui facilitera les choses. Vous pouvez compter sur moi pour que la formalité, à laquelle vous avez accepté avec courage de vous soumettre, soit très rapide... Néanmoins, comme je ne voudrais pas trop vous importuner après, je vais me permettre de vous demander si vous désirez que le corps soit conservé ici encore pendant quelques jours ou, au contraire, que je délivre le permis d'inhumer vous permettant de faire ramener Mme Duquesne en France le plus tôt possible ?

Geoffroy ouvrit la bouche pour essayer de répondre, mais aucun son ne sortit de sa gorge... Jamais il n'aurait pu penser que, quelques semaines après son mariage, pareille question lui serait posée... La seule réponse que sa volonté défaillante aurait tenté d'exprimer était : « Pourquoi cette question au moment où je vais revoir Edith ? Ma merveilleuse jeune femme que j'ai quittée hier matin alors qu'elle était en pleine vie et que je vais retrouver... C'est horrible ! Vous feriez mieux de vous taire, docteur, et de vous en aller avec ce commissaire de police qui ne me quitte plus depuis mon arrivée comme si j'étais le responsable de tout ce qui arrive ! Oui, je suis gravement coupable d'avoir abandonné Edith seule à Milan parce que j'ai cru de mon devoir d'aller au secours de mon ancienne maîtresse... C'est cela mon crime, mais rien d'autre ! Je vous en supplie, vous qui m'observez en ce moment, laissez-moi et cessez de me harceler de questions, laissez-moi me recueillir seul pour pouvoir contempler une dernière fois mon amour... »

Mais il ne pouvait pas parler et le médecin légiste continua, pondéré et impitoyable, comme s'il ne se rendait pas compte de l'affolement de l'homme égaré :

— Je m'excuse de vous poser une question assez délicate : Mme Duquesne avait bien l'âge indiqué sur sa carte d'identité, c'est-à-dire vingt-sept ans ?

— Mais oui, docteur !

Le praticien hocha la tête avant d'ajouter d'une voix plus forte :

— Si vous voulez bien m'accompagner, monsieur ? Vous aussi, monsieur le commissaire ?

Geoffroy le suivit dans un petit escalier aboutissant au sous-sol. Le commissaire fermait la marche.

Ils se retrouvèrent devant une porte aux vitres dépolies et à double battant. Un autre employé, en blouse blanche comme le médecin, les attendait devant la porte qu'il ouvrit... Geoffroy ne bougea pas, se sentant incapable d'avancer : dans la longue pièce basse voûtée ressemblant à une cave, il apercevait six tables de marbre alignées côte à côte. Toutes étaient vides à l'exception de la troisième sur laquelle était allongée une forme humaine, recouverte d'un suaire blanc. Le médecin, qui s'était avancé vers cette table, se retourna vers Geoffroy et le commissaire, toujours immobile sur le seuil :

— Approchez... C'est indispensable...

Le policier donna le bras à Geoffroy et l'obligea avec douceur mais fermeté, à faire les quelques pas nécessaires. Quand ils furent à côté de la forme allongée, le Dr Matali baissa le drap et le corps d'Edith apparut nu... Après un premier mouvement de recul et d'horreur, Geoffroy resta pétrifié. Ses yeux exorbités ne pouvaient se détacher de l'épouvantable vision.

— Vous reconnaissez formellement le corps ? demanda la voix calme du médecin.

Geoffroy ne répondit pas. Sa tête bourdonnait : « *Vous reconnaissez... Vous reconnaissez le corps.* » revenait à ses oreilles comme si la question posée par une voix d'un autre monde, eût été gravée dans un disque sans fin... S'il reconnaissait le corps ? Cette forme allongée et déjà rigide, cette poitrine morte, ces longs cheveux dénoués et plaqués contre le visage bouffi qu'ils encadraient, ce cou gonflé, ces marbrures de la peau, ce ne pouvait être la dernière vision d'un grand amour...

Le médecin légiste venait de réitérer sa question.

— Oui, ce doit être ma femme, balbutièrent les lèvres desséchées de Geoffroy.

— Venez, monsieur, dit la voix calme du médecin après qu'il eut recouvert le corps du suaire.

Geoffroy se laissa entraîner hors de la cave dont les murs suintaient l'odeur de mort. En remontant l'escalier, il eut l'impression que plus jamais le froid du tombeau ne pourrait le quitter : il s'en sentait imprégné. Son cœur était glacé, son âme déjà prête à rejoindre celle de son amour...

Après l'avoir obligé à s'asseoir dans le bureau, le Dr Matali lui tendit un verre d'eau où il avait versé quelques gouttes d'une petite bouteille extraite d'un placard. Il dut presque contraindre par la force Geoffroy à desserrer les dents pour l'obliger à boire puis il attendit, en lui tenant le pouls, que la vie revînt sur le visage exsangue.

Geoffroy entendit alors à nouveau la voix qui cherchait à l'arracher au cauchemar :

— Je prévoyais que ce serait infiniment pénible pour vous, dont les pensées, les yeux et le cœur ne pouvaient qu'être encore fascinés par l'éclatante beauté de votre femme dont tout le monde m'a parlé.

De vagues couleurs réapparurent enfin sur le visage de l'époux qui pût articuler :

— Est-il normal, docteur, qu'un séjour de quelques heures dans l'eau ait pu la transformer à ce point ?

— Ce n'est pas fréquent mais le cas ·s'est déjà présenté.

— Il y a une chose que je dois vous confier, docteur : j'ai tout lieu de penser que ma femme était enceinte de quelques semaines.

— Vous en êtes sûr ?

— Je ne le serai que quand les services de police de Milan auront retrouvé le gynécologue qu'elle a dû consulter avant-hier et dont, malheureusement, je n'ai ni l'adresse ni le nom.

— Si Mme Duquesne en a vraiment vu un, affirma le médecin, ce sera facile de le retrouver. Vous désireriez être fixé sur ce point ?

— Oui...

— Si vous y tenez, je puis pratiquer l'autopsie du bas-ventre mais il serait peut-être préférable d'attendre le résultat de l'enquête faite actuellement chez les spécialistes de Milan ?

— L'autopsie ?

— Elle ne me paraît pas nécessaire dans le cas présent : les symptômes de l'asphyxie par noyade sont évidents...

— Mais si la police estimait, dit le commissaire, que cette autopsie est indispensable, docteur, pour savoir si la morte n'aurait pas absorbé un poison avant de tomber à l'eau ? Poison qui expliquerait, monsieur Duquesne, que votre femme — dont vous admiriez vous-même les qualités de nageuse et de sportive — n'ait pas pu se débattre avant d'être asphyxiée ?

Il y eut un silence pesant.

Le médecin légiste répondit enfin :

— Je suis à votre disposition, messieurs...

— Vous me regardez, monsieur le commissaire ? demanda Geoffroy. Vous pensez que j'ai peur que l'on ne pratique l'autopsie ? Sachez que, si je le pouvais, je ferais tout pour éviter que ce corps, que j'ai adoré et qui fut pour moi le plus beau du monde, ne soit mutilé... Mais je n'en ai pas le droit. Plus que vous, je veux la vérité pour savoir pourquoi ma femme est morte et si elle était enceinte... Faites l'autopsie, docteur !

— Il est inutile que vous attendiez ici, monsieur. Cela demandera un certain temps. Revenez vers 6 heures... Vous, monsieur le commissaire, il faut que vous restiez.

Geoffroy s'était levé.

En sortant de la morgue, il alla droit devant lui, sans savoir où diriger ses pas, incapable même de penser. Instinctivement, sa marche le conduisit vers le port où il erra sur la berge, regardant les embarcations sans les voir mais, brusquement, il aperçut une barque bleue qui attendait de nouveaux amants, retenue par son amarre et se balançant mollement sur les eaux calmes. Etait-il possible qu'une embarcation aussi gracieuse, faite pour des rêves d'amour, fût un instrument de mort ?

Geoffroy s'arracha à la vision en frissonnant et chercha à oublier, dans la contemplation de l'immuable beauté du paysage, ce qu'il avait vu sur la table de marbre. Il voulait surtout ne pas penser au lugubre travail qui devait se pratiquer en ce moment sur le corps adoré.

Quand il se retrouva à 6 heures dans la pièce ripolinée, le médecin légiste, assisté de deux aides, achevait la rédaction du rapport d'autopsie en présence de l'officier de police silencieux.

— C'est terminé, monsieur, dit le Dr Matali. Je passe sur des détails de technologie accessoires mais je puis déjà répondre aux deux questions essentielles : nulle trace de poison n'a été décelée dans les viscères et Mme Duquesne n'était pas enceinte.

— On ne peut donc attribuer sa mort à un suicide, conclut le commissaire. C'est bien un accident.

L'homme effondré eut l'impression que la cause

122

était entendue comme s'il se fût agi d'un verdict de tribunal.

L'employé à casquette galonnée s'était approché à son tour en lui présentant un stylo :

— Après avoir lu ce compte rendu de reconnaissance formelle du corps, je vais vous demander, monsieur, d'y apposer votre signature ?

La main de Geoffroy s'exécuta, tremblante.

L'employé reprit :

— Il reste, monsieur, une dernière formalité : l'inventaire des effets personnels trouvés sur la défunte...

Il ouvrit un placard et en sortit un sac en toile grise d'où il retira les objets un à un en les énumérant d'une voix monocorde pendant qu'un autre employé inscrivait la nomenclature sur une fiche :

— Une veste-tailleur lainage couleur sable... Une jupe même tissu, même couleur... Un chemisier blanc... Une paire de bas de soie... Une seule chaussure en cuir beige... Un soutien-gorge dentelle rose... Un porte-jarretelles dentelle rose... Une culotte en soie rose... C'est fini pour les vêtements.

— La chaussure manquante, remarqua le commissaire, doit être au fond de l'eau.

La voix de l'employé continua :

— Un bracelet en or... Une alliance... Une bague avec diamant... Terminé.

Geoffroy avait écouté le lugubre inventaire dans lequel le nom de chaque vêtement ou bijou avait douloureusement résonné en lui rappelant un moment heureux de sa courte vie commune avec Edith : le tailleur couleur sable était celui que la jeune femme avait voulu porter au départ de Paris, après le mariage, pour la première étape du voyage vers le bonheur. L'alliance conservait, gravés, leurs deux prénoms suivis de la date de leur union... C'était lui enfin qui avait choisi et fait monter le diamant de la bague de fiançailles. Quand il l'avait passée au doigt d'Edith, elle lui avait dit : « Cette bague restera jusqu'à ma mort le plus beau de tous mes bijoux ! »

— Il est nécessaire, monsieur, poursuivit l'employé, que vous apposiez votre signature au bas de cette liste pour prouver que ces objets vous ont bien été remis. Vous serez considéré ensuite comme leur dépositaire et vous pourrez les emporter.

Une fois encore, Geoffroy signa sans juger utile de signaler que lorsqu'il avait laissé sa femme devant l'entrée de l'hôtel *Duomo* de Milan, elle portait également, jeté sur ses épaules, un manteau de voyage en poil de chameau. Celui-ci serait sans doute retrouvé plus tard dans les eaux du lac.

— Voici le permis d'inhumer, dit à son tour le médecin légiste. Il ne vous reste plus, monsieur, qu'à prendre une décision au sujet du rapatriement du corps. Peut-être serait-il plus indiqué que la mise en bière fût effectuée ici ? Etant donné que Mme Duquesne est étrangère, les formalités risquent d'être un peu longues. M. le commissaire vous expliquera. Mon rôle est maintenant terminé mais je ne voudrais pas vous quitter sans vous prier d'accepter mes condoléances les plus sincères tout en me permettant de vous donner un conseil de vieux médecin : les heures terribles que vous venez de vivre et celles qui suivront ne doivent pas vous conduire au désespoir. Vous êtes encore trop jeune pour ne pas lutter et reprendre le dessus. Dites-vous aussi qu'il n'y a rien à faire contre la fatalité. Cet accident navrant prouve

124

une fois de plus qu'il y a beaucoup de vrai dans le « c'était écrit »... Et je crois que vous pouvez puiser une nouvelle force morale dans la pensée que vous n'avez connu du mariage que ses moments les plus merveilleux : le souvenir de votre jeune femme ne sera jamais entaché ou terni par celui de ces périodes plus difficiles qui, immanquablement, viennent s'immiscer dans un bonheur conjugal de longue durée ! J'ose à peine vous dire ce que je pense en ce moment : à mes yeux vous resterez toujours l'un des rares hommes que j'aurai rencontrés pouvant dire : « Je n'ai connu que la beauté d'un grand amour et aucune de ses petites rancœurs ! » Puisse, cher monsieur, cette dernière pensée vous apporter un peu de réconfort...

Geoffroy serra la main que lui tendait le médecin au visage rieur avec l'impression que, derrière les lunettes d'écaille, se dissimulait un regard embué.

Le commissaire de police le reconduisit en voiture à Bellagio en lui expliquant qu'une loi exigeait qu'un corps transporté à grande distance et franchissant des frontières fût mis dans un triple cercueil, dont un de plomb. Seule une organisation spécialisée de Milan pouvait s'en charger. L'aide offerte spontanément par le vice-consul des Etats-Unis pourrait être précieuse pour faciliter les choses.

Geoffroy tint compte de ces conseils pour prendre toutes les décisions qui s'imposaient : une courte cérémonie religieuse serait célébrée dans la cathédrale de Côme pour la levée du corps qui partirait aussitôt après en fourgon automobile pour Paris où aurait lieu l'inhumation définitive. Il ne pouvait être question pour Geoffroy de faire enterrer Edith dans un pays qui n'était pas le sien : bien qu'elle fut américaine, la France était devenue son pays d'adoption par le mariage. Mais comment prévenir Ida ?

... Ida, que l'imagination, dévorée d'inquiétude de Geoffroy pendant le voyage de retour à Bellagio, avait accablée de toutes les fautes et rendue presque responsable d'un geste criminel... Ida dont la seule culpabilité était d'avoir expédié ou fait expédier les deux télégrammes... Mais en était-elle réellement l'inspiratrice ? Rien ne prouvait qu'elle fût même revenue en France ? Ne séjournait-elle pas toujours en Floride ?

Seulement Geoffroy ignorait son adresse exacte là-bas. Edith elle-même ne la connaissait pas : l'unique carte postale qu'Ida lui avait envoyée six mois plus tôt ne donnait aucune précision. La seule personne ayant quelques chances d'obtenir des renseignements était le vice-consul qui promit par téléphone de faire immédiatement le nécessaire.

Selon lui, la méthode la plus sûre pour joindre rapidement et informer Ida du drame était de faire passer dans les journaux les plus importants de Floride un article annonçant la mort accidentelle d'Edith Duquesne, née Keeling, à Bellagio et de préciser, en fin d'insertion, que toute personne susceptible d'indiquer l'adresse actuelle de Mme Ida Keeling, mère de la défunte, était priée de câbler la réponse d'urgence, aux frais du destinataire, au Consulat des Etats-Unis à Milan. Il semblait impossible, si Ida était encore en Floride, qu'elle ne lût pas l'un de ces journaux ou tout au moins que l'un de ceux qui l'approchaient ne lui fît pas part de la nouvelle.

Ce ne fut qu'après douze jours de démarches que les dernières autorisations permettant le rapatriement en France furent enfin accordées et que l'ab-

126

soute pour la levée du corps put être donnée dans l'admirable église. L'assistance se réduisit à Geoffroy, au directeur de la *Villa Serbelloni,* au commissaire de police et au vice-consul venu spécialement de Milan. A l'issue de la cérémonie, le corps fut hissé dans le fourgon automobile spécial où l'employé chargé de le convoyer jusqu'à Paris prit place à côté du chauffeur. Geoffroy suivrait dans sa propre voiture. Au moment où il prenait place à son volant, le commissaire de police s'approcha de la portière pour dire :

— L'enquête chez les gynécologues milanais est terminée, monsieur. Bien que vous sachiez par l'autopsie que Mme Duquesne n'était pas enceinte, je suppose que le résultat de nos minutieuses recherches doit toujours vous intéresser ? Nous avons acquis maintenant la certitude que votre femme n'a rendu visite à aucun gynécologue non seulement réputé mais ayant seulement le droit d'exercer. Ne pensez-vous pas qu'elle se serait rendue chez une simple sage-femme ou même chez l'un de ces médecins non patentés qui parviennent quand même à se créer une clientèle ?

— Certainement pas ! Edith était une femme beaucoup trop consciencieuse et trop méthodique pour confier à n'importe qui le soin de lui confirmer si elle était enceinte ou non ! Quand elle prit la décision de consulter un gynécologue, ce fut avec l'intention de ne se rendre que chez l'un des tout premiers de la ville. Si aucun de ceux-ci ne l'a vue, c'est sans doute qu'elle a dû changer d'avis au dernier moment comme elle l'a fait pour l'hôtel *Duomo* et pour son brusque retour à Bellagio. Ce sont ces décisions de dernière heure qui me stupéfient et dont je n'arrive

127

pas à comprendre les raisons, monsieur le commissaire !

— J'ai tout lieu de craindre que personne n'y par-
vienne jamais ! Au revoir, monsieur Duquesne. Si
par hasard vous aviez besoin d'autres renseignements plus tard, vous pouvez être assuré que la
police italienne reste à votre entière disposition tout
en souhaitant que ce drame ne vous laisse pas un
souvenir trop pénible de notre pays et surtout de
Bellagio.

Le vice-consul américain fut plus direct :

— Les principaux journaux de l'est des Etats-Unis
ont dû déjà passer les insertions. J'ai pensé qu'il ne
fallait pas se limiter uniquement aux journaux de
Floride et annoncer également la nouvelle dans ceux
de New York, de Washington, de Philadelphie et de
Boston, villes où le nom des Keeling est très connu.
Le mari de votre belle-mère, Edward G. Keeling, a
laissé une grande réputation dans le monde des affaires : bien que n'ayant jamais eu de contact personnel avec lui de son vivant, j'ai toujours entendu
dire que c'était un homme de valeur.

— Edith m'a dit, pendant nos fiançailles, que sa
famille était originaire de Philadelphie.

— C'est exact. C'est même la raison pour laquelle
j'ai fait publier les insertions dans les villes où réside habituellement la haute société américaine. Il
y a beaucoup plus de chance d'y faire joindre indirectement Mme Ida Keeling dont la réputation de beauté et d'élégance est légendaire aux Etats-Unis. Elle
est d'origine française, n'est-ce pas ?

— Oui.

— On m'avait dit qu'elle avait une fille, mais

128

j'ignorais que celle-ci se fût mariée récemment en France.

— Edith ressemblait d'une façon frappante à sa mère.

— Réellement ? Il m'est assez difficile de vous donner un avis sur ce point, n'ayant jamais rencontré Mme Keeling et n'ayant vu Mme Duquesne qu'après l'accident, avant que le directeur de la *Villa Serbelloni* n'ait réussi à vous joindre par téléphone.

— Cette horrible vision de ma pauvre Edith ne peut vous donner aucune idée de ce qu'a été sa beauté... De toute façon, je tiens à vous remercier tout spécialement pour la compréhension et l'amitié dont vous avez fait preuve à mon égard dans d'aussi tristes moments.

— Je n'ai fait que mon devoir puisque Mme Duquesne avait voulu conserver la nationalité américaine. Sachez qu'un citoyen des Etats-Unis peut et doit toujours compter, où que ce soit et dans n'importe quelle circonstance, sur l'appui et le soutien complet de son gouvernement. Pour nous, le respect de la personne humaine passe avant tout. Ayant été son mari, vous pourrez toujours avoir également recours à nos bons offices : dès que le moindre renseignement me parviendra sur la résidence actuelle de Mme Keeling, je vous câblerai à Paris.

Quand les deux voitures partirent, le soleil était déjà éclatant comme s'il avait tenté de jeter un rayon d'espoir sur la tristesse infinie de l'étrange retour de lune de miel. Geoffroy, dont la Bentley suivait le fourgon noir à une centaine de mètres, savait qu'il commençait le voyage le plus atroce de son existence... Sur le rythme lent du convoi, ils franchirent les frontières où les douaniers italiens, suisses et français se mirent tour à tour au garde-à-vous pour saluer le passage de la morte. Ils longèrent les rives douces du Léman et traversèrent Montreux où avait eu lieu la deuxième nuit d'amour, puis ce fut Dijon... Geoffroy n'osa même pas regarder la façade de cet *Hôtel de la Cloche* dans lequel Edith était devenue sa femme. Le voyage se poursuivait, morne et désespéré, avec le minimum de haltes nécessaires pour prendre de l'essence. Plus ils se rapprochaient de Paris, plus le temps devenait maussade comme si le printemps de la capitale voulait, lui, prendre le deuil du grand amour dont il avait favorisé l'éclosion... Ils arrivèrent en pleine nuit, sous une pluie fine et implacable.

Après que le corps eut été déposé dans la crypte de l'église, où il serait veillé pendant le reste de la nuit par des Sœurs de Saint-Vincent-de-Paul, Geoffroy, exténué, mais n'ayant pas le courage de se rendre ce soir-là avenue Montaigne, rentra dans son appartement de célibataire où l'attendaient depuis des heures les deux amis de jeunesse qui lui avaient servi de témoins pour le mariage secret et qui avaient lu dans les journaux de Paris la nouvelle du drame. Cette double présence fut pour l'homme, à nouveau seul, un réconfort réel mais ses nerfs étaient à bout : pour la première fois de longues larmes silencieuses coulèrent sur son visage. Les amis comprirent qu'il fallait laisser Geoffroy pleurer parce qu'il vivait l'un de ces moments de l'existence où l'expression physique de la douleur morale est nécessaire.

Quand il fut un peu calmé, l'un d'eux lui dit :

— Tu dois te douter que la relation de l'accident par la presse a surpris tous tes amis qui ignoraient ton mariage. As-tu l'intention de faire insérer maintenant un faire-part annonçant la date et le lieu de la cérémonie ?

— Non. Edith a voulu que notre union fût gardée secrète jusqu'à notre retour de voyage de noces. A l'exception de vous deux, elle ne désirait associer personne à notre joie... Pourquoi faire participer aujourd'hui des indifférents à mon chagrin ? Je veux le garder pour moi seul... Ce n'est pas par égoïsme ou par masochisme mais j'ai peur que ceux qui n'ont pas connu mon amour ne trouvent une certaine délectation morbide à imaginer des choses qui ne sont pas... Comment empêcher les méchantes langues de dire : « Décidément, ce pauvre Geoffroy n'a pas de chance avec les femmes de cette famille ! C'est la deuxième fois qu'une Keeling l'abandonne ! » Je ne mérite pas d'être un sujet de pitié mondaine. Edith ne l'aurait pas souhaité : son amour pour moi était trop vrai... Une messe suivie de l'absoute sera dite demain matin dans la crypte de l'Eglise et le corps sera inhumé dans le caveau de ma famille au Père-Lachaise en votre seule présence. Je vous demande de n'avertir personne. Il sera toujours temps d'ici quelques jours de faire l'insertion en mentionnant que l'inhumation a eu lieu dans la plus stricte intimité... Merci à vous deux de votre amitié.

... La dalle du caveau venait d'être scellée, Edith reposerait désormais auprès de ses beaux-parents qui ne l'avaient pas connue de leur vivant mais qui l'avaient certainement déjà retrouvée dans un autre monde.

Les yeux rivés sur la dalle encore nue, Geoffroy

savait que dans quelques jours EDITH DUQUESNE, née KEELING y serait gravé, suivi de deux noms de villes étrangères précédant deux dates qui résumaient la vie et la mort « *New York, le... Bellagio, le...* » Il ferait simplement ajouter trois mots, au-dessus du prénom adoré : « *A ma femme...* »

L'EXPÉRIENCE

Après une nuit passée chez lui, pendant laquelle il ne cessa de se demander dans un demi-sommeil s'il n'avait pas vécu un long rêve depuis le jour où il avait rencontré Edith au Racing et si le néant moral dans lequel il se retrouvait n'était pas le prolongement logique de celui qu'il avait déjà connu après le départ d'Ida, Geoffroy ne savait plus très bien où il en était ni ce qu'il devait faire. Reprendre immédiatement son activité professionnelle pour tenter d'oublier par le travail ? Il ne s'en sentait pas la force.

L'unique, la seule chose qu'il pouvait et qu'il devait faire ce matin, était de se rendre avenue Montaigne.

Quand il sonna au sixième, sa main tremblait encore plus que le soir où il y était revenu pour inviter Edith à un premier dîner.

Contrairement à ce qu'il pensait, l'attente fut courte mais la porte ne fit que s'entrebâiller, retenue par la chaîne de protection intérieure. Le visage anguleux de Lise apparut dans l'entrebâillement. Geoffroy n'eut pas besoin de parler. Ce fut la vieille servante qui dit de sa voix terne :

— J'attendais Monsieur.

Puis elle ouvrit complètement la porte.

Comprenant qu'elle avait lu les journaux, il voulut se montrer aimable en disant avec sincérité :

— Oui. C'est affreux ce qui « nous » arrive, Lise... Quand Edith vous a téléphoné d'Italie, vous ne vous doutiez pas qu'elle était devenue ma femme, ni que ce serait la dernière fois que vous entendriez sa voix ? J'étais à ses côtés pendant qu'elle vous demandait si vous n'aviez pas reçu des nouvelles de sa mère.

— Le courrier est là, monsieur... Mme Keeling n'a toujours pas donné signe de vie.

— C'est invraisemblable ! Si elle est en France, elle a cependant lu les journaux comme vous ?

— Mme Edith...

Lise ne disait pas « Mme Duquesne ». Geoffroy sentit qu'elle ne parviendrait pas à appeler Edith par ce nouveau nom qui resterait cependant celui de son éternité... Mais pourquoi le faire remarquer à une servante dont l'esprit simple et buté n'arriverait jamais à comprendre qu'un tel mariage ait pu avoir lieu ? Geoffroy devait même s'estimer heureux que Lise ne continuât pas à dire : « Mlle Keeling... » En prononçant le mot « madame », elle montrait qu'elle s'inclinait devant le fait accompli. Il voulut prouver tout de suite qu'il lui savait gré de cette attitude :

— Lise, ce n'est pas parce que nous ne nous sommes pas toujours appréciés dans le passé que nous devons continuer à nous observer avec une méfiance qui n'a plus sa place aujourd'hui. Je tiens à ce que vous restiez dans cet appartement qui était devenu celui de ma femme et où personnellement je n'aurai pas le courage d'habiter. Edith l'aurait

voulu : elle vous aimait d'une façon assez différente de sa mère, mais, je crois, plus sincère... Si
vous saviez tout le bien qu'elle m'a dit de vous pendant les quelques semaines de notre mariage ! Je
souhaite donc que vous pensiez que rien n'est changé : le souvenir de ma femme doit et peut continuer
à maintenir une bonne harmonie entre nous... J'estime également nécessaire que vous ne bougiez pas
d'ici tant qu'Ida... je veux dire : ma belle-mère...
n'aura pas donné enfin de ses nouvelles... Je pense
que vous connaissez mon adresse et mon numéro de
téléphone ? Ils n'ont pas changé.

— Oui, monsieur.

— Avez-vous encore de l'argent pour assurer les
dépenses courantes ?

— Mme Edith m'en avait laissé ainsi que trois
mois de gages d'avance. Je n'ai besoin de rien pour
le moment : j'ai payé hier l'abonnement du téléphone ainsi que l'électricité. Les factures acquittées
sont jointes au courrier.

— Quand vous aurez besoin de quelque chose,
vous n'aurez qu'à me téléphoner. Où est-il ce courrier ?

— Je l'ai posé sur le secrétaire qui est dans la
chambre de Madame.

— Soyez gentille d'aller me le chercher. J'avoue
ne pas avoir non plus le courage de pénétrer déjà
dans cette chambre.

Pendant la courte absence de Lise, le regard de
Geoffroy embrassa le vestibule. L'homme était exactement à la même place que celle où il se trouvait
trois mois plus tôt quand l'apparition souriante
d'Edith avait, en quelques mots, effacé le malaise
qu'il avait ressenti en se retrouvant en présence de

Lise. Mots qui lui revenaient en mémoire : « *Vous n'osez donc pas entrer, Geoffroy ? Je ne pensais pas que vous fussiez aussi timide !* » Pris d'un nouveau vertige, il s'attendait à voir s'encadrer dans la porte venant de la chambre la silhouette d'Edith mais ce fut Lise qui revint...

Après avoir jeté un coup d'œil sur le paquet d'enveloppes fermées, il les rendit à la femme de chambre en disant :

— Rien d'intéressant ! Beaucoup de réclames, quelques invitations inutiles, deux ou trois faire-part de mariages et de deuils aussi. A ce propos, vous ne pouvez évidemment pas savoir que j'ai fait ramener le corps de Madame à Paris. Le service religieux a été célébré hier... Madame est enterrée dans le caveau de famille que je possédais au Père-Lachaise. Si un jour vous vouliez vous y rendre pour y déposer quelques fleurs, je vous indiquerais dans quelle travée il se trouve.

— Merci, monsieur.

— Au revoir, Lise... Ah ! Un dernier détail : si par hasard, des amis de ma femme et de ma belle-mère ou même des journalistes indiscrets téléphonaient pour chercher à savoir d'autres détails sur ce qui s'est passé à Bellagio, répondez que vous ne savez rien de plus que ce qu'ont raconté les journaux. Au cas cependant où l'une de ces personnes vous semblerait avoir été très intime avec ma femme ou avec Mme Keeling, donnez-lui mon numéro de téléphone.

Il était déjà sur le palier. La porte s'était refermée doucement.

En redescendant l'escalier, il était à la fois perplexe et étonné de l'attitude déférente de Lise. Que pouvait bien cacher ce mutisme poli ? N'y avait-il pas, sous ce silence, un reproche haineux ? La vieille lui pardonnerait-elle d'avoir épousé la fille après avoir été évincé par la mère ? Il était insensé aussi pour lui de se dire que la seule personne au monde qui, pendant trois années, avait été dans le secret de son intimité avec Ida était cette domestique dont lui ignorait tout.

Vers la fin d'après-midi, il passa quand même à son cabinet d'affaires où il dut subir les condoléances plus ou moins sincères de ses collaborateurs qui avaient lu, eux aussi, les journaux. Il sentit que tous étaient assez vexés de ne pas avoir été informés du mariage quelques semaines plus tôt.

En rentrant chez lui, il y trouva un pneumatique ainsi rédigé :

« *Monsieur,*

« *Il ne m'est pas possible d'accepter l'offre que Monsieur m'a faite de continuer à rester dans l'appartement puisque je ne suis pas et je ne veux pas être au service de Monsieur. Après avoir été engagée par Mme Keeling bien avant que Monsieur ne vînt avenue Montaigne, j'ai consenti à garder l'appartement pendant l'absence de Madame et ensuite quand celle-ci m'a écrit que sa fille, venant des Etats-Unis, la remplacerait. J'ai donc continué à assurer le service de Mme Edith après celui de Madame. Mais aujourd'hui ce n'est plus pareil : ne voulant recevoir aucun ordre de Monsieur qui, pour moi, n'est qu'un étranger, je préfère retourner dès ce soir en Bretagne, auprès de mon frère en attendant le prochain*

*retour de Mme Keeling pour qui je laisse mon adresse
chez la concierge.*

*« Je tiens à signaler à Monsieur qu'avant de partir
je dépose aussi chez la concierge les clefs de l'entrée et du service. J'ai rangé dans les placards de la
salle de bains et du débarras toutes les affaires per-
sonnelles de Mme Edith. Monsieur n'a rien à me
régler puisque je ne suis pas à son service : j'attendrai le retour de Mme Keeling. J'espère que Monsieur ne m'en voudra pas mais je crois plus normal
qu'il en soit ainsi.*

Lise Bertin. »

La teneur du message n'étonna pas trop Geoffroy :
ces quelques lignes prouvaient que la vieille femme
n'aurait pu supporter l'idée de recevoir ses ordres.
Comme elle le disait en terminant, il valait mieux
qu'il en fût ainsi mais il lui en voulait d'avoir abandonné aussi vite l'appartement où restaient tant d'affaires d'Edith. De toute façon, il ne pouvait être
question de laisser, même pour une seule nuit, les
clefs aux mains d'une concierge qui le détestait tout
autant que Lise à l'époque où il était l'amant d'Ida.
Ce serait lui seul, à l'avenir, qui conserverait ces
clefs : il passerait tous les deux ou trois jours avenue
Montaigne pour voir si tout était normal dans l'appartement et il agirait ainsi jusqu'à ce qu'Ida lui eût
enfin donné signe de vie. Edith lui avait d'ailleurs
dit que le bail était toujours au nom de sa mère qui,
au point de vue légal, se trouvait donc être la seule
locataire légitime. Et Geoffroy n'était pas du tout
certain que la concierge — qui devait être au courant
de ces faits puisque c'était elle qui remettait à Edith,
depuis son arrivée des Etats-Unis, les quittances tri-

mestrielles encore établies au nom d'Ida — consentirait à lui confier les clefs ?

Voulant mettre au point une fois pour toutes cette question, il décida de se rendre sans plus attendre avenue Montaigne. La concierge, qui avait certainement été mise au courant de son mariage par la lecture du récit de l'accident dans les journaux, se laisserait peut-être impressionner par le double fait qu'il était devenu en même temps l'époux de « Mme Edith » et le gendre de « Mme Ida » ?

Il avait vu juste : la concierge lui remit les clefs sans faire de difficulté mais sans prononcer un seul mot pour bien lui faire comprendre qu'elle continuerait à rester pour lui l'ennemie : ce dont il se souciait peu. Et, pour être certain qu'elle ne pût pas dire qu'elle ignorait son propre domicile, il lui laissa sa carte de visite en disant, après y avoir inscrit son numéro de téléphone :

— Au cas où quelqu'un se présenterait, demandant à voir ma pauvre femme, vous n'aurez qu'à donner mon nom et mon adresse. J'attends également d'un jour à l'autre des nouvelles ou même le retour de Mme Keeling. S'il lui arrivait, comme ce serait assez probable, de passer d'abord ici, dites-lui que c'est moi qui ai les clefs et qu'elle n'a qu'à me téléphoner tout de suite. Quant au courrier, je passerai le prendre tous les deux ou trois jours à moins qu'il n'y ait un télégramme que vous n'aurez qu'à me faire suivre sans attendre.

Il ressortit de la loge aussi rapidement qu'il y était entré pour monter à l'appartement où il voulait vérifier que tout ce que lui avait expliqué Lise dans le pneumatique était exact.

En introduisant la clef dans la serrure, il se souvînt que lorsqu'Ida habitait encore là, elle n'avait jamais voulu lui en confier une sous prétexte que cela ferait mauvais effet sur Lise. Elle disait même :

« Je trouve beaucoup plus élégant que mon amant patiente un peu sur le palier à chaque fois qu'il vient retrouver sa maîtresse dans la journée... Ne penses-tu pas que ces courtes attentes ont quelque chose d'excitant ? Moi-même, j'ai toujours le cœur qui bat un peu plus vite quand j'entends ton coup de sonnette que je reconnaîtrais entre mille ! Et le soir tu n'attends jamais puisque nous rentrons toujours ensemble : j'éprouve alors l'impression délicieuse d'introduire en cachette dans mon intimité un voleur d'amour que je viens de rencontrer et qui me plaît follement ! Chaque soir, je revis ainsi une nouvelle aventure... »

Avec Edith, il n'en avait connu qu'une pendant la nuit milanaise... Elle avait cependant suffi pour lui prouver que sa femme pouvait égaler Ida si elle le voulait vraiment.

La nuit de Paris était venue, répandant l'obscurité dans l'appartement silencieux. Geoffroy éprouvait l'étrange impression de revivre l'une de ses inoubliables rentrées tardives en compagnie de sa maîtresse. C'était toujours lui alors qui avançait la main vers le commutateur électrique pendant qu'Ida, dont l'horreur pour l'obscurité était presque maladive, attendait sur le palier. Le vestibule s'éclairait d'une lumière tamisée et Ida en franchissait chaque nuit le seuil comme si elle avait été l'une de ces jeunes amoureuses qui pénètrent pour la première fois dans le lieu où elles rêvent de devenir amantes... Tous les soirs le tendre miracle se renouvelait...

Mais, pour la première fois, Geoffroy se rendit compte que cette nuit un élément essentiel manquait à l'atmosphère ouatée pour achever de lui donner toute la sensualité désirable... Et il courut vers la chambre à coucher éteinte où il s'arrêta devant la coiffeuse. Il savait qu'il y trouverait, posé à gauche du miroir ovale, un vaporisateur... Ses doigts nerveux le saisirent en tâtonnant dans le noir, puis il revint dans le vestibule où, pris d'un étrange délire de volupté, il répandit le parfum qui y manquait... Ce ne fut que quand l'arôme cher à sa maîtresse eut tout imprégné qu'il referma la porte donnant sur le palier. Il se retrouvait enfin dans la véritable atmosphère de ses amours : ce « Vol de Nuit » n'était-il pas aussi la marque légère et capricieuse de la présence invisible de la jeune morte ? Toutes deux, Ida et Edith, étaient là auprès de lui...

Il alla dans le living-room, dont il ouvrit la fenêtre ainsi que les volets de la baie, fermés par Lise, puis il resta un long moment, dans la demi-lumière venant du vestibule, pour humer avec extase les senteurs de Paris qui se mêlaient à l'odeur envahissante du parfum nostalgique des regrets. Combien de fois n'était-il pas resté ainsi, enlaçant sa maîtresse dans la contemplation de la ville endormie ? L'air était doux mais il frissonna. Une pensée terrible venait de lui effleurer l'esprit : jamais il n'avait tenu Edith dans ses bras devant cette fenêtre. Le geste demeurerait toujours un privilège d'Ida... Jamais non plus Edith ne s'était abandonnée à ses caresses dans cet appartement... Vivante, elle l'aurait certainement fait dès leur retour d'Italie pour effacer le tout dernier souvenir d'Ida et pour montrer par ce geste d'amante que la première tâche de l'épouse est de faire disparaître pour toujours le souvenir charnel d'une rivale qui n'a pu être que la maîtresse.

Il revint vers la chambre à coucher dont il alluma seulement, comme il avait l'habitude de le faire lorsqu'il y rentrait le soir avec Ida, la lampe de chevet placée sur la table basse à droite du lit. L'éclairage rosé qu'elle diffusait était discret et doux, invitant à l'amour... Geoffroy éclaira aussi la salle de bains dont il laissa la porte entrebâillée pour qu'un faible rai de lumière filtrât dans la chambre. Ces éclairages, ajoutés aux effluves lourds du parfum, achevèrent de recréer l'ambiance qu'il avait connue pendant trois années : il s'était assis sur le lit non défait avec la conviction que la voix chaude de sa maîtresse allait lui dire par la porte entrouverte de la salle de bains comme elle le faisait chaque soir :

« — J'arrive tout de suite, chéri... »

Elle ne venait jamais tout de suite mais, docile, il goûtait alors ce qu'elle appelait « le plaisir de l'attente... » Ce même plaisir qu'Edith avait réussi à lui faire savourer à nouveau au bar de l'hôtel de Milan. Mais, en ce moment, il oubliait déjà sa femme pour ne plus penser qu'à sa maîtresse... Peu à peu l'attente du moment où sa silhouette — dont les formes désirables seraient moulées par le déshabillé de linon — s'encadrerait enfin dans le rai de lumière, devint chez l'homme seul une véritable obsession... Il était sûr qu'Ida allait réapparaître après les longues nuits d'absence et il savait qu'il la reprendrait avec passion. Il croyait deviner aussi que c'était elle qui avait organisé le brusque départ de Lise pour l'obliger, lui l'amant, à revenir tard dans cet appartement où elle attendrait, pour se montrer, l'heure de leurs amours. Il n'osait plus bouger dans la chambre, ni même quitter le lit dans lequel il s'était laissé tomber, vaincu... Le moindre frôlement irréel de la nuit, le plus infime craquement de meuble le faisaient tressaillir comme s'il avait entendu les pas de la maîtresse s'approchant de la couche. Le cœur et les tempes de l'homme battaient fébrilement. ses mains moites se crispaient sur le dessus de lit, son esprit commençait à divaguer, ses lèvres elles-mêmes finirent par s'entrouvrir pour balbutier dans un souffle ressemblant à une plainte :

— Viens Ida. Je t'attends...

Puis sa voix redevint plus forte, presque menaçante, pour dire dans un étrange soliloque qui se répercuta dans la chambre silencieuse :

— Je sais que tu as tout fait pour que je me retrouve un soir ici, t'espérant, te suppliant d'effacer à nouveau par ta présence tyrannique mais nécessaire le poids écrasant de mon isolement d'homme... Tu as gagné parce que tu es un monstre de lucidité et d'égoïsme dans ta façon d'aimer. Je t'ai trop connue pour penser que tu aies pu cesser une seconde seulement de continuer à me désirer malgré ta longue absence et l'Océan qui nous séparait : aucune mer ni aucun obstacle au monde ne pourront empêcher une amante telle que toi d'arriver à ses fins ! Avant de te montrer à nouveau, tu voudrais savoir si je t'aime encore moi aussi ? Je pense que je te hais comme aucun homme ne le fera jamais... Et, malgré cela, tu me manques ! Pourquoi te le cacherais-je puisque tu as tout deviné de moi ? Devant toi je serai toujours faible et lâche alors que je devrais te maudire pour le mal que tu as fait à Edith...

Le prénom prononcé à haute voix le ramena à la réalité en lui donnant l'énergie de s'arracher au lit et au souvenir des habitudes qui avaient enveloppé leurs amours. Il ne parlait plus mais son esprit bouleversé pensait : « C'est moi le vrai monstre ! Sous l'emprise mystérieuse d'Ida je viens d'oublier qu'hier seulement le corps de ma femme a été mis en terre... Il n'a pas fallu plus de vingt-quatre heures pour que je cesse d'être fidèle à ma compagne et à la mémoire de l'immense bonheur que j'ai connu avec elle pendant quelques semaines. Il a suffi que je me retrouve dans cet appartement et dans cette chambre, où Edith avait eu le tact de ne jamais me laisser pénétrer, pour que je me conduise comme si mon mariage était déjà une faillite ! En appelant tout à l'heure mon ancienne maîtresse, j'ai renié le serment d'amour le plus sacré et j'ai même tué le souvenir de mon voyage de noces avec la femme la plus complète que pouvait rêver un homme ! Je suis un criminel... »

Les yeux hagards, il tournait dans la pièce — qui, maintenant, lui faisait horreur — pendant qu'un nouveau sentiment l'envahissait : il voulait réparer le moment d'égarement... Un instant même, son esprit enfiévré se demanda s'il ne devrait pas aller tout de suite au Père-Lachaise, en pleine nuit, pour obtenir, agenouillé devant la tombe d'Edith, un pardon ? Mais les portes du cimetières seraient closes et l'âme d'Edith n'avait jamais été dans la morne tristesse du tombeau. Il la sentait auprès de lui... Si Ida n'avait pas paru lorsqu'il l'avait appelée, c'était qu'une autre femme, dont la force était jeune, avait empêché l'an-

144

cienne maîtresse de s'approcher de son amant qui n'était plus pour elle. Même morte, Edith avait répondu par l'égoïsme d'une amante...

Si rien ne venait de se passer dans l'appartement c'était grâce à cette intervention cachée mais ferme de l'amoureuse de Bellagio. Et comment aurait-elle pu mieux manifester sa présence qu'en fomentant ce dernier sursaut d'amour dans la conscience de son époux ? Elle avait agi avec toute la discrétion dont elle avait su se montrer capable de son vivant. Geoffroy ne pouvait oublier que, malgré son éclatante beauté, Edith n'avait pas cherché à éblouir autour d'elle, ni à exciter la jalousie de rivales — à l'exception d'un soir cependant à Milan, ni à faire d'autres conquêtes que la sienne... Tandis qu'Ida ne s'était montrée satisfaite que lorsqu'il n'y avait plus d'yeux que pour elle et quand elle avait tout écrasé de son éclat, de sa richesse, de sa féminité...

Ce soir encore l'ombre d'Ida était venue rôder la première dans l'appartement avec le désir de remporter la victoire immédiate mais l'âme légère d'Edith avait franchi la séparation immatérielle de deux mondes — ceux des vivants et des morts — pour venir au secours de son mari et tenter de sauvegarder une dernière fois son amour...

Vite, très vite, Geoffroy éteignit les lampadaires dans la chambre, dans la salle de bains, dans le vestibule... Puis il sortit, haletant, sans se retourner, en claquant la porte derrière lui et en dévalant l'escalier pour fuir l'appartement maudit.

Le lendemain matin il avait honte de lui-même. Ses pensées de la veille avaient été ridicules : Ida n'était pas venue le rechercher, Edith ne lui avait fait aucun reproche, l'appartement était resté le même, indifférent aux hantises et aux sentiments d'un homme angoissé. Parce qu'il était homme, il devait dominer ses nerfs pour reprendre le dessus. La seule façon de remporter cette victoire nécessaire sur lui-même était de retourner immédiatement, en plein jour, avenue Montaigne. Débarrassés des ombres de la nuit, le vestibule, le living-room et même la chambre à coucher perdraient leur mystère.

Quand il réintroduisit la clef dans la serrure, Geoffroy avait retrouvé son calme. Même l'odeur persistante du parfum ne produisit plus aucun effet sur ses sens calmés.

Tranquillement, avec méthode, il ouvrit les tiroirs des commodes et inspecta les placards pour contrôler l'inventaire des « affaires de Madame et du linge de maison », très précis, que Lise avait laissé dans l'office avec le livre de comptes. Il découvrit ainsi d'innombrables robes, tailleurs et manteaux qu'Edith n'avait jamais portés pendant leurs courtes fiançailles et dans lesquels il se complut à l'imaginer.

... Ce boléro d'astrakan, cette cape de vison platine, ce petit chapeau impertinent à voilette avaient dû lui aller à ravir ! Par contre Geoffroy ne la voyait pas du tout engoncée dans ce magnifique mais lourd manteau de renards bleus qui semblait plus fait pour rehausser l'agressive opulence d'une Ida... Ces vêtements inertes paraissaient, eux aussi, avoir perdu la vie. Leur existence éphémère n'avait sa raison d'être que lorsqu'ils soulignaient l'étonnante personnalité de celle qui avait bien voulu les porter.

L'étrange évocation, où la silhouette adorée venait

de prendre successivement en rêve — selon chaque vêtement — les aspects les plus divers de la mode, s'évanouit quand la réalité d'une constatation ramena l'homme sur terre : tout ce qu'il venait de découvrir et de palper dans les placards appartenait bien à sa femme. Il ne restait pas un seul effet personnel d'Ida comme si Edith avait voulu, le jour où elle lui avait succédé dans l'appartement, faire place nette.

Ida possédait pourtant une telle garde-robe — que Geoffroy connaissait et aimait — qu'elle ne pouvait l'avoir emportée en totalité au moment de son départ précipité ? A moins qu'elle n'eût distribué beaucoup de choses autour d'elle pour s'en débarrasser ? C'était assez dans sa manière. Sinon c'était bien Edith qui s'était chargée du nettoyage : il n'y avait pas un recoin caché de l'appartement qui n'eût été soigneusement visité.

Geoffroy se demanda si sa femme avait découvert le coffre — ce n'était pas vraiment un coffre mais plutôt une cachette — où Ida avait pris l'habitude de déposer les bijoux dont elle se servait couramment ? Cachette constituée par un simple renfoncement de quelques centimètres de hauteur, doté lui-même d'une porte dont Ida déposait généralement la clef dans le tiroir de droite de sa coiffeuse — et qui se trouvait placée dans le mur de la chambre, derrière une gravure anglaise assez large pour masquer l'ouverture. Il fallait soulever le cadre de la gravure pour pouvoir ouvrir la petite porte. Si Edith ne s'était pas doutée de l'existence de cette cachette, peut-être Geoffroy y retrouverait-il, non pas des bijoux qui ne l'intéressaient pas mais quelque souvenir étrange oublié par Ida qui avait la manie de collectionner et de conserver les objets les plus hété-roclites.

Il souleva la gravure : contrairement aux précau-tions prises d'habitude par Ida, la clef était sur la porte.

Dès que celle-ci fut ouverte, le premier objet qui frappa le regard de Geoffroy, fut la photographie d'Ida qu'il avait toujours vue placée sur le guéridon chinois du living-room pendant les trois années de liaison et dont il avait constaté la disparition le pre-mier soir où il était revenu dans l'appartement pour chercher Edith. Ce ne pouvait être que cette dernière qui avait ainsi caché l'excellente image de sa mère que l'homme put à nouveau contempler longue-ment... Et il crut comprendre pourquoi sa femme avait agi de la sorte ? Cette photographie aurait pu être aussi bien le portrait d'Edith que celui d'Ida. Le nom du photographe prouvait qu'elle avait été faite aux Etats-Unis. Il n'y avait pas de date indiquée mais Geoffroy estimait que ce portrait avait dû être tiré à une époque où Ida avait sensiblement le même âge que l'Edith rencontrée au Racing. L'Ida qu'il avait sous les yeux était celle qu'il n'avait jamais connue dans la réalité et dont il avait souvent rêvé avant de la retrouver brusquement en Edith. Mais, au fond, celle-ci n'avait peut-être pas été tellement heureuse ni flattée de rappeler à ce point sa mère ?

Geoffroy avait la conviction qu'Edith — qui s'était bien gardée de le lui avouer — aurait voulu être « la première » à posséder l'éclatante beauté et ne pas entendre, comme cela s'était certainement pro-duit alors qu'elle était encore aux Etats-Unis, répéter sur son passage par ceux qui avaient connu Ida vingt

148

années plus tôt : « Elle est vraiment très belle, cette Edith Keeling... C'est tout le portrait de sa mère ! » Certains même avaient peut-être ajouté — Geoffroy en était sûr : « ... Tout le portrait ! Malheureusement elle n'en a pas le charme ! » Car Ida avait un charme de femme indéniable... Pour peu qu'Edith eût entendu, à l'époque où sa jeunesse commençait à devenir radieuse, de pareilles remarques à New York, à Boston ou à Philadelphie, son cœur de jeune fille avait dû en concevoir une jalousie aiguë à l'égard de cette mère dont la beauté la précédait partout, de cette Ida trop adulée qui continuait à se pavaner dans une vie dorée comme si elle était l'irremplaçable créatrice d'un personnage ! Et, très jeune, la petite Edith s'était rendu compte qu'elle n'était que la doublure de sa mère, l'éternelle « seconde » dont on ne pouvait pas ne pas reconnaître la fraîcheur mais dont on se refusait à admettre déjà la personnalité, « la remplaçante » enfin pour tous ceux qui avaient d'abord commencé par admirer et par aimer Ida.

Geoffroy se savait de ceux-là et, au moment où il se trouvait seul, n'ayant plus auprès de lui la présence continuelle de la jeune compagne qui l'avait empêché de penser à autre chose qu'au désir, il se demandait si son amour pour Edith n'avait pas seulement été ce qu'elle redoutait tant quand elle hésitait encore à accepter de devenir sa femme ? Ne l'avait-il pas aimée uniquement parce qu'elle lui rappelait Ida ?...

Toutes ces pensées avaient défilé dans le cerveau de l'homme pendant que ses yeux restaient fixés sur la photographie. Il comprenait enfin qu'Edith pût détester cette image mais, pour rien au monde non plus, il n'aurait voulu se séparer du seul reflet qu'il eût jamais connu de sa maîtresse...

Perplexe, ne voulant trahir ni Edith ni Ida, il prit la décision de remettre la photographie à la place qu'elle avait toujours occupée sur la table chinoise du living-room. Ainsi, la maîtresse de maison, qu'elle fût Ida ou Edith, ne se cacherait plus dans un obscur réduit et recommencerait à régner en effigie. Pour ceux qui pénétreraient désormais dans l'appartement et qui ne connaissaient qu'Ida, ce serait son sourire qui les accueillerait... Pour ceux, assez rares en France, qui avaient découvert plus récemment la blondeur d'Edith, ce serait elle qui les séduirait... Mais, de toute façon, la femme photographiée resterait toujours jeune, égale à elle-même. Le portrait unique serait imprégné du même parfum : Ida et Edith chérissaient trop le *Vol de Nuit* pour ne pas se ressembler...

La photographie n'était pas le seul objet caché dans le placard secret : un petit carnet, dont Geoffroy connaissait bien la couverture en cuir vert, s'y trouvait aussi... Ida avait dû l'oublier et Edith, pour qui il ne devait offrir aucun intérêt, l'avait sans doute conservé au cas où sa mère le lui réclamerait un jour. C'était l'indispensable mémento d'adresses et de numéros de téléphone qu'Ida portait presque toujours dans son sac... Geoffroy l'ouvrit et y retrouva, écrits de la main de son ancienne maîtresse, des noms de gens et de rues qui lui rappelèrent les trois années de vie commune... Ce « M. Gaston », c'était le coiffeur d'Ida... Ce « M. Sing-Konze » c'était son pédicure chinois... Cette Mlle Gabrielle c'était la masseuse... Ce vicomte de... c'était le vieil ami sûr qui croit être au courant de toutes les confi-

dences mais qui, en réalité, ne sait absolument rien...
Ce Douglas Farmer, c'était l'un de ces play-boys américains, à la carrure ample et à la démarche noncha-
lante, dont Ida raffolait pour danser un soir et que
Geoffroy détestait... Comme tout vrai Latin, il était
jaloux de ce genre de garçon bien bâti qui pouvait
donner une idée assez nette de la virilité américaine.

Pendant qu'il feuilletait le petit agenda, Geoffroy
eut brusquement une idée : parmi toutes ces personnes — hommes ou femmes — dont les noms,
adresses et téléphones, y étaient inscrits, il n'était
pas possible que l'une d'entre elles ne fût pas restée
en contact avec Ida depuis son départ ou n'ait pas
reçu au moins de ses nouvelles ? Peut-être ce correspondant connaissait-il même l'adresse mystérieuse
où elle continuait à se cacher ? Dès le lendemain,
Geoffroy téléphonerait à chacune de ces anciennes
relations d'Ida en suivant chaque page du carnet
et en pointant méthodiquement les noms déjà appelés. Ce serait une vérification fastidieuse mais il
n'avait pas le droit de la négliger devant un silence
qui se prolongeait.

Puisque le vice-consul américain de Milan n'avait
pas encore donné signe de vie, c'était l'indication
que les articles déjà publiés à des millions d'exem-
plaires dans la grande presse de l'est des Etats-Unis
étaient inutiles. Les innombrables récits de l'accident relatés simultanément dans les journaux italiens et français puis reproduits par la quasi totalité
de la presse européenne étaient également restés sans
effet. Le matin enfin avait paru dans le « carnet
du jour » du *Figaro* le faire-part annonçant que la
cérémonie religieuse s'était déroulée l'avant-veille à

Paris dans la plus stricte intimité et que le corps avait été inhumé aussitôt après au Père-Lachaise.

Or, Ida lisait chaque matin *Le Figaro*, Geoffroy le savait. Si elle était en France, elle ne pouvait donc plus ignorer ce qui s'était passé et tous ceux auxquels il téléphonerait demain, répondraient certainement avec beaucoup plus de compréhension et de bonne volonté à sa question maintenant qu'ils venaient d'apprendre simultanément, eux aussi par les journaux, l'existence de cette Edith — dont Ida ne leur avait probablement jamais parlé — et sa mort dans de dramatiques circonstances. Geoffroy ressortit de l'appartement en emportant le carnet vert.

Quand il arriva chez lui, son concierge lui remit un flot de télégrammes de condoléances prouvant que « les carnets du jour » avaient été lus. Mais aucun message ne faisait allusion à Ida.

Son valet de chambre l'attendait également pour lui remettre la liste déjà impressionnante d'amis ou de connaissances qui avaient téléphoné dans la journée à son domicile personnel.

— L'un de ces interlocuteurs vous a-t-il parlé de Mme Keeling ? demanda Geoffroy.

— Aucun, monsieur. Une question, toujours la même, m'a été posée par la plupart de ces personnes qui semblaient très étonnées.

— Quelle question ?

— Quand et où Monsieur avait-il épousé Mlle Edith Keeling ?

— C'est tout ce qui les intéresse... La prochaine fois où on vous le demandera, vous répondrez que vous n'en savez rien.

— C'est ce que je me suis déjà permis de faire, monsieur...

152

— Si quelqu'un insistait quand même · pour me voir, dites aussi que je ne reçois pas... A moins que ce quelqu'un ne vous certifie apporter des nouvelles récentes de ma belle-mère.

— Bien, monsieur.

Le lendemain, de bonne heure, Geoffroy commença sa lente et patiente prospection téléphonique.

À l'exception de trois ou quatre numéros qui ne répondirent pas ou dont les titulaires s'étaient fait inscrire sur la liste des « abonnés absents », Geoffroy eut la chance de joindre tous ceux et celles qu'il avait connus directement avec Ida ou dont cette dernière avait au moins prononcé les noms devant lui. A chaque fois, il dut subir un déferlement de condoléances embarrassées et inutiles avant de pouvoir poser la question essentielle :

— Auriez-vous reçu récemment des nouvelles d'Ida que je ne parviens pas à joindre pour l'avertir de la mort de sa fille ?

Automatiquement, une exclamation de stupeur répondait au bout du fil : « Ce n'est pas possible ? C'est incroyable !... Sans doute est-elle en voyage ?... Non, nous n'avons pas eu de ses nouvelles depuis son départ de Paris... Nous nous sommes même souvent demandé ce qu'elle était devenue mais nous n'osions pas vous téléphoner pour vous questionner à ce sujet... Aussi vous pouvez vous douter combien nous sommes surpris de votre demande ! »

Geoffroy n'avait plus qu'à raccrocher : Ida demeurait introuvable. A 3 heures de l'après-midi, il avait pointé tous les noms de l'agenda qu'il connaissait. Les quatre ou cinq restant à appeler ne lui disaient rien : ce ne devaient être que de vagues relations, assez anciennes, avec lesquelles Ida n'entretenait déjà plus aucun contact lorsqu'elle vivait avec lui.

Il attendit cependant jusqu'à 3 h 30 pour rappeler un homme qu'il connaissait très bien et chez qui il avait déjà téléphoné le matin en se reprochant de n'avoir pas eu l'idée de le faire plus tôt, même de Bellagio, dès qu'Edith et lui avaient reçu le premier télégramme de Biarritz annonçant qu'Ida était gravement souffrante. Ce personnage était pourtant le seul qui aurait pu alors sinon les tranquilliser, du moins leur donner des précisions sur l'état de santé de la malade : c'était le Dr Vernier, médecin habituel d'Ida.

Geoffroy avait eu lui-même recours à ses soins, sur les conseils de sa maîtresse, un jour où il avait contracté une mauvaise grippe et il avait souvenance que cet excellent praticien de médecine générale lui avait donné l'impression d'allier le calme au bon sens.

La femme de chambre, qui avait répondu le matin à son premier appel téléphonique, avait dit :

« — Le docteur est à l'hôpital. Il ne sera de retour pour ses consultations qu'à 3 h 30. »

· A l'heure indiquée Geoffroy l'eut en personne au bout du fil. Le médecin, qui se souvenait également de lui, avait dû lire les journaux puisqu'il finit par dire, avec une gêne mal dissimulée, venant de ce qu'il s'était très bien rendu compte, à l'époque où il l'avait soigné, de la nature des relations du jeune homme avec Ida :

— Je vous prie, monsieur, d'accepter toutes mes condoléances et de vouloir bien les transmettre à Mme Keeling.

154

— Vous ne l'avez donc pas vue récemment, docteur ?

— Pas depuis plus d'un an... J'en ai d'ailleurs été très heureux pour elle : cela prouvait qu'elle continuait à être en excellente santé. J'ai pensé aussi qu'elle devait voyager à l'étranger ?

— C'est exact. Mme Keeling vous avait-elle dit qu'elle avait une fille ?

— Une fois incidemment... Elle était veuve, je crois, depuis très longtemps ? Aussi la disparition prématurée de cette enfant unique dans d'aussi tristes circonstances doit être pour elle un chagrin terrible ?

— Je n'en sais rien, docteur...

— Comment cela ?

— Les dernières nouvelles que nous avions reçues, ma chère Edith et moi, de ma belle-mère remontent à plusieurs mois avant notre mariage... A cette époque Mme Keeling était en Floride... Depuis je ne sais rien d'elle et j'ai tout lieu de craindre qu'elle ignore encore aujourd'hui aussi bien mon mariage avec sa fille que mon rapide veuvage ! C'est pourquoi je me suis permis de vous téléphoner avec l'espoir que vous pourriez peut-être, étant son médecin traitant habituel, savoir où elle se trouve actuellement ?

— Mais j'ai beaucoup plus de raisons de l'ignorer que vous, monsieur !

— Même si je vous mettais au courant, docteur, des faits étranges qui se sont produits à Bellagio pendant notre voyage de noces ?

Et il raconta le plus brièvement possible la réception des deux télégrammes annonçant et confirmant qu'Ida était « gravement souffrante » ainsi que son

155

voyage inutile à Biarritz. Après l'avoir attentivement écouté, le docteur dit :

— Pendant que vous faisiez le récit de ces événements pour le moins curieux, j'ai pu jeter un regard sur la fiche de santé de Mme Keeling, dont la dernière visite à mon cabinet remonte au 10 janvier de l'année dernière, ce qui nous reporte déjà à dix-huit mois... Mes notations sur cette fiche confirment mes souvenirs : l'état de santé général de ma cliente était excellent. Jamais même elle ne m'a paru plus rayonnante, ni plus heureuse d'être toujours très belle.

— Pourquoi, puisque vous me dites que sa santé était florissante, Mme Keeling a-t-elle éprouvé le besoin de vous rendre visite ce 10 janvier ?

— Ma fiche l'indique... Puisque vous êtes devenu maintenant son plus proche parent et qu'en plus vous l'avez connue mieux que personne, je ne pense pas déroger à la règle du secret professionnel en vous disant que bien qu'elle semblât être infiniment plus jeune que son âge réel, Mme Keeling commençait à ressentir quelques-uns de ces phénomènes courants auxquels peu de femmes échappent lorsqu'elles s'approchent de la ménopause... Mais je vous répète avoir rarement examiné une femme dont la vitalité m'ait autant étonné à tous points de vue. C'est tout ce que je puis vous dire, monsieur.

— Merci, docteur. Pardonnez-moi encore de vous avoir dérangé.

Il avait raccroché, ne se sentant guère plus renseigné qu'avant, mais, vingt minutes plus tard, la sonnerie de son téléphone retentit. C'était à nouveau la voix du Dr Vernier :

— Je me permets de vous rappeler, monsieur Duquesne, pour compléter ma réponse à une question que vous m'avez posée tout à l'heure... Ceci à la suite d'un fait qui vous paraîtra probablement ne pas présenter un grand intérêt et qui vient seulement de me revenir en mémoire... Je vous ai dit, après avoir consulté la fiche de ma cliente, que sa dernière visite remontait au 10 janvier de l'année dernière : ceci est exact... Seulement je me souviens maintenant que deux mois environ après cette date j'ai reçu un matin de très bonne heure, au moment où je m'apprêtais à partir pour l'hôpital, un coup de fil de Mme Keeling qui me demandait un renseignement... Je fut très frappé alors de la nervosité et de l'anxiété de sa voix qui m'avait toujours paru plutôt pondérée jusqu'à cette communication... Celle-ci doit donc se situer en mars de l'an dernier, époque où Mme Keeling devait sûrement être encore à Paris.

— Vous confirmez ce que je sais déjà, docteur : ma belle-mère a quitté Paris pour les Etats-Unis le 7 mars de l'année dernière... C'était un mardi.

— Vous savez même le jour de la semaine ?

— Oui, répondit simplement Geoffroy qui n'avait pas à expliquer à ce médecin la façon dont Lise l'avait accueilli avenue Montaigne le lendemain de ce jour : un mercredi qu'il n'oublierait jamais.

— Dans ce cas, monsieur, je suis désolé de vous avoir dérangé pour un renseignement qui, au fond, n'en valait pas la peine.

— Mais pas du tout, docteur ! Au contraire ! Les moindres indications peuvent m'être utiles en ce moment pour retrouver ma belle-mère !... Serait-ce très indiscret de vous demander la nature du renseignement dont elle avait besoin par téléphone ? Comprenez-moi : ceci peut avoir de l'importance puis-

que cet appel téléphonique n'a dû se situer, d'après
ce que vous venez de me dire, que très peu de temps
— quelques heures même ? — avant le départ de
Mme Keeling pour l'Amérique...

— Là non plus. Il n'y a aucun secret... Mme Keeling voulait savoir si je connaissais l'un de nos confrères étrangers et, dans l'affirmative, si je pouvais
lui dire en toute franchise mon opinion personnelle
sur ce médecin ? Vous comprendrez que ce genre
de réponse est toujours délicat pour nous qui
n'avons pas à porter un jugement sur l'un de nos
confrères... Cependant, en ce qui concernait celui
dont madame votre belle-mère venait de me dire le
nom, je ne fus nullement gêné pour répondre que je
ne connaissais pas personnellement ce praticien mais
que j'avais lu récemment dans une revue médicale
cotée le compte rendu d'une communication que
ce confrère venait de faire à l'Académie de Médecine
et dont la teneur m'avait intéressé. Mme Keeling me
parut alors assez satisfaite d'apprendre ce détail...
J'entends encore sa voix me dire sur un ton plus
détendu avant la fin de notre conversation : « *Si je
vous ai demandé ce renseignement, docteur, n'allez
surtout pas vous imaginer que j'ai l'intention de recourir aux soins de cet étranger... Je viens de faire,
voici quelques jours, sa connaissance dans un dîner
et ce qu'il m'a dit m'a, moi aussi, vivement intéres-
sée... C'est un homme passionnant ! Je pensais l'inviter un soir avec quelques amis mais, ayant une confiance absolue dans votre jugement, je voulais
d'abord connaître votre opinion sur le personnage...
Cela vous amuserait-il de venir à cette réunion, docteur ?* » Je répondis à Mme Keeling qu'ayant lu l'article publié par la revue, j'en serais enchanté. Elle

me dit alors, avant de raccrocher, qu'elle me rappellerait sous quarante-huit heures dès qu'elle aurait pu joindre ce confrère ainsi que quelques amis. Depuis, il y a de cela une année, je n'ai plus reçu aucune nouvelle...

— Ce que vous me dites là est étrange. Jamais Ida.. Enfin Mme Keeling ne m'a jamais parlé à cette époque de ce projet de réunion à caractère « médical... » Pouvez-vous me dire le nom de ce confrère étranger ?

— Malheureusement je l'ai oublié... Il faudrait que je retrouve le numéro de la revue où a été publiée sa communication à l'Académie de Médecine... C'était un nom à consonance slave...

— Russe peut-être ?

— Non. Plutôt d'Europe Centrale, si j'ai bonne mémoire... Enfin ! Si cela vous intéresse encore et si ce nom me revient en tête au moment où je ne le chercherai plus, je ne manquerai pas de vous le communiquer.

— Merci, docteur. Si, entre-temps, de mon côté, je recevais enfin des nouvelles de Mme Keeling, je vous préviendrais aussitôt.

Les quelques mots prononcés par le médecin, pendant cette deuxième conversation téléphonique, avaient ravivé sa propre mémoire : il se souvenait parfaitement avoir assisté, en compagnie d'Ida, à un grand dîner donné chez des amis et où ce médecin étranger se trouvait parmi les convives. Geoffroy revoyait même très bien la place que chacun occupait à table : Ida était à la droite du maître de maison et avait pour autre voisin le médecin en question qui était un petit homme entre deux âges et chauve dont les sourcils très épais donnaient un caractère assez spécial à l'ensemble du visage. L'homme semblait bourru et faisait penser à un ours...

Pendant le repas, Geoffroy — qui se trouvait lui-même à la gauche de la maîtresse de maison et dont l'autre voisine était une assez jolie femme brune qu'il n'avait encore jamais rencontrée — avait été intrigué de constater qu'Ida, d'ordinaire assez expansive, parlait peu et semblait prendre un grand intérêt à la conversation de l'homme aux gros sourcils.

Quand ils s'étaient retrouvés dans leur voiture vers minuit, Geoffroy se souvenait aussi d'avoir demandé à Ida :

« — Tu paraissais fascinée par la conversation de ce bonhomme non seulement pendant le dîner mais même après au salon... Tu ne l'as pas lâché de la soirée ! Ce n'était pas très aimable pour les autres invités, ni très poli pour le maître de maison. »

« — Comme si ta belle voisine brune ne t'avait pas intéressé ! Elle n'avait pourtant pas l'air très intelligente ! Tandis que mon cavalier était sensationnel ! »

« — Vraiment ? Un Don Juan sur le retour ? »

« — Si tu crois qu'il a du temps à perdre à faire des conquêtes ! C'est un médecin, un Tchécoslovaque, qui m'a raconté des choses passionnantes sur des expériences qu'il poursuit en ce moment... Ce doit être un très grand savant ! »

« — Un de plus ! Et qu'a-t-il découvert, ce génie méconnu ? »

« — Qui te dit qu'il est méconnu ? C'est peut-être une célébrité, au contraire ! Je me renseignerai... »

« — C'est un spécialiste de quoi ? »

« — Il doit plutôt être biologiste puisqu'il m'a dit avoir un laboratoire... Il y a un côté de ton carac-

160

tère dont j'ai horreur, mon petit Geoffroy : tu n'as de considération pour un homme que s'il est de ta génération et s'il possède une carrure aussi athlétique que la tienne... C'est stupide ! Tu aurais encore beaucoup de choses à apprendre d'un aîné comme ce savant. »

« — Comment s'appelle-t-il ? »

Ida lui avait dit le nom qui avait en effet une nette consonance étrangère mais dont il était incapable, comme le Dr Vernier, de se souvenir après plus d'une année. D'ailleurs ils avaient très rapidement changé de conversation dans la voiture et le nom de l'étranger n'était plus jamais revenu dans leurs propos. C'était la raison pour laquelle il était plutôt surpris qu'Ida ait téléphoné longtemps après à son médecin habituel pour lui demander des renseignements sur ce confrère ? Le dîner en effet avait dû avoir lieu trois mois avant leur rupture. Pourquoi Ida avait-elle tant attendu pour appeler le Dr Vernier ? Et elle ne l'avait fait qu'ou moment même de leur séparation... C'était inexplicable.

Comment s'appelait cet étranger ? Il y avait un moyen bien simple de le savoir : téléphoner aux hôtes qui avaient donné le dîner... Qui étaient-ce donc ?... Les Calberson ? Non... Les Diaz ?... Non plus... Les Orniski ?... Oui... Cela s'était passé chez le Prince et la Princesse Orniski, dans leur hôtel de la rue de Franqueville... Leur nom et numéro de téléphone se trouvaient dans le carnet vert parmi les cinq ou six qu'il avait jugé inutile d'appeler le matin.

Il rouvrit le petit agenda où Ida avait la détestable habitude d'inscrire les noms sans suivre l'ordre alphabétique de leurs premières lettres mais au hasard... sans doute au fur et à mesure qu'elle rencontrait les gens qui l'intéressaient ? L'index de Geoffroy, qui venait de suivre pour la deuxième fois les colonnes de noms écrit sur les pages, s'immobilisa enfin sur Orniski, mais son regard fut presque aussitôt attiré par le nom qui avait été immédiatement inscrit par Ida sous celui des Orniski : Zarnik, suivi d'un numéro de téléphone *Molitor 62-34...* Il l'avait ! C'était le nom du médecin étranger : ZARNIK...

Sans attendre, il forma le numéro de Molitor.

Une voix d'homme grave et douce répondit :

— J'écoute.

— Le Dr Zarnik est-il là ?

— C'est moi, monsieur... De la part de qui ?

— Geoffroy Duquesne... Je m'excuse de vous déranger, docteur, mais j'ai eu le plaisir de dîner avec vous, voici déjà plus d'une année, chez le prince et la princesse Orniski.

— Ah ? Ne m'en veuillez pas, monsieur, si je ne parviens pas à mettre immédiatement un visage sur votre nom mais il y avait beaucoup de monde à cette réception qui fut d'ailleurs charmante...

— Je le comprends très bien, docteur... Vous aviez pour voisine Mme Keeling ?

— En effet...

— Et je suis le gendre de Mme Keeling dont j'ai épousé la fille unique : Edith.

Il y eut une courte pause avant que la voix ne répondît :

— Dans ce cas, monsieur, permettez-moi de vous adresser mes condoléances les plus sincères... Comme tout le monde, j'ai lu dans les journaux le récit de l'affreux accident... Mme Keeling doit être très frappée également ? Dès que j'ai su la nouvelle, j'ai télé-phoné chez elle mais personne n'a répondu... Hier, après avoir lu le faire-part dans *Le Figaro* j'ai décidé de lui écrire pour lui dire combien je m'associais à elle en ce moment douloureux. La lettre est encore sur mon bureau et j'allais la poster.

— Je vous remercie, docteur, pour cette délicate attention au nom de Mme Keeling et au mien... Vous étiez assez lié avec ma belle-mère ?

Il y eut un nouveau silence, plus long que le pré-cédent. La réponse, assez embarrassée, vint enfin :

— C'est-à-dire, monsieur, que je n'ai eu avec Mme Keeling que des rapports d'ordre profession-nel...

— Que voulez-vous dire ?

— Oui... J'ai soigné Mme Keeling pendant un cer-tain temps.

— Mais... Vous ne la connaissiez pas avant ce dî-ner chez les Orniski ?

— En effet... Seulement Mme Keeling, à qui j'avais donné mon numéro de téléphone ce soir-là sur sa demande, m'a appelé quelques mois plus tard pour me demander de la recevoir. Ce que j'ai fait.

— C'était vers quelle époque ?

— Il faudrait que je consulte mon livre de ren-dez-vous, monsieur... Mais vous m'inquiétez : com-ment va Mme Keeling ?

— Vous ne le savez donc pas, docteur ? Vous la soignez cependant ?

Il y eut un troisième silence, suivi d'une préci-sion :

— Plus exactement, je l'ai soignée pour une chose spéciale mais j'ai dû abandonner ces soins il y a en-viron trois semaines.

163

— Trois semaines ?

Geoffroy crut suffoquer. Il dut faire un gros effort pour conserver un calme apparent au téléphone et demander :

— Docteur... Quel jour avez-vous vu Mme Keeling pour la dernière fois ?

— Attendez... Le dernier rendez-vous a eu lieu le jeudi 23 juin dans la matinée... Mais en quoi cela peut-il vous intéresser, monsieur ?

Ce fut au tour de Geoffroy de se sentir dans l'impossibilité de répondre : en quoi cela l'intéressait ? Mais c'était ce jour-là qu'Edith s'était noyée dans le lac de Côme pendant qu'il arrivait lui-même à Biarritz pour y retrouver Ida ! Il put enfin dire :

— Vous êtes bien sûr, docteur, de ce que vous m'affirmez ?

La voix calme répondit alors sur un ton plus sec :

— Je ne comprends pas très bien où vous voulez en venir, monsieur... Comme je vous l'ai dit, j'ai appris en effet votre nom par le récit des journaux mais je n'ai pas souvenace d'avoir converser avec vous au dîner dont vous m'avez parlé... C'était vous, ce grand jeune homme qui tenait compagnie ce soir-là à Mme Keeling ?

— Oui.

— Mme Duquesne n'était pas à ce dîner ?

— Non. J'avais... accepté d'y accompagner ma belle-mère qui n'aimait pas sortir seule.

— Ah, bon !... Où est Mme Keeling en ce moment ?

— A vrai dire, je l'ignore, docteur... Je la recherche depuis des jours et des jours...

Et il raconta une fois de plus, comme il l'avait fait pour le médecin précédent, la succession d'événements qui s'étaient précipités entre Bellagio et Biarritz.

— Vous venez de me dire, monsieur, que les deux télégrammes dont vous semblez mettre en doute l'authenticité, vous informaient que Mme Keeling était gravement souffrante ? C'est en effet assez étrange.

— Mais, docteur, vous devez le savoir mieux que personne puisque vous me certifiez que ma belle-mère était en consultation chez vous le 23 juin ? A quelle heure de la matinée l'avez-vous reçue exactement ?

— A 10 h 30 : elle m'avait demandé rendez-vous pour cette heure précise la veille par téléphone.

— Vous comprendrez mieux mon émotion, docteur, quand vous réaliserez que c'est ce même jour que ma pauvre Edith a trouvé la mort vers 5 heures de l'après-midi à Bellagio... Ma belle-mère, dont l'état de santé m'avait contraint à quitter ma femme ce jour-là, n'était donc plus à Biarritz mais à Paris !

— Vous avez bien reçu les deux télégrammes la veille de ce voyage, monsieur ?

— Oui.

— Rien ne prouve que Mme Keeling n'était pas à Biarritz la veille. Elle peut très bien être revenue dans la nuit du mercredi au jeudi à Paris ? J'en ai même la conviction car, lorsqu'elle m'a parlé au téléphone le mercredi après-midi pour prendre le rendez-vous du lendemain, je me suis rendu compte qu'elle devait être assez loin... Elle m'a d'ailleurs dit qu'elle ne revenait spécialement à Paris que pour m'y rendre visite et qu'elle repartirait aussitôt après.

— Pour où ?

— Ça, je l'ignore, monsieur.

— C'est fantastique, docteur ! Une dernière question : quand vous avez reçu Mme Keeling ce 23 juin, était-elle réellement souffrante ?

Cette fois, le Dr Zarnik répondit sans la moindre hésitation :

— Oui, monsieur... Sérieusement atteinte mais, si elle veut bien se montrer raisonnable et mener une vie calme, son état peut rester stationnaire pendant des années encore... Si je vous dis ceci, c'est parce que vous êtes maintenant son parent le plus proche. J'estime remplir mon devoir.

— Vous avait-elle dit qu'elle avait une fille ?

— Oui. Elle paraissait l'adorer...

— L'adorer ?

— Aussi ai-je été très inquiet, quand j'ai lu les journaux deux jours plus tard, en pensant aux conséquences que la terrible nouvelle pourrait avoir sur la santé de Mme Keeling pour qui toute émotion risque d'être fatale.

— C'est à ce point ?

— Oui, monsieur.

— Puis-je venir vous voir immédiatement, docteur ?

— Je suis à votre disposition.

— Je prends ma voiture. Où habitez-vous, docteur ? Je n'ai que votre numéro de téléphone et d'après lui, je suppose que c'est dans le XVIᵉ ?

— Non, c'est à Saint-Cloud où je suis plus à l'aise pour mes travaux... 17, avenue du Golf. Je vous attends.

Un quart d'heure plus tard, la Bentley s'arrêtait devant la grille servant de clôture à un jardin en friche qui entourait un pavillon modeste et déjà ancien. L'état de la toiture révélait que le Dr Zarnik ne devait pas être riche. Après avoir poussé la porte rouillée de la grille, Geoffroy traversa le jardin désolé et gravit les cinq marches du petit perron, surmonté d'une verrière banale ; arrivé devant la porte, il tira le loquet de la sonnette dont le cuivre devait avoir disparu depuis longtemps sous la patine du vert-de-gris.

Le docteur ouvrit lui-même : Geoffroy retrouva instantanément la physionomie bourrue qui lui avait paru curieuse au dîner Orniski mais le petit homme, assez maigre, avait remplacé le smoking par une longue blouse blanche cachant ses vêtements. Malgré lui, Geoffroy frissonna : il croyait se retrouver à nouveau en présence de l'un de ces sinistres personnages dont il avait fait la connaissance à la morgue de Bellagio.

— Monsieur Duquesne ? Je vous reconnais en effet... Veuillez entrer.

Dans le vestibule l'impression de morgue s'intensifia : la température glaciale contrastait avec la chaleur extérieure de juin.

Le cabinet de travail, dont la porte s'ouvrait sur le vestibule, était à l'échelle de l'aspect extérieur de la maison délabrée : le mobilier en était pauvre et inconfortable. On devinait, dès le premier instant, que le décorum et le confort ne comptaient pas pour l'occupant des lieux dont toute l'attention devait se concentrer sur les ouvrages techniques et sur les innombrables dossiers encombrant la table derrière laquelle il venait de prendre place après avoir invité son visiteur à s'asseoir en face de lui.

Geoffroy parla sans attendre :

— Je m'en veux de vous déranger, docteur, mais vous devez comprendre, après notre conversation téléphonique, les raisons de mon inquiétude... Il faut absolument que je retrouve Mme Keeling pour la mettre au courant des graves événements qui viennent de se passer et qu'elle doit encore ignorer... Sinon, je ne peux pas croire qu'elle ne m'aurait pas donné signe de vie ! Jusqu'à présent, vous êtes, de tous ses amis et de toutes ses relations, la seule personne qui l'ait vue récemment.

— Le 23 juin exactement... Voici son nom inscrit de ma main sur ce livre de rendez-vous. Mme Keeling est restée plus d'une heure dans ce cabinet.

— Vous m'avez dit que lorsqu'elle vous avait téléphoné la veille après-midi pour prendre ce rendez-vous, vous aviez eu l'impression que son appel venait de très loin ? Vous ne vous souvenez pas si la téléphoniste vous a dit, avant de vous donner la communication comme cela se passe le plus souvent : « *Ne quittez pas... on vous parle de New York* », par exemple ?

— Je n'ai rien entendu de tel : Mme Keeling était déjà à l'appareil quand j'ai décroché.

— Et quand vous l'avez reçue le lendemain, vous a-t-elle fait l'impression de quelqu'un qui venait d'accomplir un long voyage ?

— Elle était fatiguée et semblait très pressée... Je me souviens même que lorsqu'elle est repartie, elle ne m'a pas dit au revoir... Il est vrai qu'elle devait beaucoup m'en vouloir !

— Pourquoi ?

— Ce serait trop long et surtout assez délicat à vous expliquer... Enfin, bien que vous m'ayez certifié par téléphone être son gendre, je n'en ai encore aucune preuve ?

— Voici deux pièces justificatives qui vous rassureront : ma carte d'identité et mon livret de famille délivré par la mairie du VIIIᵉ. Il vous prouvera que j'ai bien épousé Edith, fille de Mme Ida Keeling, il y a huit semaines exactement à Paris.

— Et vous avez tout tenté, depuis cette époque, pour retrouver votre belle-mère ?

— Tout, non ! Edith et moi ne tenions pas à l'informer de notre mariage avant qu'il ait eu lieu... Mme Keeling et sa fille ne se sont jamais très bien entendues malgré les protestations d'amour pour son unique enfant que vous m'avez dit avoir entendues de la bouche de votre cliente ici même... Nous avions l'intention de ne la mettre devant le fait accompli que lorsque nous serions revenus de voyage de noces. Ce fut la réception des deux télégrammes, postés à Biarritz, qui nous fit changer d'avis. Vous connaissez la suite !

— La teneur même de ces télégrammes semblerait prouver que Mme Keeling était parfaitement au courant de votre mariage quand elle est venue me voir le 23 juin ?

— Sans aucun doute.

— Ce qui est très étrange, monsieur, est que Mme Keeling ne m'ait pas dit un mot de ce mariage ?

— Elle ne vous disait peut-être pas tout, docteur ! Et cela ne vous regardait pas !

— Cette nouvelle aurait cependant été pour moi une explication de l'état de fébrilité extrême dans lequel j'ai trouvé ce jour-là ma cliente : dès son entrée, j'ai compris que ses nerfs étaient à bout... La raison profonde en était peut-être sa fureur d'avoir appris votre union secrète ! Mais son silence complet depuis cette date aussi bien à votre égard qu'au mien, m'inquiète un peu !... Au moment où elle est sortie d'ici, elle m'a paru susceptible de faire toutes les sottises dont peut être capable une femme angoissée.

— Elle était donc si malheureuse que cela ?

— Oui... Une douleur morale atroce et subite, qu'elle ne pouvait pas prévoir, a dû brusquement s'ajouter à la déficience de son état physique.

— Mais qu'avait-elle exactement ? Vous n'avez pas le droit de me le cacher, docteur, maintenant que vous savez vous trouver en présence de son plus proche parent par alliance ?

— Votre belle-mère, monsieur Duquesne, a une dilatation de l'aorte, telle que l'on peut craindre d'un instant à l'autre l'infarctus du myocarde, autrement dit la mort instantanée...

— Depuis quand lui assuriez-vous vos soins ?

— Un peu plus d'une année... C'est d'ailleurs facile à contrôler avec les livres de rendez-vous... Voyez : j'ai reçu sa première visite le 6 mars de l'année dernière.

— Le 6 mars ?

— Pendant les trois premiers mois qui ont suivi, elle est venue me voir toutes les semaines, généralement le vendredi après-midi à 4 heures.

— Toutes les semaines ? Mais... comment a-t-elle pu faire, docteur, puisque la date de sa première visite chez vous a précédé de vingt-quatre heures son départ pour les Etats-Unis ? Elle a quitté son appartement de l'avenue Montaigne le 7 mars au matin !

— Mme Keeling était cependant de retour dans ce cabinet pour sa deuxième visite le vendredi 14 mars... C'est d'ailleurs ce jour-là qu'a commencé le traitement.

— Pour le cœur ?

— Nullement... A cette époque, son cœur était encore en excellent état et pouvait supporter le traitement qui était assez violent. Ce qui n'a plus été le cas quand elle est venue me voir le 23 juin, soit quinze mois plus tard, pour la dernière fois.

— Et combien de fois l'avez-vous reçue entre temps ?

— Toutes les semaines pendant les trois premiers mois, puis tous les quinze jours pendant les trois mois suivants, enfin une fois par mois seulement pendant la dernière période.

— En somme cela donne, si l'on tient compte de la visite du 23 juin dernier, un total de vingt-neuf visites depuis le début de vos soins ?

— Exactement vingt-neuf de traitement proprement dit et une, la première, consacrée à un examen préalable et à l'organisation de ces soins de longue haleine.

— Ils étaient destinés à quoi exactement, ces soins, docteur ?

— Il m'est difficile de vous le révéler, monsieur... Comme vous venez si bien de le dire, vous n'êtes parent de Mme Keeling que par alliance.

— Si ma femme était encore vivante et si elle vous avait posé la même question, lui auriez-vous répondu ?

— Certainement... L'état sérieux de sa mère l'aurait exigé.

— Mais puisque Edith n'est plus, ne croyez-vous pas que mon devoir est de la remplacer auprès de sa mère s'il en est encore temps ?

Le docteur restait muet. Geoffroy insista :

— Pourquoi ces consultations avaient-elles toujours lieu le vendredi ?

— C'était Mme Keeling seule qui avait choisi ce jour : il devait lui convenir.

— Vous la reconnaissez sur cette photo ?

— Oui... C'est bien elle après la réussite du traitement.

— Quel traitement ?

— Celui pour lequel Mme Keeling était venue me voir, monsieur...

— Vous êtes bien sûr, docteur, que la personne photographiée soit votre cliente ?

— Il n'y a aucun doute !

— Apprenez que ce n'est pas elle, mais ma femme Edith... La fille unique d'Ida Keeling, votre cliente, à qui elle ressemblait d'une façon inouïe avec vingt années de moins !

Le Dr Zarnik tournait et retournait la photographie qu'il examina même pendant un certain temps avec une loupe avant de dire en hochant la tête :

— Je maintiens, monsieur, que cette personne est Mme Keeling telle que je l'ai vue pour la dernière fois le 23 juin de cette année et non plus la cliente anxieuse de savoir quinze mois plus tôt si elle pourrait rajeunir ?... Les faits sont trop graves, monsieur, pour que je n'estime pas maintenant de mon devoir de vous révéler ce que ma cliente aurait certainement désiré cacher à tout le monde ! Mais devant l'état d'exaltation très inquiétant que je lui ai connu la dernière fois où je l'ai vue et surtout devant le fait troublant que nul ne soit parvenu — malgré de sérieux efforts de publicité et de recherche — à la joindre depuis trois semaines, j'estime maintenant qu'il est de mon devoir de vous donner certains éclaircissements qui apporteront peut-être un jour nouveau sur la psychologie actuelle de Mme Keeling ? J'ai en effet de sérieuses raisons de penser que, si elle continue à ne pas vous donner signe de vie malgré le deuil qui l'atteint tout autant que vous, c'est uniquement parce qu'un terrible complexe psychique la pousse à ne plus se montrer à nouveau à ceux qui l'ont connue en plein épanouissement de sa beauté.

— Que voulez-vous dire, docteur ?

— Il y a, dans ce silence voulu de votre belle-mère, un facteur considérable d'orgueil féminin. Quand je vous en aurai révélé toutes les données, sans doute votre aide me sera-t-elle précieuse pour m'aider à vaincre chez elle, lorsque nous la retrouverons enfin, ce sentiment dont les conséquences peuvent être graves... Je me souviens vous avoir confirmé tout à l'heure au téléphone que l'état de Mme Keeling était en effet sérieux mais il n'était pas que physique. Le moral était également atteint...

— Le moral ? Ma belle-mère n'était cependant pas femme à se laisser abattre par quoi que ce fût ! Elle avait un ressort et une énergie fantastiques ! Enfin elle avait tout : beauté, richesse, charme, succès...

— Contrairement à votre avis, monsieur, elle n'avait plus tout... Un atout majeur était en train de lui échapper lorsqu'elle est venue me voir : la jeunesse... Et ce jour-là, j'ai eu l'impression très nette de me trouver en présence d'une femme, encore très belle certes, mais dont les désirs et les pensées pouvaient se résumer en ces quelques mots : « Venez à mon aide, docteur ! Empêchez-moi de continuer à vieillir ! Et, si vous le pouvez, rendez-moi la jeunesse sans laquelle j'estime que la vie ne mérite plus d'être vécue ! » Telle était sa véritable mentalité...

Geoffroy resta silencieux : bien qu'Ida, pendant leur liaison, ne lui eût jamais donné l'impression de ressentir la crainte de vieillir, il la croyait assez forte pour dissimuler — même à son amant — une hantise qui la rongeait... Elle possédait cependant une telle sûreté d'elle-même qu'elle ne devait pas pouvoir penser que pareille chose lui arriverait : la vieillesse, c'était bon pour les autres mais pas pour elle, la splendide Mme Keeling ! Pour que la terreur panique s'implantât brusquement en elle, il avait fallu qu'un choc brutal eût tout déclenché d'un seul coup. Ce choc n'avait-il pas été en effet son mariage avec Edith ? Non, puisque Ida était venue trouver ce docteur-miracle plus d'une année avant... Une année ? Exactement au lendemain de sa fuite inexplicable de l'avenue Montaigne : les dates de rendez-vous indiquées par le médecin le prouvaient... Le choc avait donc été leur rupture. Là aussi, Geoffroy se sentit responsable comme il l'avait été indirectement de l'accident de Bellagio qui ne se serait pas produit s'il n'avait pas entrepris le voyage à Biarritz.

Abîmé dans ses réflexions, il entendit dans le lointain la voix posée de Zarnik continuer :

— Il me paraît d'abord indispensable, monsieur, de vous faire un très bref exposé qui, à peu de détails près, sera le reflet de la première conversation que Mme Keeling et moi eûmes pendant le dîner Orniski...

Le nom des Orniski ramena Geoffroy à la réalité et il écouta avec toute son attention.

— Comme Mme Keeling semblait s'intéresser à

mes travaux, je lui racontai ce soir-là qu'après avoir terminé mes études médicales à Prague, ma ville natale, j'avais pris la décision de me consacrer à la recherche méthodique de l'un des problèmes les plus essentiels qui hante l'humanité sans doute depuis qu'elle existe : celui de ne plus vieillir physiquement.

« J'ai eu la grande chance, avant le deuxième conflit mondial qui a tout bouleversé en Europe Centrale et m'a obligé à demander asile à l'admirable hospitalité de votre pays, de pouvoir travailler auprès de grands maîtres berlinois tels que le Pr Joseph et Von Eicken. Peut-être avez-vous entendu parler de ce dernier à l'époque où il exécuta dans la gorge d'Hitler la célèbre opération qui permit à ce tribun d'émettre ensuite des millions de paroles de haine ? Il est certain que la voix puissante et métallique d'Adolf Hitler contribua à affermir l'étrange pouvoir hypnotique qu'il acquit rapidement sur les foules. Quand le « führer » demanda les soins de l'éminent Von Eicken, il avait pratiquement perdu la voix... Depuis, Von Eicken a dû frémir en pensant à tout le mal répandu sur le monde par cette voix retrouvée grâce au miracle de l'une de ses interventions chirurgicales. Tel que je crois avoir connu l'admirable savant, il a dû regretter amèrement d'avoir réussi.

« J'ai vu également en Allemagne les doigts agiles et trapus du Pr Joseph trancher, modeler, greffer, pour implanter peau, chair et cartilage avec une délicatesse prodigieuse ! Je l'avais admiré alors qu'il effaçait sur des joues, des tempes et des cous d'immenses cicatrices bosselées comme si ses doigts miraculeux avaient été générateurs de peau neuve... Je l'avais vu — en même temps que mon illustre

confrère américain Maxwell Maltz qui, à cette époque, était venu comme moi parfaire ses études à
Berlin — rendre la liberté à une malheureuse femme
emprisonnée dans sa propre chair et dont la tête
restait impitoyablement rabattue, enchaînée à la poitrine par des cicatrices résultant de l'explosion d'un
réchaud à alcool. J'avais suivi également l'extraordinaire technique de la recréation d'un nez écrasé comme une crêpe et de mille opérations toutes plus
osées les unes que les autres et toutes réussies !

« Après Berlin, je vins à Paris pour assister aux
travaux similaires de grands patrons tels que Sébi-
leau et Le Maître ; ensuite je fis un stage de six mois
à Londres auprès de Harold Delf Gillies et je ter-
minai enfin par Rome où l'étonnant Bastienelli ac-
complissait de véritables prodiges... Mais ces savants
ou professeurs se limitaient délibérément à la seule
chirurgie esthétique. Grâce à leur science et à leur
art, des êtres malformés ou hideux, pour qui —
jusqu'à l'intervention — la vie n'avait été qu'un long
calvaire, reprenaient goût à l'existence. Combien de
filles laides ainsi transformées du jour au lendemain
ne se sont-elles pas cru être les plus éblouissantes
reines de beauté seulement parce qu'elles étaient
redevenues normales ! Combien de starlettes n'ont-
elles pas trouvé, grâce à la légère modification d'un
nez réputé antiphotogénique, les contrats qui leur
ont apporté gloire et fortune à l'écran ! Combien enfin de mutilés de la face et de héros obscurs ont pu,
grâce à la chirurgie, cesser de n'être plus que des
sujets de pitié lorsqu'ils étaient rendus à la vie
civile ! L'homme est ainsi fait, mon cher monsieur,
qu'il a une horreur instinctive de la laideur physique et qu'il a beaucoup de mal à en supporter la vue

même quand il ne fait que la rencontrer par hasard et lorsqu'elle ne l'atteint pas directement !

« Il était nécessaire pour moi d'accomplir ces différents stages non seulement pour apprendre à fond la technique opératoire capable de restituer l'harmonie d'un visage ou même d'un corps mais aussi pour me familiariser avec la psychologie de celui ou de celle souffrant atrocement d'une malformation physique qui engendre presque toujours le désespoir moral.

— Cet exposé est très intéressant, docteur, mais je ne vois pas encore le rapport qu'il peut avoir avec Mme Keeling dont la beauté était éclatante et qui ne pouvait vraiment pas être atteinte par cette désespérance ?

— A condition que sa beauté durât toujours, monsieur ! Ce qui n'est pas possible si le vieillissement de la cellule et des tissus — qui, hélas, est notre lot à tous ! — détruit peu à peu mais inéluctablement cette beauté... Je reconnais qu'il existe aujourd'hui des grand-mères stupéfiantes mais il y a tout de même une loi contre laquelle, malgré tous les artifices des Instituts de Beauté, et tous les miracles de la chirurgie esthétique, aucune femme au monde ne peut lutter : la loi de vieillesse.

« Votre remarque m'amène automatiquement au but final que je cherchais à atteindre... Maintes fois, moi aussi, je m'étais posé l'angoissante question : « C'est très bien de redonner la beauté ou, tout au moins, un aspect normal à ceux qui sont défigurés, mais les autres... l'immense masse des autres qui n'ont pas de nez écrasé ou trop long, pas de cicatrices, pas de membres difformes... ceux qui naissent et restent normaux avec leur type ou leur beauté propres et qui ne demandent qu'à conserver cette beauté ? Que fait-on pour eux, qu'a-t-on trouvé ou inventé jusqu'à ce jour pour leur éviter de souffrir moralement, eux aussi à leur tour, de l'effondrement progressif de tout ce qui leur a donné une raison de trouver l'existence merveilleuse parce que ceux qui les entouraient disaient en les regardant ou en parlant d'eux : « *Cet homme est encore très bien... Cette femme-là est vraiment étonnante ! Il est impossible de lui donner un âge !* » Quand une femme excite à ce point l'admiration, elle n'est pas loin d'être désirable... Qu'en pensez-vous, monsieur Duquesne ?

Geoffroy se sentait incapable de répondre... Oui, Ida était désirable parce qu'elle était belle et elle n'était belle que parce qu'elle n'avait pas d'âge. Le docteur continua :

— Le problème se pose aussi bien pour les hommes que pour les femmes mais, généralement, l'homme vieillit mieux. Il a aussi l'avantage de mourir souvent à un âge moins avancé que la femme dont l'organisme est plus résistant. Aussi est-il logique que la femme cherche instinctivement les moyens de conserver, sinon sa beauté, du moins ce qui lui en reste. La coquetterie de certaines vieilles dames est une chose qui nous paraît charmante mais qui, dans la réalité, n'est qu'un drame chez des femmes qui s'obstinent à ne pas vouloir vieillir : elles continuent à s'habiller selon une mode qui leur rappelle l'époque où elles rayonnaient de jeunesse et elles en deviennent parfois ridicules. Il est d'ailleurs réconfortant de penser que, passé un certain âge avancé, une femme ne se voit plus vieillir... Seulement il y a l'âge critique où la femme a la pleine conscience de ce qui l'attend : c'est l'époque où elle est la plus malheureuse. Mme Keeling avait atteint cet âge. Elle a voulu lutter.

— Selon vous, que cherchait-elle ? Que pouvait-elle demander de plus que de rester la magnifique femme qu'elle est encore ?

— Vous êtes dans l'erreur : Mme Keeling ne pouvait même plus supporter de se voir telle qu'elle était ! Quand je lui eus expliqué ici même les grandes lignes du traitement que je pourrais lui appliquer, sa première question fut : « *De combien d'années estimez-vous que ce traitement va me rajeunir ?* »

— Qu'avez-vous répondu ?

— Qu'il ne s'agissait nullement pour elle de revivre la métamorphose du Dr Faust et que n'étant ni Méphisto ni magicien, je ne pouvais lui garantir qu'une chose : le maintien parfait de son état actuel en éliminant définitivement pour elle la certitude de se voir vieillir davantage. J'ajoutai cependant qu'elle aurait, si le traitement se révélait une réussite complète, une chance sur dix de pouvoir aussi retrouver un aspect physique nettement plus jeune, rappelant la femme qu'elle était quelques années plus tôt. Et je pense que c'est justement parce que je n'ai jamais cherché à faire de miracles, que je suis parvenu — après de longues années — à atteindre des résultats plus appréciables que ceux que je prévoyais au début de mes expériences. Je suis même en mesure de pouvoir affirmer aujourd'hui, devant n'importe quel aréopage de médecins ou de biologistes, avoir définitivement mis au point le traitement rationnel et infaillible permettant de maintenir une certaine jeunesse physique chez ceux qui le désirent.

— N'est-ce pas le souhait de tout le monde, docteur ?

— Je ne le crois pas... En tout cas, ce n'est certainement pas le mien ! Vous me regardez, avec un étonnement qui semble dire : « Pourquoi ce chercheur n'a-t-il pas essayé en premier lieu de rester jeune lui-même ? Charité bien ordonnée... » Je vous réponds tout de suite que je n'y tiens pas ! Mon seul souhait est de ne pas disparaître avant d'avoir réussi dans cette mission de rajeunissement de mes semblables qui, eux, ne voient que le bonheur présent et ne sont pas tous des philosophes ! Ensuite, consacrant chaque heure de mon existence à cette tâche difficile, comment voudriez-vous que j'aie le temps de m'occuper de moi-même ? Enfin, je ne me suis jamais fait la moindre illusion sur mon esthétique masculine ! Je suis d'ailleurs persuadé qu'il existe, dans ce monde, une foule d'individus ne désirant comme moi qu'accomplir leur stage sur terre en se résignant à subir progressivement l'évolution normale de leur corps et de leurs facultés physiques.

« Je tiens aussi à vous préciser qu'il ne s'agit absolument pas d'un traitement susceptible de prolonger la vie humaine ! Je suis tout aussi incapable de l'inventer que n'importe lequel de mes confrères ! Nul ne peut enfreindre ou contourner la loi essentielle qui dépasse notre entendement en n'accordant à l'homme, à l'animal ou à la plante qu'une durée d'existence bien limitée. Il est très heureux d'ailleurs qu'il en soit ainsi, sinon la vie sur notre planète exiguë deviendrait vite impossible ! Pour qu'un individu y apparaisse, il faut bien qu'un autre disparaisse... Je reconnais qu'avec les progrès constants de l'hygiène et de la prophylaxie, nous sommes parvenus, principalement depuis les cinquante dernières années, à prolonger sensiblement la moyenne d'âge de l'individu. La chirurgie a été pour beaucoup dans ce résultat : on ne voit plus qu'assez rarement un enfant en bas âge ou un être encore en pleine jeunesse être enlevé brusquement, dans des souffrances atroces, par ce que la voix populaire appelait chez vous « les coliques de misère » et qui n'étaient le plus souvent que de simples crises d'appendicite. On meurt moins de la tuberculose et un jour prochain viendra, j'en suis sûr, où l'angoissant problème du cancer sera résolu... Il est donc très possible, à condition de prendre les précautions indispensables, de vivre aujourd'hui jusqu'à quatre-vingts ans et même plus. L'important est de passer un cap qui se situe, pour l'homme, entre les quarante-cinq et les cinquante ans, pour la femme entre la cinquantième et la soixantième année : périodes pendant lesquelles les régimes alimentaires et surtout les règles de vie doivent être radicalement modifiés. Vous avez la chance, monsieur, de ne pas en être encore là, mais il n'en était pas de même pour Mme Keeling...

— Elle a une santé magnifique !

— Ceci n'a aucun rapport avec une autre loi de la nature... A l'époque où j'ai eu le plaisir de faire sa connaissance, Mme Keeling venait d'atteindre la période dont je viens de vous parler et qui, très rapidement, peut devenir critique pour la femme. Mais puisque vous êtes son gendre, vous devez bien savoir son âge ?

— Non, docteur. Elle n'a jamais éprouvé la nécessité de me le dire et je n'avais pas à le lui demander.

— Vous auriez pu cependant l'apprendre par votre femme ?

— Edith savait que cela ne me regardait pas et nous avions, elle et moi, des sujets de conversation autrement intéressants que l'âge de ma belle-mère !

— Je m'en doute... Puis-je vous demander cependant quel était l'âge de Mme Duquesne au moment...

— De l'accident ? Le même que celui qu'elle avait le jour de notre mariage puisque notre bonheur n'a duré que cinq semaines : vingt-huit ans.

— C'était ce que je pensais. Sans qu'il soit nécessaire pour moi de commettre une indiscrétion, qui m'est interdite, vous avez toujours la possibilité de faire un petit calcul mental qui vous éclairera...

Pendant le court silence qui suivit, Geoffroy se souvint qu'Ida lui avait toujours dit s'être mariée très jeune et, comme elle paraissait avoir tout juste la quarantaine lorsqu'il l'avait rencontrée, il en avait déduit — sans y réfléchir plus — que ce « très jeune » signifiait qu'elle avait épousé Edward G. Keeling à seize ou dix-sept ans... A l'époque, Geoffroy n'avait pas attaché la moindre importance à ces détails : il était beaucoup trop amoureux de la belle créature ! Quatre années plus tard — quand Edith lui avait dit en riant dans les premières minutes de leur conversation au bar du Racing : « *J'ai horreur des cachotteries : j'espère passer mon vingt-huitième anniversaire en France* », il avait été surpris sur le moment, non pas d'apprendre l'âge de la jeune fille, mais de penser qu'Ida avait pu lui cacher qu'elle eût une fille qui n'avait plus vingt ans. Et il se dit aussitôt que son ancienne maîtresse avait certainement dépassé les quarante-cinq ans alors qu'il la croyait plus jeune... Ce Dr Zarnik devait avoir raison : Ida était entrée maintenant dans la pleine « période critique » de la femme à laquelle il n'avait jamais pensé jusqu'à cet instant. Et cette conversation lui rappelait certaines paroles prononcées au téléphone par le Dr Vernier : « *Je ne crois pas déroger à la règle du secret professionnel en vous disant que bien qu'elle semblât être infiniment plus jeune que son âge, réel, Mme Keeling commençait à ressentir quelques-uns de ces phénomènes courants auxquels peu de femmes échappent lorsqu'elles s'approchent de la ménopause.* » Les diagnostics des deux médecins, qui ne se connaissaient pourtant pas, concordaient.

Geoffroy se sentit envahir par une étrange angoisse... Un chiffre, qui n'était rien en lui-même mais qui pouvait signifier tant de choses dans la vie d'une femme, dansait devant ses yeux... Il s'immobilisa enfin avec une fixité effrayante : le chiffre CINQUANTE... Ida l'avait certainement atteint au moment de leur rupture et ce ne pouvait être que cette cinquantaine qui l'avait poussée à recourir de toute urgence aux soins d'un médecin étranger qui lui avait affirmé, au cours d'un dîner mondain, pouvoir « maintenir la jeunesse ! »

Une question lui vint tout naturellement sur les lèvres :

— Docteur ! L'âge a donc une importance capitale dans votre traitement ?

— Capitale en effet... Réfléchissez : c'est l'âge seul qui peut décider quelqu'un à recourir à mes soins. Je n'imagine pas très bien un garçon tel que vous, en pleine jeunesse, venant me trouver pour me demander de l'aider à conserver l'état physique dans lequel il se trouve ? Vous n'en éprouvez même pas la nécessité, sachant que vous avez encore de très belles années en perspective... Seulement il n'en sera peut-être plus ainsi, même pour vous, d'ici une vingtaine d'années ? Ma clientèle, si j'ose employer une telle expression, se situera presque obligatoirement parmi ceux, hommes ou femmes, qui ne se sentent pas encore assez vieux pour abandonner tout espoir de continuer à bien vivre mais qui ne sont plus assez jeunes pour pouvoir illusionner leurs contemporains !

— Vous venez de dire que votre clientèle « se situera » ? Ceci laisserait supposer que vous ne l'avez pas encore trouvée, cette clientèle assez spéciale ?

— C'est exact, mais elle viendra rapidement, soyez-en sûr, dès que les gens sauront que je puis leur apporter ce qu'ils recherchent avec anxiété. Jusqu'à présent, il ne pouvait être question pour moi de passer à l'application courante du traitement avant d'avoir eu la preuve absolue que mes recherches patientes pouvaient être couronnées par un premier résultat trangible.

— Ce résultat, vous l'avez enfin obtenu ?

— Oui... Mais avant de tenter l'expérience cruciale sur un organisme humain, j'avais étudié pendant des années en laboratoire les moindres réactions de l'être vivant sur des animaux qui m'ont servi de cobayes. Quand mes conclusions ont été formelles, je les ai réunies dans un rapport détaillé que j'ai communiqué à la Faculté de Médecine de Paris qui a bien voulu marquer le plus grand intérêt pour mes travaux. Une partie de ce rapport a d'ailleurs été publiée dans une importante revue médicale.

— J'en ai entendu parler...

— Vraiment ? Mais alors, monsieur, vous allez me

!aisser croire que vous vous passionnez, vous aussi, pour certains problèmes biologiques et scientifiques.

Geoffroy préféra éluder :

— Vous avez un laboratoire, docteur ?

— Si vous consentez à m'y accompagner, je me ferai un devoir de vous le faire visiter. Ceci me paraît indispensable pour vous permettre de mieux comprendre la psychologie actuelle de Mme Keeling.

— Je ne vois pas le rapport ?

— Je vous ai dit qu'à la suite des quelques révélations assez banales que je lui avais faites pendant le dîner Orniski, votre belle-mère était venue me rendre visite trois mois plus tard... Ce jour-là, selon le désir qu'elle a exprimé, je lui ai fait visiter ce même laboratoire que vous allez voir. Ensuite, il m'a été plus facile de lui donner des explications détaillées : elle m'a d'ailleurs toujours fait l'effet d'être une personne très précise et même assez méticuleuse. Ce ne fut qu'après cette visite qu'elle me demanda de lui faire une application du traitement... Je l'ai cependant mise en garde contre certains risques qu'il pouvait entraîner dans un autre domaine organique...

— Quels risques ?

— Vous les comprendrez mieux après la visite. Il faut de la méthode en tout, cher monsieur, et principalement quand on cherche à s'instruire... Je puis vous dire que Mme Keeling accepta ces risques sans la moindre hésitation.

— Ceci ne m'étonne pas ! Que n'aurait-elle tenté pour continuer à rester belle ! Une fois que vous avez eu son assentiment, vous avez commencé le traitement de suite ?

— Quelques jours plus tard.

— Ainsi commencèrent les vingt-neuf séances,

échelonnées sur quinze mois environ, dont vous
m'avez parlé ?

— Oui.

— Et quel en a été le résultat final ?

— Remarquable.

— Ce qui veut dire que Mme Keeling n'a plus à
craindre de continuer à vieillir pendant un certain
temps ?

— Pas « pendant un certain temps » ! Je précise : pendant tout le temps où durera le traitement
qui doit être régulier, périodique mais continu.

— Et si on l'arrête ?

Le Dr Zarnik attendit quelques secondes avant de
répondre de sa voix calme :

— C'est là, je pense, tout le drame psychologique
actuel de Mme Keeling. J'ai été dans l'obligation
absolue d'interrompre son traitement à la vingt-
neuvième séance : celle du 23 juin...

— Pourquoi ?

— Laissez-moi d'abord vous faire visiter le laboratoire. Avant, toute autre explication serait prématurée.

— Puisque vous me dites que le traitement avait
réussi jusqu'à la date du 23 juin, comment était
alors ma belle-mère ?

— Après les six premiers mois déjà, elle était telle
que vous me l'avez montrée tout à l'heure sur votre
photographie.

— Puisque je vous ai dit, docteur, que cette photographie n'était pas la sienne mais celle de sa fille
Edith !

— Je continue à avoir la conviction, monsieur, que
cette photographie est bien celle de ma cliente.

— Vous vous moquez ? Je vous certifie que c'est

186

moi-même qui ai pris cette photographie, de ma femme, il y a quatre semaines, à Bellagio !

— Nous reviendrons au cas particulier de Mme Keeling tout à l'heure... Vous voulez bien me suivre ? Le laboratoire est derrière la maison, au fond du jardin.

Ce qu'il appelait avec une certaine emphase « le laboratoire » se réduisait à une baraque en planches, rappelant ces constructions légères que l'on édifie en quelques heures pour accueillir des réfugiés.

Lorsqu'ils pénétrèrent à l'intérieur, Geoffroy fut suffoqué par la chaleur étouffante qui y régnait.

— Certains de mes petits pensionnaires sont fragiles ! dit en souriant le docteur. Et comme je veux les voir mourir de leur belle mort après une longue vie, je dois prendre mille précautions...

Dans ces cages grillagées assez spacieuses, alignées contre le mur du fond, couraient des lapins, des cochons d'Inde, des poulets, des souris blanches et même des rats. Tout en les contemplant avec une sorte de tendresse émue, Zarnik expliqua à son visiteur :

— Ce sont « eux » qui m'ont servi pour tenter et réussir mes expériences préliminaires sur des êtres vivants... Je suis parti du principe que nous ignorons encore à peu près tout des causes réelles du vieillissement... La Science, qui a accompli des progrès foudroyants pour pallier tant de maux accablant notre pauvre humanité, piétine dans ce domaine : les diverses théories ou techniques destinées à l'expliquer et surtout à le retarder se sont effondrées.

« Les uns, principalement les Américains, ont attribué le vieillissement à l'artériosclérose : malheureusement pour cette hypothèse, on peut répondre qu'il existe une foule d'êtres animés n'ayant aucun système circulatoire et qui, eux aussi, sont loin d'être éternels. Les savants suisses croient en avoir trouvé la cause essentielle dans la déficience pulmonaire... Théorie qui s'effondre également quand on constate que, chez un vieillard normal, les poumons — quoique touchés dans leur structure et dans leurs fonctions — sont assez bien conservés, même aux âges les plus avancés, pour assurer les besoins relativement réduits d'une vie ralentie. Les Russes, eux, prétendaient avec Metchnikoff que le vieillissement provient de lésions du tube digestif et ils préconisaient comme remède le yogourt... Mais cette auto-intoxication à point de départ intestinal n'est qu'une définition de plus qui ne rend pas compte d'une brusque faillite de l'organisme. Il reste enfin la théorie de la démission des glandes sexuelles ou autres... Là encore Brown-Sequard et Voronoff n'ont convaincu personne ! Les sécrétions testiculaires ou ovariennes n'ont pas l'importance générale qu'ils leur attribuaient et tous les essais de rajeunissement par greffe ou par injections d'hormones synthétiques se sont soldés finalement par des échecs.

« Aussi, après avoir cherché une vérité fuyante dans tel ou tel organe, les chercheurs sont revenus à la base de l'organisme : la cellule. Deux savants russes de notoriété mondiale, Filatov et Bogomoletz, se sont faits les champions de ce renouveau. Pour le premier, dont la réussite fut totale avec la greffe de la cornée, des tissus animaux ou végétaux placés intentionnellement dans de mauvaises conditions sont capables de sécréter des substances utiles qui seraient d'authentiques facteurs de survie que l'on n'aurait plus qu'à injecter dans les masses musculaires d'un malade ou à implanter sous sa peau. On procède ainsi depuis un certain temps et un peu dans tous les pays, avec des extraits placentaires dont l'action s'est révélée, hélas, bien incertaine !

« Le célèbre sérum « Bogomoletz » se voudrait, lui, être un puissant stimulant du tissu réticulo-endothélial. Cette appellation, un peu barbare pour le profane, désigne un ensemble de cellules qui possèdent des propriétés phagocytaires, c'est-à-dire qu'elles participent à l'autodéfense de l'organisme. Les premières expériences ont été appliquées à des animaux auxquels on a administré des broyats de rates, de ganglions et de moelle humaine, prélevés immédiatement après la mort sur des sujets décédés accidentellement. Et ceci parce que ces différents organes sont particulièrement riches en tissu réticulo-endothélial. Préparé de la sorte, le tissu de l'animal acquiert des propriétés toxiques s'il est injecté à forte dose mais, appliqué en petite quantité, il aurait le privilège d'augmenter la résistance aux agressions morbides. Malheureusement, quand il s'est agi de passer à l'application pratique sur les humains, les résultats ont été très décevants : l'illustre Bogomoletz, qui avait voulu être son propre cobaye, est mort lui-même à soixante-deux ans sans avoir pu sauver Staline d'une décrépitude rapide !

Geoffroy qui, au début de l'entretien, était assez sceptique sur les théories du Tchécoslovaque commençait à se demander si Ida n'avait pas eu raison lorsqu'elle lui avait dit en sortant du dîner Orniski : « *Tu aurais beaucoup de choses à apprendre d'un aîné comme ce savant !* »

La voix douce du Dr Zarnik continuait :

— Ce n'était quand même pas, parce que nous nous trouvions en présence d'une déroute générale de ces différents procédés de régénération, une raison suffisante pour nous décourager. J'ai donc repris le problème en tenant soigneusement compte de tout ce qui avait été tenté par d'autres avant moi et j'ai pu acquérir enfin trois certitudes.

« Au cours d'une maladie quelconque, affectant un organe, il se forme toujours dans les humeurs du malade des ferments destructeurs appelés « protéases » ou « enzymes ». Or, ces ferments n'attaquent que l'organe dont ils sont issus. Si, par exemple, la lésion se situe au niveau du rein, les ferments n'agiront que sur du tissu rénal même s'il appartient à une autre espèce.

« Deuxième constatation : il est relativement facile de trouver ces ferments destructeurs dans le sang ou dans les urines des malades, comme l'a très bien démontré le biologiste Ungar. Il suffit, pour y arriver, d'ultracentrifuger à basse température l'urine ou le sang suspect. Les ferments sont instables et précipitent dans un mélange d'éther, d'acétone et d'alcool. Une fois isolés, on les met en présence de cultures de tissus variés et, comme ils sont spécialisés, ils détruiront seulement le tissu de l'organe touché. A partir d'un échantillon d'urine, on peut donc déceler où se trouve la maladie.

« Ma troisième constatation : pour redonner une fonction et une activité à l'organe humain atteint, je n'ai qu'à utiliser des implants de cellules embryonnaires d'organes d'autres espèces obtenus par la méthode désormais classique de culture des tissus. J'injecterai ainsi des cocktails de cellules de poulets, de souriceaux, de veaux même.

« Ces trois bases expérimentales étant solidement établies par la théorie, il n'y avait plus qu'à les étayer par la pratique. Elle fut longue car il s'agissait de trouver, en même temps que la cadence du traitement, le moyen le plus simple de l'appliquer. Approchez-vous de cette cage... Vous voyez cette adorable souris blanche ? Elle remue, court dans tous les sens, grignote ce bout de fromage et semble parfaitement heureuse de vivre... C'est tout simplement parce qu'elle est en pleine force et se croit en pleine jeunesse ! Regardez par contre cette autre souris blanche qui reste immobile dans son coin de cage, mélancolique, semblant indifférente à tout... Celle-ci se sent usée, fatiguée, vieille... Et cependant ! Elle est beaucoup plus jeune que la précédente : elle a six mois de moins, ce qui est considérable pour une souris et représente, proportionnellement à la durée d'existence normale d'une souris, vingt-cinq années de vie humaine. Cela ne vous dit rien ?

— Si, docteur.

— Quel prodige a donc eu lieu qui permet ainsi à une souris aînée d'être infiniment plus alerte et plus vivante que sa cadette ? J'ai tout simplement appliqué mon traitement d'injections de cellules régénérées à la première de ces bêtes tandis que je n'ai pas touché à la seconde qui sera morte d'ici deux ou trois jours après avoir vécu son temps normal de souris.

— Mais alors, contrairement à votre mise en garde de tout à l'heure, c'est bien une prolongation de la vie que vous obtenez par ce traitement ?

— Pas exactement. Il est normal qu'un organisme, qui reçoit par ce traitement une vitalité nouvelle, sente sa force décuplée. Même chez l'animal, le côté psychique, qui nous échappe et que nous ne pouvons pas contrôler, agit... La souris qui se sait en pleine forme veut continuer à bien vivre, celle au contraire qui se voit sur le déclin est déjà prête à se laisser mourir. C'est l'histoire du chien malade qui, après avoir refusé toute nourriture, se couche dans l'attente de la mort. Avez-vous déjà assisté à cette lente agonie d'un chien que vous aimiez ? C'est atroce. Ses yeux, en regardant l'homme qui a été son maître, semblent dire : « Tu vois, je suis résigné... Je sais qu'il n'y a plus rien à faire : ma vitalité me quitte. » Eh bien, cher monsieur, les humains ne sont pas plus héroïques que les animaux : comme eux, ils ne se résignent à accepter l'inévitable que s'ils sentent la vitalité leur échapper.

— Ce n'était cependant pas le cas de Mme Keeling ?

— Si, monsieur ! Le jour où elle m'a demandé de venir à son secours en venant ici, le moteur psychique était brisé en elle pour une raison que j'ignore toujours et qu'elle n'a jamais voulu me confier mais dont vous venez peut-être de me donner l'explication en me disant le choc moral qu'elle a dû ressentir en apprenant votre mariage avec sa fille.

— Mais ce n'est pas possible, docteur, puisque Mme Keeling est venue vous trouver plus d'un an avant que je ne devienne son gendre ! Elle n'a pu apprendre le mariage qu'au plus tôt trois ou quatre semaines avant la dernière visite qu'elle vous a faite le 23 juin ! Vous souvenez-vous quel fut son comportement à la visite qui a précédé cette ultime consultation ?

— D'après la cadence du traitement que je lui ai appliqué, ce devait être un mois avant ? Nous retrouverons d'ailleurs la date exacte inscrite sur mon livre de rendez-vous mais, dès maintenant, je puis vous dire qu'elle a dû se situer entre le 10 et le 15 mai. Son traitement avait atteint la période où l'on pouvait espacer les injections de cinq semaines en cinq semaines.

— Et, si vous n'aviez pas été contraint de l'interrompre brusquement, vous auriez maintenu la même cadence ?

— Oui. Elle était suffisante mais nécessaire... Espacées davantage, les séances n'auraient plus été assez fréquentes pour maintenir l'excellence du traitement.

— Et jusqu'à quand l'auriez-vous continué, ce traitement ?

— Il ne pouvait plus être arrêté, monsieur !

— Alors pourquoi l'avez-vous stoppé le 23 juin ?

— Je vous ai déjà parlé de l'état du cœur de Mme Keeling. Je me suis trouvé ce jour-là devant un dilemme : ou lui faire sa vingt-neuvième injection en courant le risque immense que son cœur ne puisse la supporter, ou ne pas la faire et commencer à voir votre belle-mère perdre assez rapidement le bénéfice du remarquable résultat déjà obtenu... Regardez encore « notre » souris alerte : elle tient le coup et endure les injections que je continue à lui faire régulièrement parce que son cœur est excellent mais j'ai connu de nombreux déboires avec d'autres souris dont le cœur n'était pas assez solide pour résister et s'est arrêté brusquement de battre sous l'effet d'une piqûre. Ceci vous permet de comprendre la seule véritable lacune de mon traitement qui, théoriquement, est parfait. Mais, dans la pratique, il ne peut être appliqué qu'à des organismes dont le cœur est très solide : ce qui, pour les humains comme pour les animaux, limite son universalité. Il ne peut être employé pour tout le monde.

— Pourtant, docteur, quand vous avez commencé à traiter Mme Keeling, vous aviez fait des tests préliminaires ? Je suppose que vous n'auriez pas entrepris un traitement aussi dangereux si vous n'aviez pas eu la certitude absolue que le cœur pouvait tenir ?

— Evidemment... Mais il y a eu un grand changement, que je ne suis pas encore parvenu à m'expliquer, dans le système cardiaque de Mme Keeling entre son avant-dernière et sa dernière visite... Je pense que nous n'avons plus rien à faire ici : si vous voulez bien revenir dans mon cabinet, maintenant que je vous ai expliqué schématiquement les bases directrices du traitement, nous allons pouvoir revenir au cas particulier de Mme Keeling.

Pendant qu'ils traversaient à nouveau le jardin, Geoffroy dit :

— Je crois avoir bien compris votre exposé très clair de la méthode que vous employez... Cependant vous ne m'avez pas encore précisé si ces injections appliquées à Mme Keeling étaient faites de l'un de ces « cocktails de cellules de poulet ou de souriceaux » dont vous m'avez parlé ?

— Vous touchez là, monsieur, au point crucial du traitement qui le fait se différencier de tout ce qui a été tenté jusqu'à ce jour dans ce domaine. Je me suis inspiré à la fois de la technique russe de Bogomoletz qui administre des broyats de rate, de ganglions et de moelle humaine prélevés dans les deux heures qui suivent la mort chez des sujets décédés accidentellement et de la technique dont je viens de vous exposer les trois éléments de base... Mais au lieu d'injecter, comme l'ont fait beaucoup de mes confrères, à un cobaye des cellules régénératrices prélevées sur une autre espèce animale, je me limite à l'espèce propre de chaque sujet. Par exemple la souris en pleine vitalité, que vous venez de voir et qui normalement devrait être morte depuis longtemps, reçoit périodiquement des injections d'hormones prélevées sur des souris plus jeunes qu'elle et non pas des hormones de lapin ou de poulet. Ces animaux sur lesquels je pratique aussi les mêmes expériences, recevront respectivement et uniquement des injections d'hormones de lapins ou de poulets plus jeunes qu'eux.

« Je procède donc à un traitement délimité d'une espèce vieillissante par la même espèce plus jeune. Pour les humains, il en est de même : en réponse à votre question, il n'est pas question dans mon traitement d'injecter à un homme ou à une femme ces cocktails purement expérimentaux de cellules d'animaux, mais des hormones de la même espèce, c'est-à-dire humaines. Rassurez-vous : à l'inverse des Russes, je ne les prélève pas sur des morts mais sur des êtres vivants, en parfaite condition physique, choisis avec soin et dont l'état de santé générale est suivi très régulièrement par moi depuis longtemps. C'est d'ailleurs ce qui accroît la difficulté du traitement. Autrement dit, j'ai injecté par une série déterminée de piqûres intraveineuses — dont la cadence a été soigneusement étudiée et après une courte culture en laboratoire — des hormones fraîches de femmes jeunes à Mme Keeling... Je suis radicalement opposé à la méthode, appliquée par certains de mes confrères, qui consiste à injecter ou à faire ingurgiter par

195

voie buccale, sous la forme de comprimés, des hormones du sexe opposé à un individu. C'est pourquoi je n'ai traité Mme Keeling que par des injections de cellules féminines.

— Pour y parvenir, il a donc fallu que ces jeunes femmes — que vous dites avoir soigneusement sélectionnées — aient été consentantes ?

— Cela va de soi.

— Ces femmes étaient-elles au courant du but final que vous poursuiviez ? Savent-elles que ces hormones jeunes qu'elles vous cèdent ne sont destinées qu'à maintenir une jeunesse factice chez une autre femme plus âgée qu'elles ?

— Non, monsieur. J'ai choisi des jeunes femmes qui n'étaient pas fâchées, sans que le prélèvement puisse le moins du monde nuire à leur santé florissante, de toucher quelque argent supplémentaire... Tout se paie et cette jouvence hormonale encore plus cher que le reste ! C'est ce qui rend le traitement assez onéreux mais avouez que la dépense en vaut la peine et je n'ai pas eu l'impression que Mme Keeling fût gênée par des considérations d'ordre matériel ?

— Là vous avez raison : s'il existe une femme au monde ayant les moyens de supporter de semblables dépenses, c'est bien elle ! Qu'avez-vous dit aux jeunes femmes, sur lesquelles vous pratiquiez ces prélèvements, pour les justifier ?

— Simplement que je procédais à des expériences de laboratoire destinées, dans mon esprit, à améliorer un jour le sort de l'humanité... Vous voyez que je ne leur ai pas menti et d'ailleurs aucune d'elles n'a cherché à recevoir d'explications supplémentai-

res du moment qu'elle était payée et bien payée !
L'humanité est ainsi faite...

— Quel âge moyen avaient ou ont ces femmes
dont vous utilisez ainsi les hormones ?

— Entre trente et trente-cinq ans maximum : époque où la femme atteint sa plénitude. Je ne me suis
jamais adressé à des jeunes filles mais toujours à
des jeunes femmes complètement formées et qui
avaient eu un enfant. La maternité est un complé-
ment indispensable de l'épanouissement de la femme. Votre question offre par ailleurs un grand intérêt : je pense qu'en me la posant, sans trop y réfléchir, vous venez de me donner une explication au
fait assez curieux que j'ai pu constater en observant
les résultats du traitement appliqué à Mme Keeling...
Je vous ai dit qu'après les six premiers mois, votre
belle-mère avait déjà retrouvé l'apparence d'une femme nettement plus jeune que celle qu'elle était quand
elle était venue me rendre visite la première fois. Au
lieu de paraître quarante-cinq ans, elle semblait n'en
avoir que trente. Ce fut là ce qui contribua certainement le plus à lui rendre une confiance absolue en
elle-même...

— Elle était devenue la femme de la photographie
sur laquelle vous vous obstinez à la reconnaître ?

— Oui... Le plus étrange est que je n'ai jamais
cherché à atteindre un tel résultat ! Quand j'ai commencé le traitement et lorsque Mme Keeling m'a
demandé avec une certaine anxiété de combien je
pensais pouvoir la rajeunir, je lui ai répondu que
j'étais d'autant plus incapable de le lui dire que ce
n'était pas là mon but. Ce que je savais pouvoir réaliser, c'était seulement le maintien de sa vitalité et
de sa jeunesse dans l'état plus qu'enviable où elle se

trouvait encore aux approches de la cinquantaine...
Elle était toujours belle, attirante, désirable... C'était
tout cela qu'il s'agissait pour moi d'empêcher de
s'effondrer pour éviter qu'elle ne devînt réellement
une vieille dame. C'était déjà un résultat considérable dont elle devrait s'estimer très satisfaite ! Je lui
ai dit, comme à vous, que j'étais certain d'éviter à
l'avenir son vieillissement mais que j'étais tout à fait
incapable de la rajeunir.

— Et elle s'est contentée de cette assurance ?

— Oui... Sans doute parce que, comme toute femme de son âge, elle voulait éviter le pire mais sûrement aussi — j'en ai eu la preuve quelques mois plus
tard — parce qu'un instinct secret lui faisait croire
que le traitement ne se limiterait pas à cet unique
résultat et que son aspect physique rajeunirait aussi... Le plus fantastique est qu'elle avait raison !
Croyez bien que j'ai été le premier étonné de l'effet
pour ainsi dire miraculeux sur elle du traitement qui
dépassait de beaucoup ce que je prévoyais ! Mes expériences sur des animaux m'avaient permis de constater que je leur redonnais une vitalité certaine mais
nul n'a jamais pu, même en les observant minutieusement, déceler les traits d'un visage de souris ou
de lapin ! Je défie qui que ce soit, mis en présence
de deux animaux de la même espèce, d'affirmer que
l'un d'eux a un visage beaucoup plus jeune que l'autre ! La petite souris revitalisée que vous avez vu
courir et gambader a identiquement les mêmes
« traits » que celle qui est sur le point de mourir...
Avec l'expérience tentée et réussie sur Mme Keeling,
je viens d'avoir la preuve très nette que ma vitali-
sation hormonale de l'individu le rajeunit physiquement.

— C'est en effet prodigieux.

— C'est tout simplement l'une de ces découvertes incidentes et merveilleuses que nous apporte la Science alors que nous ne l'espérions même pas ! C'est en cela, monsieur, que le métier de chercheur devient un magnifique apostolat auquel on ne peut plus s'arracher lorsque l'on a décidé de s'y consacrer : il possède en lui le côté passionnant et profondément troublant de la brusque découverte de l'inconnu... Revenons à votre question sur l'âge approximatif des jeunes femmes sur lesquelles j'ai effectué les prélèvements... Je vous ai précisé qu'elles avaient toutes entre trente et trente-cinq ans... Eh bien Mme Keeling, physiquement, avait rejoint après six mois de traitement l'aspect de ces femmes de trente ans.

— Autrement dit elle a rajeuni d'au moins quinze années ?

— Disons une douzaine... Vous l'avez suffisamment connue pour savoir qu'elle ne portait absolument pas son âge lorsqu'elle est venue me trouver.

— Alors, si je comprends bien, une femme traitée par vous retrouve au bout de quelques mois l'âge de celles qui lui ont — sans s'en douter — « cédé » leur vitalité hormonale ?

— Ce doit être la véritable explication de ce rajeunissement que je n'aurais même pas osé espérer.

— Pourquoi alors n'avoir pas injecté à Mme Keeling des hormones de femmes beaucoup plus jeunes ? Si votre découverte fortuite est juste, il n'y a plus aucune raison pour que la femme traitée par vous ne rajeunisse pas davantage ? Si les hormones avaient été celles d'une fille de vingt ans, ma belle-

199

mère aurait pu paraître vingt ans à son tour au bout de quelques mois ?

— Non, monsieur. Je vous ai précisé que mes prélèvements n'avaient été faits que sur des jeunes femmes complètement formées et dont la physiologie, à l'exception des années en moins, était pratiquement identique à celle de Mme Keeling. Comme elle, elles avaient été mères. C'est la raison pour laquelle j'avais posé en son temps la question à votre belle-mère qui m'a appris alors qu'elle avait une fille aux Etats-Unis et qu'elle l'aimait beaucoup, comme je crois vous l'avoir dit au téléphone. Il serait aussi insensé que dangereux de tenter d'injecter dans les tissus organiques d'une vraie femme la sève encore en évolution d'une jeune fille ou même d'une femme excessivement jeune. Je ne pense pas que le résultat physique pourrait être très supérieur à celui que j'ai obtenu et je suis certain que psychiquement nous obtiendrions chez la femme ainsi « trop rajeunie » des troubles incompatibles avec son âge véritable. Le secret d'une bonne thérapeutique est de savoir limiter ses effets. Je puis d'ailleurs vous affirmer que Mme Keeling était complètement satisfaite du résultat atteint et n'avait aucune envie de jouer les jeunes filles ou les petites jeunes femmes pour lesquelles elle m'a toujours paru n'avoir que le plus profond mépris !

— Qu'est-ce qui vous fait dire cela ?

— Je me souviens que lorsqu'elle eut acquis la certitude que son aspect physique avait incontestablement rajeuni d'un nombre appréciable d'années, votre belle-mère m'a dit :

« — *Pendant les premières semaines de votre trai-*
« *tement, docteur, j'ai eu des moments de déses-*

« poir terrible ! Tous les jours je me regardais dans
« un miroir en pensant : il n'y arrivera jamais ! Il
« n'y a aucun changement... Mais un matin où je
« vous faisais part ici même de mes craintes, vous
« m'avez dit avec un grand calme : Je ne comprends
« pas madame, votre anxiété... Voilà trois mois que
« je vous observe chaque vendredi et je puis vous
« affirmer que, déjà, vous avez beaucoup changé !
« Je sens en vous et dans tout votre comportement
« une vitalité nouvelle, un besoin prodigieux de bien
« vivre que vous n'aviez plus quand vous étiez venue
« me voir ici la première fois. Malgré ce découra-
« gement superficiel que je comprends, vous vous
« sentez secrètement envahie par un immense es-
« poir de renouveau... Vous avez maintenant une
« raison de continuer à lutter. C'est déjà énorme !
« Persévérez et je vous aiderai à triompher de vos
« propres doutes... Ce jour-là, docteur, vos paroles
« m'ont fait un bien immense !

« Quinze jours plus tard — puisque vous aviez
« décidé de ne plus me faire vos injections à par-
« tir du quatrième mois que toutes les deux semai-
« nes — j'ai commencé à avoir nettement l'impres-
« sion, en me regardant à nouveau devant le miroir
« avant de venir chez vous, que mon visage avait ra-
« jeuni : l'ombre sous mes yeux avait diminué, des
« rides contre lesquelles je luttais désespérément
« depuis quelques années commençaient à s'estom-
« per, l'ébauche de double menton qui s'était des-
« sinée depuis pas mal de temps déjà se résorbait...
« J'ai éprouvé alors un tel bonheur de ces premières
« constatations que j'ai poussé un cri de joie devant
« le miroir et que je n'ai pu résister au plaisir de
« vous en faire part quelques heures plus tard ! »

« J'entends encore, monsieur Duquesne, votre belle-mère radieuse me dire ce jour-là :

« — *Je crois, docteur, que cette adorable petite*
« *souris bien vivante, que vous m'avez montrée dans*
« *votre laboratoire, va me porter bonheur! Com-*
« *ment va-t-elle?* »

« Je répondis :

« — Mais toujours très bien, chère madame, parce qu'elle aussi continue à subir le traitement!

« — *Je suis sûre,* continua Mme Keeling, *que cette*
« *petite souris est très jolie, docteur! Beaucoup*
« *plus belle que toutes les autres souris de la terre*
« *et ceci grâce à vous! Continuez mon traitement!*
« *Je veux un jour prochain être, sur le plan humain,*
« *aussi séduisante que la souris!* »

« Et elle riait, monsieur, comme si elle fût déjà enivrée d'une jeunesse retrouvée... Trois mois plus tard — c'est-à-dire au bout des six premiers mois de traitement et avant que je lui fasse la vingt et unième piqûre, elle entra dans mon cabinet en disant :

« — *Docteur! J'ai pour vous un document pro-*
« *digieux et pour mon amie la souris une belle sur-*
« *prise...* »

« Puis elle exhiba un cadre dans lequel se trouvait une photographie, la sienne, en ajoutant :

« — *Regardez! Cette photographie de moi qui*
« *est dans mon living-room, a été prise à New York*
« *il y a déjà seize années... A cette époque j'avais*
« *donc trente-quatre ans mais j'en paraissais à peine*
« *trente. Qu'en pensez-vous, docteur? Ne trouvez-*
« *vous pas, en me regardant, que l'on pourrait croire*
« *qu'elle vient d'être faite?* »

« C'était exact, monsieur. La ressemblance était extraordinaire : la femme de l'image était celle que j'avais devant moi. J'avoue que, pendant quelques secondes, j'en eus le souffle coupé. Ma visiteuse me dit ensuite :

« — *Je n'ai plus d'autre désir que de toujours* « *rester cette femme-là... Jamais je n'ai été plus à* « *mon avantage qu'à cette époque ! Ce serait à croire* « *que vous l'aviez deviné et que vous avez cherché* « *à me restituer la beauté que je ne cessais de re-* « *gretter... Aussi cette photographie restait-elle tou-* « *jours bien en vue chez moi pour que mes amis* « *puissent encore conserver quelques illusions sur* « *celle que j'avais été ! Avant mes trente ans, je* « *n'étais qu'une vraie dinde prétentieuse... Après, je* « *me suis rendu compte que, très vite, les années* « *compteraient double ! Merci, docteur !* »

« Elle reprit la photographie avant d'ajouter :

« — *Voici maintenant la surprise pour ma jeune* « *amie du laboratoire : un morceau de gruyère...* « *Vous ne pensez pas que cela lui fera plaisir ?* »

« Je répondis que c'était à elle de la mettre elle-même dans la cage de la souris. Nous retournâmes au laboratoire où la petite bête se jeta goulûment sur ce mets supplémentaire. Et, pendant qu'elle la regardait grignoter, Mme Keeling dit :

« — *Je lui devais bien cela, docteur ! Tel que je* « *crois maintenant vous connaître, si les expérien-* « *ces préliminaires n'avaient pas réussi sur ses* « *sœurs et sur elle, vous n'auriez certainement pas* « *tenté de m'appliquer le traitement !* »

Geoffroy avait écouté cette fois le petit homme chauve sans même oser lui poser la moindre question. L'étonnante relation du comportement d'Ida venait de se terminer dans le cabinet de travail où ils étaient revenus. Après un silence, lourd de pensées étranges, le mari d'Edith finit par demander presque timidement :

— Ce ne fut qu'après la première visite du laboratoire qu'elle vous a demandé d'essayer le traitement sur elle ?

— Oui. Je la prévins tout de suite que, bien qu'estimant ma thérapeutique au point à la suite de mes innombrables expériences sur des animaux, je ne l'avais encore jamais tentée sur l'homme... J'étais très ému par sa demande : c'était la première fois qu'un être humain avait recours à mon aide. Je ne comprenais pas non plus que ce fût une femme aussi belle, à qui il était déjà impossible de donner son âge réel. Je lui en fis la remarque et j'obtins cette réponse qui doit résumer Mme Keeling :

« — Il y a une chose que je crains par-dessus tout,
« docteur : la vieillesse ! J'ai lutté contre son appro-
« che avec toutes les armes que les femmes de ma
« génération ont maintenant à leur disposition : Ins-
« tituts de Beauté, massages, crèmes, bains de lait,
« maquillages étudiés, décolorations, culture physi-
« que, régimes alimentaires, enfin tout ce qui peut
« avoir une faible chance de nous aider à faire illu-
« sion aux autres qui nous observent comme si nous
« étions des phénomènes ou qui nous jalousent...
« Mais je sais, hélas, qu'un moment viendra — beau-
« coup plus tôt que je ne le souhaiterais — où mes
« efforts de chaque instant ne serviront plus à rien :
« la vieillesse triomphera ! Le jour où j'aurai acquis
« la certitude de ma défaite, je me tuerai pour ne
« pas entendre chuchoter autour de moi : Vous voyez
« cette femme ? Elle n'est plus qu'une ruine... Mais
« si vous l'aviez connue, il y a seulement quelques
« années !... Ce sont ces quelques années que je viens

« *mendier auprès de vous ! Je sens que si vous ne*
« *réussissez pas à me les rendre ou, tout au moins,*
« *à arrêter l'hémorragie de vieillesse qui me guette,*
« *personne n'y parviendra... Je n'ai plus la force de*
« *lutter seule, malgré mon apparence trompeuse. Si*
« *mon aspect extérieur est encore triomphant, ma*
« *volonté est lasse... Vous me comprenez, docteur ? »*

« Si vous aviez été à ma place, monsieur Duquesne, auriez-vous pu refuser d'aider cette femme ?
Je lui fis cependant la dernière, la plus valable des
objections :

« — J'ignore encore, madame, si l'état général de
« votre santé me permet de vous appliquer le trai-
« tement ? Les principes mêmes, que je viens de
« vous expliquer, vous font comprendre que ces in-
« jections de vitalité nouvelle exigent que l'organis-
« me, qui les subit, soit d'une robustesse à toute
« épreuve : le cœur, les poumons, la tension doivent
« être dans leurs conditions idéales, sinon le choc
« risquerait d'être dangereux... »

« — *Examinez-moi tout de suite, docteur* », fut la
réponse.

« Et je pus constater ce jour-là que son état général était bon. Après que je le lui eus dit, elle demanda :

« — *Pouvez-vous commencer le traitement dès*
aujourd'hui ?

« — Je le pourrais, madame, mais je m'en garde-
« rai bien ! Il est indispensable que vous réfléchis-
« siez encore pendant quelque temps avant de vous
« prêter délibérément à ce traitement qui, dans votre
« cas, prendra aussi bien pour vous que pour moi
« une allure expérimentale : je vous répète que vous
« êtes le premier être humain sur lequel je vais le

« tenter !... C'est une considération qui mérite une
« sérieuse réflexion de votre part. »

« — *Auriez-vous peur de ne pas réussir, doc-*
« *teur ?* »

« — Je suis certain, madame, d'atteindre au moins
« le but que je me suis fixé : maintenir votre jeu-
« nesse... Si vous êtes toujours décidée, vous n'au-
« rez qu'à me téléphoner dans quelques jours. »

« Une semaine passa et le matin du vendredi 14
mars de l'année dernière, exactement, Mme Keeling
me téléphona en disant :

« — *J'ai bien réfléchi, docteur. Pouvez-vous com-*
« *mencer ?* »

« — Je vous attends cet après-midi à 3 heures,
madame... »

« Mais avant de lui faire sa première injection, je
fus contraint de lui dire :

« — Vous comprenez, chère madame, que dans
« tout nouveau traitement — quelle que soit la cer-
« titude de succès de celui qui l'a mis au point —
« il y a toujours une part minime de risque... Si
« l'on n'avait pas eu le courage, dans les recherches
« scientifiques modernes, de passer outre en tenant
« les risques pour quantité négligeable, la médecine
« n'aurait fait aucun progrès ces dernières années !
« La seule précaution qui a toujours été prise, avant
« de tenter ces premières expériences, fut de n'ac-
« cepter pour sujets que des volontaires qui firent
« figure de « cobayes humains ». Bien que vous
« m'ayez déjà dit oralement accepter de subir l'ex-
« périence, je dois vous demander — et j'ose espérer
« que vous ne vous en formaliserez pas — de rédi-
« ger de votre main une courte déclaration, datée
« d'aujourd'hui, dans laquelle vous reconnaîtrez par

206

« écrit que je ne vous ai appliqué le traitement que
« parce que vous me l'avez formellement demandé ? »

« Mme Keeling me répondit aussitôt :

« — *Ce que vous demandez là, docteur, est tout*
« *à fait normal. Et, comme j'ai compris vos scrupu-*
« *les professionnels, j'allais moi-même vous proposer*
« *de rédiger ce papier... Seulement j'y mets une con-*
« *dition : c'est que vous me promettiez qu'il restera*
« *strictement secret entre vous et moi et que vous*
« *ne le montrerez jamais à personne ? J'accepte avec*
« *joie d'être votre premier sujet humain d'expérience*
« *mais vous comprendrez que ce serait épouvantable*
« *pour moi si, par la suite, vous me citiez à d'autres*
« *clients éventuels comme référence vivante à la*
« *réussite de votre traitement ! Vous m'avez dit avoir*
« *déjà fait une communication à l'Académie de Mé-*
« *decine sur vos travaux de laboratoire... J'admets*
« *très bien, qu'en cas de bon résultat avec moi, vous*
« *en fassiez une deuxième prouvant que l'application*
« *sur l'organisme humain était maintenant un fait*
« *accompli, mais je vous demande que mon nom ne*
« *soit jamais mentionné dans un tel rapport ! Je me*
« *refuse enfin, après traitement, à subir l'examen*
« *des Professeurs de Faculté ou même de certains*
« *de vos confrères... Autrement dit, je serai votre*
« *« réussite secrète » mais il faudra que vous atten-*
« *diez un autre client pour divulguer le succès de*
« *votre étonnant traitement. Sommes-nous bien d'ac-*
« *cord ? »*

« — Entièrement, madame. »

« — *Dans ce cas, docteur, donnez-moi une plume*
« *et du papier... et dictez-moi ce que vous désirez.* »

« Je fis ce qu'elle me demandait et, quand la courte
déclaration fut rédigée, Mme Keeling la signa.

— Vous avez cette déclaration, docteur ? questionna Geoffroy.

— Oui, monsieur, sinon je ne vous en aurais pas parlé.

— Pouvez-vous me la montrer ?

— Malgré la promesse formelle que j'ai faite à Mme Keeling, je pense qu'il est de mon devoir aujourd'hui, devant son silence inexplicable après la mort tragique de sa fille unique et puisque vous êtes en effet devenu son plus proche parent par alliance, de vous en faire prendre connaissance... Mais j'y mettrai, à mon tour, une condition : vous allez me jurer sur votre honneur d'homme et sur la mémoire de votre jeune femme qu'après avoir lu cette déclaration manuscrite, vous n'en ferez jamais état pour quelque cause que ce soit et que vous l'oublierez ? Vous me promettez également que vous ne direz jamais à Mme Keeling, le jour où vous la retrouverez, que vous êtes au courant de cet accord ? Si vous manquiez à votre parole, les conséquences pourraient être dramatiques ; telle que j'ai cru comprendre votre belle-mère et telle que vous la connaissez, elle serait capable non seulement de m'en vouloir à mort mais de se livrer aux pires machinations pour tenter de récupérer cette preuve écrite du secret de sa jeunesse retrouvée... Enfin, bien qu'elle m'ait quitté désespérée à sa dernière visite, je suis convaincu que le fait même que j'aie énergiquement refusé de lui faire sa vingt-neuvième injection parce que l'état de son cœur ne le permettait pas n'a pu que contribuer à la longue — et malgré son silence à mon égard — à renforcer la confiance totale qu'elle avait mise en moi. Elle sait très bien que mon plus grand désir de chercheur est d'assister à la réussite complète de mon œuvre et elle doit penser aujourd'hui que si j'ai interrompu volontairement le traitement, c'était uniquement parce qu'il y avait une raison majeure imposée par ma conscience professionnelle.

« Je lui ai d'ailleurs laissé entendre que ce n'était qu'une suspension provisoire et que, si elle voulait bien être raisonnable en prenant le repos absolu nécessité par son état cardiaque, il n'y avait aucune raison pour que nous ne puissions pas recommencer le traitement dans quelques mois...

— Continuer, voulez-vous dire ?

— Non, monsieur : recommencer. Je vous ai dit, en vous montrant la souris, que ce traitement ne peut pas être interrompu au-delà d'une certaine cadence d'injections qui ne doit pas dépasser deux mois au maximum entre deux piqûres.

— Mais alors, docteur, cela devient très grave ! Votre traitement devient pis qu'une drogue dont l'organisme ne peut plus se passer ?

— C'en est une en effet, monsieur : la drogue de jeunesse...

— Et, que se passe-t-il, à votre avis, si on l'interrompt pendant plus de deux mois ?

— Pas « selon mon avis », monsieur, mais d'après les expériences de laboratoire : si la petite souris ne recevait plus périodiquement ses injections, elle redeviendrait très rapidement comme l'autre souris qui n'a pas subi le traitement et qui a continué à vieillir... J'ai pratiqué sur toutes sortes d'animaux plus de cinq cents expériences dans ce sens : le test a été formel.

— Ce qui revient à dire que Mme Keeling va recommencer à vieillir ?

— Sans aucun doute... Et je crains même que ce

vieillissement ne soit plus rapide que le chemine-ment progressif de la vieillesse normale, pour deux raisons : les tissus revitalisés étaient dans une sorte de tension organique qui cesse maintenant d'être alimentée. N'ayant plus leur influx de cellules jeu-nes, qui est leur nourriture indispensable, ils vont se détendre comme cela se produit toujours après un choc nerveux. Le psychique enfin jouera d'une façon terrible : ne se sentant plus épaulée physi-quement par une thérapeutique régulière, Mme Kee-ling risque de ne plus avoir la volonté morale de réagir. Souvenez-vous de ce qu'elle m'a dit quand elle est venue me trouver : malgré son état apparent, elle n'était plus qu'une pauvre femme à bout ! C'est pourquoi je n'ai pas hésité à vous révéler toutes ces choses qui ne vous concernent qu'incidemment. Je pense qu'à nous deux, nous devons réussir au moins à la rendre raisonnable. Je crois aussi qu'ayant con-servé l'espoir secret de me voir recommencer le traitement, qui l'avait déjà transformée, ce sera d'abord à moi qu'elle donnera signe de vie quand elle pensera avoir fait la pause suffisante qui lui permettra de retrouver son équilibre cardiaque.

— Sincèrement, docteur, estimez-vous que l'état de son cœur pourra se rétablir au point que vous puissiez recommencer tout le traitement ?

— Non, monsieur. J'ai été effrayé de son état la dernière fois où je l'ai vue. Le traitement ne pourra plus jamais lui être appliqué. En lui faisant croire le contraire, la simple humanité m'obligeait à lui laisser un espoir pour soutenir son moral très dé-faillant.

— Mais elle peut quand même vivre encore... long-temps ?

— A condition de mener une existence ralentie.

— Et que se passera-t-il, docteur, pour cet aspect physique qui, dans son esprit, tient une si grande place ?

— Tout ce dont le traitement l'avait débarrassée : rides, double menton, ombre accentuée sous les yeux reparaîtront, ajoutés au lot de déficiences graduelles, qui est celui de toute femme vieillissante...

— Elle ne voudra jamais qu'on la voie ainsi ! Je ne m'étonne plus qu'elle s'obstine à rester cachée ! Dites-vous bien que le culte de sa beauté a toujours passé avant l'amour qu'elle aurait dû porter à sa fille. Pourquoi dérogerait-elle à cette règle d'égoïsme maintenant qu'Edith n'est plus ? Tout cela est épouvantable, docteur...

— C'est la vie, monsieur.

— La vie ?... Ne m'en veuillez pas de ce que je vais vous dire mais je me demande si votre fameux « traitement » n'est pas la véritable cause de cette déficience cardiaque brutale et irrémédiable que vous avez constatée au moment de la vingt-neuvième piqûre ? Je n'ai jamais vu Mme Keeling se plaindre le moins du monde d'essoufflement, de défaillances ou de phénomènes similaires malgré une vie très active !

— Le traitement en lui-même n'y est pour rien, monsieur. Avant chaque piqûre, j'ai procédé au même examen minutieux de l'état de santé général de Mme Keeling. Vous pouvez être certain que je l'ai jugé excellent puisque je n'ai pas hésité à faire les vingt-huit premières injections. Voyez : le livre de rendez-vous indique bien, comme je le prévoyais tout à l'heure, que la vingt-huitième piqûre a été donnée ici le vendredi 14 mai.

— Le 14 mai ? C'est la veille du jour de mon mariage avec Edith... Ma belle-mère était donc bien à
Paris à cette époque... Avouez qu'il est très étrange
qu'elle ne nous ait pas donné signe de vie à ce mo-
ment-là ?

— Elle ignorait certainement encore que vous
alliez vous marier le lendemain puisque vous-même
m'avez dit que, d'un commun accord avec votre fiancée, vous aviez décidé de mettre Mme Keeling devant
le fait accompli quand la cérémonie aurait eu lieu.

— C'est vrai ! Avec tout ce que j'apprends chez
vous, je finis par perdre la tête !

Le docteur poursuivit, comme si cette dernière remarque était superflue :

— Cependant, depuis le jour où votre belle-mère
m'apporta la photographie et où elle acquit la certitude d'avoir très sensiblement rajeuni, j'ai pu noter
qu'elle me semblait de plus en plus exaltée à chaque
fois que je recevais sa visite pour une nouvelle piqûre... Mais c'était chez elle une sorte d'exaltation
joyeuse, bruyante, délirante même qui me donnait
l'impression de me trouver réellement en présence
d'une très jeune femme ! Confiante dans sa nouvelle
vitalité physique, Mme Keeling semblait décidée à
mener, sinon la grande vie, du moins une existence
des plus agréables. Et cela m'inquiéta. Je lui fis remarquer que, bien qu'elle eût retrouvé l'apparence
de la jeunesse, elle devait faire très attention ! Le
« moteur psychique » n'avait pas rajeuni comme le
« moteur physique » : son cerveau, ses goûts, ses
réflexes étaient restés ceux d'une femme de cinquante
ans... Mon traitement ne possédait aucun pouvoir
dans ce domaine ! Elle devait donc savoir modérer
ses nouvelles ardeurs juvéniles et se montrer raison-

nable. Je lui fis même valoir combien la femme, qu'elle était maintenant, pouvait être passionnante et complète ! N'avait-elle pas la chance de posséder en même temps la vitalité de la femme de trente ans alliée à l'expérience de la femme de cinquante ? Cette dernière remarque la fit sourire et elle me promit de se modérer... Malheureusement, il n'en fut rien !

« Pendant les mois qui suivirent, je ne sais trop ce qui put se passer dans sa vie mais sa joie débordante prit des proportions presque démesurées : elle riait de tout, ne semblait même plus prendre son traitement au sérieux alors que sa régularité et surtout sa continuité lui étaient cependant indispensables... Je me sentais un peu comme le créateur d'une œuvre à laquelle son œuvre échapperait brusquement... Et je savais que cette soif de plaisirs, ce besoin immodéré de vie intense risquait de conduire très rapidement Mme Keeling à sa perte. J'étais affolé mais je savais qu'il était impossible de faire machine arrière : le seul moyen de la calmer radicalement aurait été d'interrompre le traitement mais il ne pouvait en être question... J'y fus cependant contraint le 23 juin...

— Pouvez-vous me raconter comment se passèrent les choses ce jour-là ?

— Avant je dois vous dire qu'à la séance d'injection précédente du 15 mai, Mme Keeling m'avait demandé :

« *Docteur, je dois partir en voyage pour quelques* « *mois. Ne pourriez-vous pas me confier trois ou* « *quatre ampoules de votre sérum que j'emporterais* « *avec moi pour les utiliser à raison d'une par mois* « *aux dates que vous m'indiqueriez ? Je pense que*

« *n'importe quelle infirmière peut me faire ces pi-*
« *qûres intraveineuses ?* »

« Je répondis que ce n'était pas le fait de la piqûre qui m'empêchait d'accéder à son désir mais
celui de l'examen médical indispensable que je lui
faisais passer avant chaque injection. Je la suivais
depuis le commencement du traitement dont je connaissais les dangers : il était donc indispensable que
ce fût moi qui continuasse à l'examiner régulièrement. Voulant cependant tenter de faciliter les choses, je lui demandai :

« — Vous comptez aller très loin, madame ? »

« — *Sûrement à l'étranger* », répondit-elle.

« — Est-ce bien raisonnable en ce moment ? »

« — *Pourquoi en ce moment plutôt qu'à un au-*
« *tre, docteur ? Vous m'avez dit que mon traitement*
« *ne pourrait plus jamais être interrompu et que le*
« *maximum de temps entre deux injections ne de-*
« *vrait pas excéder cinq semaines... Je suis donc*
« *vouée jusqu'à ma mort à tenir compte de ce régime*
« *et je ne vois pas pour quelle raison je me montre-*
« *rais déraisonnable en partant maintenant à l'étran-*
« *ger plutôt que dans un an ou deux ?* »

« — Peut-être parviendrai-je quand même, ma-
« dame, à espacer davantage encore la cadence des
« piqûres d'ici quelques mois ? »

« Ce fut à cet instant que Mme Keeling me posa
une question incidente qui avait pourtant une très
grande importance pour elle :

« — *Mais il n'y a pas que moi à être mortelle, doc-*
« *teur ! Depuis déjà un bon nombre de semaines,*
« *je me demande avec une certaine angoisse ce qui*
« *se passerait si vous disparaissiez avant moi ? Qui*

« *préparerait le sérum ? Qui m'appliquerait votre*
« *traitement ? »*

« — Tout est prévu, madame : depuis longtemps
« déjà l'héritier de mes travaux est un jeune con-
« frère français que je tiens dans la plus haute es-
« time. Il a travaillé avec moi depuis des années.
« Actuellement, il est au courant de la marche du
« traitement que je vous applique mais il ignore,
« selon la promesse que je vous ai faite, votre iden-
« tité. Il ne la connaîtra que le jour de ma mort
« puisqu'il me remplacera pour continuer votre trai-
« tement et poursuivre mes recherches. Il sait que,
« dans le coffre-fort que vous apercevez là, se trouve
« — gardé avec toutes mes formules — l'acte que
« vous avez écrit et signé dans ce même bureau le
« jour où vous m'avez demandé d'entreprendre le
« traitement... Il possède donc là le moyen de con-
« naître vos nom et adresse, pour vous informer de
« ma mort tout en vous confirmant qu'il vous attend
« à la date fixée pour l'injection suivante. Je lui lè-
« gue également ce pavillon et ses dépendances. Etes-
« vous tranquillisée, chère madame ? »

« — *Je n'en attendais pas moins de votre esprit*
« *d'organisation, docteur... Alors, vous ne voulez*
« *vraiment pas me confier une provision d'ampoules*
« *pour mon voyage ? »*

« — Vous devriez comprendre aussi, madame,
« qu'il n'est pas nécessaire de mettre une infirmière
« quelconque au courant du traitement que vous su-
« bissez. Une indiscrétion est bien vite commise dans
« le monde médical ! »

« — *Mais comment voulez-vous que cette infir-*
« *mière puisse connaître la nature du produit qu'elle*
« *m'injectera ? Je n'ai qu'à lui faire croire que c'est*

« un reconstituant quelconque ? Vous ne vous ren-
« dez pas compte, docteur, qu'en refusant vous allez
« terriblement compliquer mon voyage que je ne
« puis remettre à plus tard ! Je vais donc être obli-
« gée de l'interrompre pendant trois ou quatre jours
« tous les mois pour revenir ici à Paris me faire
« examiner et piquer par vous ?

« — Ce sera préférable, madame. »

« — Enfin ! Je vais essayer de me débrouiller...
« Je vous dois bien cela puisque sans vous, je ne
« serais pas redevenue cette femme qui se sent fol-
« lement heureuse ! Vous-même ne bougerez pas de
« Paris pendant le mois prochain ? »

« — Je n'abandonne jamais mon laboratoire ! »

« — Je vous téléphonerai donc la veille ou l'avant-
« veille de ma venue mais, comme je n'aurai sans
« doute que très peu de temps devant moi, je vous
« demanderai de me recevoir exactement à l'heure
« convenue ? »

« — Je vous le promets. »

« Ce fut ainsi que le 22 juin, vers 4 heures de
l'après-midi, je reçus l'appel téléphonique dans lequel Mme Keeling m'informait qu'elle serait à Paris
le lendemain et me demandait de la recevoir à 10 heures du matin. Je répondis que c'était d'accord. Sur
le moment, je ne cherchai même pas à savoir d'où
elle pouvait bien m'appeler ainsi. Je le regrette aujourd'hui : vous auriez pu y trouver une précieuse
indication. Et, quand je la vis le lendemain, j'eus,
hélas, d'autres préoccupations que de lui demander
d'où elle revenait et où elle repartait ?

— Parce que vous avez eu l'impression, quand elle
vous a quitté le 23 juin, qu'elle retournait là d'où
elle venait ?

— Oui...

— Peut-être était-ce tout de même Biarritz ? Ce qui laisserait supposer qu'elle ne s'en serait absentée que le jour où je m'y trouvais moi-même... Racontez-moi maintenant cette séance du 23 juin ?

— Elle commença identiquement comme toutes les autres, à la seule différence près que je trouvai Mme Keeling excessivement nerveuse.

— Nerveuse... mais heureuse comme les fois précédentes ?

— Je me demande si elle m'a paru aussi heureuse ce jour-là ?... A peine entrée, je me souviens qu'elle me dit :

« — *Vite, docteur ! Je n'ai pas une minute à per-*
« *dre ! Je dois repartir de Paris dans deux heures.* »

« Comme toujours dans ce genre d'examen général, je commençai par le cœur... Et je fus tellement étonné que je ne pus m'empêcher de lui demander : « Vous n'êtes pas essoufflée à certains moments ? » Après un moment d'hésitation, comprenant sans doute qu'il était inutile d'essayer de me tromper, elle finit par avouer, comme si elle avait été prise en défaut :

« — *Oui... Depuis quelques semaines, il m'arrive*
« *d'avoir du mal à reprendre ma respiration.* »

« — Depuis combien de temps exactement ? »

« — *Trois mois à peu près... Ceci à chaque fois*
« *que j'ai fait un effort.* »

« — Vous n'êtes pas raisonnable ! A quelle heure
« vous couchez-vous ? »

« — *Quelquefois avant 3 heures du matin ! mais*
« *rarement !*

« — Et que faites-vous donc tous les soirs ? »

« — *Je sors avec des amis... Je vais dans des boîtes*
« *de nuit : j'adore la danse !* »

« — Ces trémoussements frénétiques actuels ?
« Franchement, vous trouvez que le Rock'n Roll
« est indiqué à votre âge ? Je finis par être déses-
« péré de la réussite de mon traitement... Vous êtes
« persuadée d'avoir le droit et surtout la possibilité
« de mener l'existence d'une femme déchaînée de
« trente ans parce que vous en avez retrouvé l'appa-
« rence physique ! C'est une telle erreur que je suis
« dans l'obligation impérieuse, avant cette vingt-
« neuvième piqûre, de vous faire subir un électro-
« cardiogramme... Allongez-vous sur ce divan et fai-
« tes-moi le plaisir de rester tranquille pendant un
« quart d'heure. »

« Le graphique confirma ce que m'avait révélé le
stéthoscope : il ne m'était pas permis de poursuivre
le traitement. Quand je l'annonçai à Mme Keeling,
ses grands yeux me regardèrent comme si elle ne
me comprenait pas. Je dus répéter :

« — Il nous faudra attendre quelques mois, ma-
« dame... Et je ne saurais trop vous conseiller de
« consulter le plus tôt possible un spécialiste du
« cœur. »

« — *Attendre quelques mois ? Mais... Vous plai-*
« *santez, docteur ? Je ne peux pas attendre !* »

« — Ce sera cependant nécessaire... J'ai l'impres-
« sion que vous avez terriblement abusé des plaisirs
« ces dernières semaines. »

« — *Abusé ? Vous voulez dire que j'ai enfin pu*
« *vivre comme cela ne m'était jamais arrivé, et com-*
« *me toute femme y a droit au moins une fois dans*
« *son existence !... C'est sérieux ce que vous venez*

218

« *de dire, docteur ? Vous ne pouvez réellement pas*
« *me faire cette piqûre ?* »

« — Si je la faisais aujourd'hui, madame, j'agi-
« rais en véritable criminel. »

« — *Mais que va-t-il se passer pour moi puisque*
« *vous m'avez dit que l'on ne pouvait plus interrom-*
« *pre le traitement* ? »

« — On peut toujours l'interrompre, Madame Kee-
« ling... Je vais me permettre de vous donner un
« conseil : profitez de ce que vous avez besoin du
« plus grand repos et surtout d'un repos immédiat
« pour couper court avec toute votre activité ac-
« tuelle qui doit être trop débordante... Retirez-vous
« pendant un certain temps dans un endroit où vous
« serez certaine de ne pas rencontrer les gens que
« vous pouvez connaître, et dont la fréquentation
« risque de continuer à vous fatiguer inutilement.
« Je sais ce que c'est... Les obligations mondaines !
« On se laisse entraîner : les cocktails où l'on reste
« debout pendant des heures, les grands dîners, les
« essayages interminables chez le couturier, les heu-
« res passées sous le séchoir d'un coiffeur, les ver-
« nissages... Tout cela est tuant et doit être éliminé
« radicalement de votre existence pendant un cer-
« tain temps. Il faut également vous coucher avant
« 10 heures du soir : vous ne pouvez vous douter
« combien les premières heures de la nuit ont un
« pouvoir réparateur ! Enfin, il faut éviter de faire
« trop d'automobile et proscrire les sports, sans
« exception... Le seul qui vous est permis est la mar-
« che, à condition qu'elle ne soit pas trop longue, en
« terrain plat et entrecoupée de haltes fréquentes...
« Quant à l'alimentation, supprimez le pain, les ma-
« tières grasses, les féculents, le beurre fondu dans

219

« la cuisine, c'est-à-dire tout ce qui peut vous faire
« grossir... Montrez-moi vos jambes : elles sont un
« peu enflées... C'est un signe indubitable de défi-
« cience cardiaque. Vous m'avez bien compris ? »

« — *Mais, docteur, vous n'y êtes pas du tout ! La*
« *vie que je mène actuellement est tout autre ! Bien*
« *sûr, je fais ce que vous venez d'énumérer mais sans*
« *aucune exagération.* »

« — Alors, madame, je m'excuse de me montrer
« indiscret mais peut-être avez-vous été trop amou-
« reuse ces derniers temps ? Dans ce domaine aussi,
« il faut faire une sérieuse pause. »

« Elle ne répondit pas tout de suite. Ses yeux
hagards exprimaient une souffrance cachée. Puis elle
finit par dire d'une voix désespérée :

« — *Vous me demandez là une chose impossible !*
« *J'aime, docteur, comme je n'ai jamais aimé de ma*
« *vie !* »

En entendant ces mots prononcés par son ancienne
maîtresse, Geoffroy fut saisi. Ida avait donc trouvé
un nouvel amant qu'elle lui préférait et qui supplan-
tait définitivement son souvenir ! Contrairement à
ce qu'il pensait depuis leur rupture, elle avait réussi
à l'oublier... Il en fut bouleversé et ne put que dire
à voix basse :

— Voilà peut-être la seule véritable raison pour
laquelle elle continue à se cacher : elle ne veut révéler son amour à personne !

— Peut-être... Mais, si elle ne peut s'arracher à
une telle passion, c'est grave pour sa santé, monsieur... Le 23 juin, j'ai compris comme vous aujour-
d'hui que je venais de mettre le doigt sur la plaie.
Ne voulant surtout pas qu'elle s'abandonnât au désespoir devant la hantise de voir sombrer cet amour,

dont elle semblait ne plus pouvoir se passer, j'insis-
tai pour lui redire que ce repos ne serait qu'une
interruption de quelques mois mais j'ai eu la très
nette impression qu'elle ne m'a pas cru ! Je l'entends
encore disant d'une voix sourde, qui contrastait tra-
giquement avec toute cette gaieté qui était en elle
à ses visites précédentes :

« — *Je vous supplie, docteur, de faire quand mê-*
« *me cette piqûre ! J'en accepte tous les risques !*
« *Même si elle devait être la dernière, il me la faut !*
« *Vous ne pouvez pas comprendre le drame que ce*
« *serait pour moi si j'étais condamnée à redevenir*
« *celle que j'étais quand je suis venue vous trouver*
« *pour la première fois ! Vous n'avez pas le droit,*
« *après m'avoir redonné l'espoir et une raison de*
« *vivre, de me laisser retomber dans le néant ! »*

« — N'exagérons rien, madame ! Dites-vous bien,
« en supposant le pire, que vous redeviendrez d'ici
« quelque temps cette femme encore merveilleuse
« que vous étiez quand j'ai eu le plaisir d'être votre
« voisin de table chez le prince Orniski... Une femme
« que tout le monde admirait et dont le seul tort
« a sans doute été de ne pas être satisfaite de son
« sort et de sa beauté cependant déjà très enviables !
« Je ne comprends toujours pas et je ne compren-
« drai probablement jamais pourquoi vous avez
« voulu, par un excès bien inutile d'orgueil ou de
« coquetterie, bonifier encore le véritable chef-d'œu-
« vre féminin que vous aviez la chance d'incarner ? »

« — *Si je vous avouais la raison véritable, docteur,*
« *vous me prendriez pour une folle ! Mais sachez*
« *qu'elle est infiniment plus impérieuse que vous*
« *ne le pensez... »*

« — Vous ne voulez pas vous confier à moi, ma-

« dame ? Peut-être serait-ce pour vous un réel sou-
« lagement ?... Je crois vous avoir prouvé depuis une
« année que le secret professionnel n'était pas pour
« moi une expression vaine ? »

« — Personne ne peut connaître mon secret... »

« Puis elle demanda encore mais d'une voix ferme
et plus calme cette fois :

« — *Votre refus est définitif, docteur ?* »

« Le silence était la seule réponse que je pouvais
faire. Je la vis alors se dresser devant ce bureau,
altière, comme si elle semblait vouloir me défier en
disant :

« — *Je sais ce qu'il me reste à faire...* »

« Ce furent ses dernières paroles. J'eus beau répondre :

« — Vous n'allez pas commettre de sottises,
« Madame Keeling ? »

« Telle une automate, comme si ses gestes avaient
été commandés par une force plus grande que sa volonté, elle me tourna le dos et se dirigea à pas lents
vers la porte. Je voulus l'accompagner mais d'un
geste du bras, elle m'écarta pour bien me faire comprendre que ma présence lui semblait désormais
inutile dans sa vie... Je la vis descendre le perron,
traverser le jardin, ouvrir et refermer la grille avec
des gestes saccadés... Je courus à la grille pour
tenter de la raisonner une dernière fois mais j'arri-
vai trop tard : le taxi, qui l'avait amenée et qui
l'attendait, venait de démarrer sur un claquement
de portière.

« Quand je revins dans cette pièce, j'éprouvai la
sensation de l'anéantissement complet. Tous mes
patients efforts, toutes mes recherches, toutes mes
années de travail se réduisaient à zéro avec le dé-

part du premier être humain auquel j'avais tenté avec succès d'appliquer le traitement qui était l'aboutissement de l'œuvre de ma vie... Il avait fallu qu'au moment où je tenais enfin la réussite définitive, une faille se fût glissée dans la fantastique expérience, un obstacle insurmontable contre lequel les plus grands savants de la terre ont toujours vu s'écraser le fruit de leur labeur : la défaillance d'un cœur humain...

« Je pense, monsieur, n'avoir plus rien à vous dire... J'aimerais cependant qu'avant de partir, vous preniez connaissance des deux documents dont je vous ai parlé...

Le petit homme avait quitté son siège pour s'approcher du coffre-fort dont il actionna le mécanisme. Quand la porte blindée fut ouverte, il prit deux enveloppes qu'il décacheta successivement avant de présenter leur contenu à son visiteur :

— Lisez d'abord la déclaration manuscrite datée du 13 mars de l'an dernier, dans laquelle Mme Keeling a reconnu que c'était elle seule qui voulait que je lui applique le traitement...

Geoffroy, dont la main tremblait en tenant la feuille de papier, put lire :

« *Je soussignée,*

« *Ida Keeling, demeurant à Paris, 63, avenue Montaigne, certifie dans la présente déclaration que c'est moi seule qui ai exigé du Dr Zarnik, demeurant 17, avenue du Golf à Saint-Cloud, qu'il tentât sur ma personne l'application intégrale du traitement qu'il a mis au point pour le maintien d'une certaine jeunesse chez l'être vivant.*

« *Je reconnais que le Dr Zarnik m'a avertie à plu-*

sieurs reprises des dangers qui pouvaient résulter d'une pareille expérience étant donné que c'était la première fois qu'il la faisait sur une personne humaine. Je reconnais formellement accepter, à dater de ce jour, tous les risques qui pourraient découler dudit traitement.

« Fait à Paris le vendredi 13 mars à 15 heures en pleine connaissance de cause et alors que je suis en possession de toutes mes facultés physiques et mentales.

« IDA KEELING. »

Aucun doute n'était possible sur l'authenticité du document. L'écriture, large et aérée, ainsi que la signature, étaient bien celles d'Ida.

Geoffroy rendit au docteur la feuille de papier sans faire de commentaire.

— Voici maintenant le graphique de l'électrocardiogramme effectué le 23 juin... Sans doute ne savez-vous pas lire ce genre de test ? Voyez... à D II et à D III les pointes devraient toutes, si le cœur était en bon état, se trouver au-dessus de la ligne générale... Ce n'est malheureusement pas le cas : regardez ces différences d'écart... Une pointe sur deux se trouve en dessous. Et nous retrouvons le même phénomène en V 3, V 4 et V 5... Ce qui prouve que le cœur de Mme Keeling est très sérieusement atteint. Ceci vous fera comprendre aussi que, placé devant un tel dilemme, je ne pouvais pas adopter d'autre solution que celle qui a été prise.

Le graphique rejoignit la déclaration dans le coffre, dont la porte fut refermée par Zarnik qui brouilla ensuite la combinaison de la serrure.

Le bruit sec de la porte métallique fut comme le

signal indiquant à Geoffroy que l'entretien était définitivement terminé. Blême, il se leva en disant :

— Je vous remercie, docteur, pour l'accueil que
vous avez bien voulu me réserver.

— Je n'ai fait que mon devoir, monsieur, répondit le petit homme à la voix calme. Mon vœu le plus
sincère est que ces différents éclaircissements puissent contribuer à vous aider à retrouver rapidement
Mme Keeling. Mais croyez-moi : il n'y a plus une
seconde à perdre...

LA VÉRITÉ

En sortant de chez le Dr Zarnik, Geoffroy avait l'impression d'avoir vieilli de dix années : le Tchécoslovaque avait beau prétendre avoir trouvé le moyen de maintenir la jeunesse physique, les explications qu'il venait de donner ne pouvaient qu'apporter la certitude que la vie d'un être humain — paraissant cependant tout posséder pour connaître le bonheur — pouvait devenir rapidement un drame. Tel était le cas d'Ida.

La tête encore bourdonnante d'un étrange mélange où alternaient les termes médicaux prononcés par Zarnik et les réflexions d'Ida qu'avait relatées le médecin, Geoffroy dut faire un réel effort pour essayer de classer ses idées en imposant un ordre chronologique à tout ce qu'il venait d'apprendre. Avant le déroulement de ces événements venait la raison initiale, qui avait motivé la première visite d'Ida au savant étranger et d'où avait découlé le fabuleux enchaînement qui avait fini par entraîner le praticien et sa cliente dans un engrenage infernal.

Ce point de départ, Geoffroy l'avait délibérément écarté de ses pensées pendant sa longue conversation avec le médecin, mais il revenait maintenant, lancinant, dans son esprit désemparé : Ida avait téléphoné à Zarnik trois mois après avoir fait sa connaissance au dîner Orniski et elle était venue lui demander son aide scientifique le 6 mars... Quand il avait entendu énoncer cette date, Geoffroy s'était aussitôt souvenu que c'était le lendemain de ce jour, le 7 à midi exactement, que Lise l'avait accueilli avenue Montaigne en lui annonçant sur un ton de défi que sa patronne était partie pour un long voyage à l'étranger.

Il était presque certain — puisqu'elle était revenue au pavillon de Saint-Cloud huit jours plus tard, le vendredi 14 mars, pour signer la déclaration insensée et y subir la première piqûre — qu'Ida, contrairement à ce qu'elle avait fait croire à sa femme de chambre, était restée en France. Il paraissait même vraisemblable qu'elle n'eût pas bougé de ce pays au moins pendant les trois premiers mois du traitement quand celui-ci exigeait qu'elle reçût une injection de sérum chaque semaine. Ensuite, la cadence des piqûres s'étant élargie à une séance tous les quatorze jours, il était possible qu'Ida eût accompli pendant cette deuxième période de trois mois quelques weekends ou déplacements à l'étranger ? Mais ceux-ci avaient dû toujours être très courts et presque sûrement limités à la seule Europe. Pourquoi aurait-elle fait des voyages ultra-rapides et fatigants aux Etats-Unis, qu'elle n'aimait pas et en prenant le risque de mettre une très grande distance entre elle et l'homme qui était en train de tout tenter pour lui rendre sa joie de vivre ? Le traitement pour elle devait primer tout !

Après ces six premiers mois, lorsqu'elle avait pu

228

enfin constater les étonnants progrès réalisés, le rythme des piqûres était passé à une par mois. Peut-être alors Ida avait-elle été aux Etats-Unis et dans cette Floride d'où elle avait envoyé sa dernière carte postale à sa fille, qui, elle, venait d'arriver en France ? Mais là encore, ce lointain déplacement n'était pas certain... Plus Geoffroy réfléchissait à ce curieux mystère et plus il acquérait la conviction qu'Ida n'avait jamais quitté la France depuis quinze mois et qu'elle devait s'y terrer sous une fausse identité. Ce qui expliquerait en même temps son passage à Biarritz et le silence incompréhensible de ses amis ou relations aux Etats-Unis après toutes les insertions publiées là-bas dans les principaux journaux.

Et si Ida était en France, il fallait la retrouver à tout prix pour deux raisons : l'obliger par la persuasion à se soigner et savoir pourquoi elle ne s'était pas manifestée au moment de la mort de sa fille unique. Zarnik l'avait bien dit : il n'y avait pas une minute à perdre ! Mais comment s'y prendre ?... Il devait cependant bien exister des entreprises spécialisées dans ce genre de recherche, des agences de détectives privés ? Mais pourquoi s'adresser au secteur privé alors que les services officiels étaient plus sûrs et tellement mieux organisés ? Une pensée, qui était déjà venue plusieurs fois à l'idée de Geoffroy depuis ces dernières semaines, lui revint, fulgurante, se résumant en un seul mot : POLICE.

Il se reprochait de ne pas s'être adressé plus tôt à la police. A Bellagio déjà, il avait pu se rendre compte de l'efficacité et surtout de la célérité avec lesquelles la police italienne avait pu lui expliquer comment Edith était rentrée en taxi de Milan et lui donner l'assurance qu'aucun gynécologue n'avait reçu sa visite. Puisqu'il était revenu dans son pays, il devait s'adresser à la police française. Il était grand temps qu'elle entrât en action.

La Bentley prit directement le chemin du Quai des Orfèvres.

Pendant ce parcours, les pensées de Geoffroy continuèrent à errer autour de la cause initiale : la date du 6 mars l'obsédait... C'était la veille qu'avait eu lieu la pénible scène de rupture. Le soir même, pour affirmer bêtement son indépendance d'homme, il avait trompé bêtement sa maîtresse avec la fille brune de vingt-deux ans. Et il avait été assez stupide pour que cela se passât dans son appartement de la plaine Monceau au lieu d'aller dans un hôtel quelconque. Quarante-huit heures plus tard, écœuré de lui-même, il avait couru avenue Montaigne pour y retrouver Ida avec la certitude qu'elle ne s'était doutée de rien et bien décidé à ne jamais lui avouer sa faute. Pourquoi lui aurait-il fait une peine inutile alors que lui-même regrettait déjà son acte ? Seulement rien ne prouvait qu'Ida, poussée par sa jalousie tyrannique, ne l'avait pas épié ? Il était presque sûr maintenant qu'elle l'avait vu pénétrer chez lui en compagnie de la jeune fille... Il l'imaginait blottie au fond d'un taxi, se demandant si elle ne devait pas monter à l'appartement pour éviter que l'irréparable ne se produisît ? Seule sa fierté de femme délaissée l'en avait empêchée et elle avait préféré savourer toute l'amertume de sa défaite.

C'était à cet instant qu'Ida — après avoir pu mesurer la différence d'âge qui la séparait de sa remplaçante — avait pris conscience de sa propre cinquantaine. La terrible révélation avait dû avoir une répercussion brutale sur son cœur d'amante insatiable. Brusquement, devant l'assaut triomphant de la fille jeune, Ida s'était sentie, sinon âgée, du moins celle-qui-commence-à-vieillir... Et elle avait été affolée. Sa réaction avait dû être immédiate. Avec son tempérament de femme qui ne s'avouait jamais vaincue, elle n'avait plus eu qu'une idée : lutter pour reconquérir son amant par n'importe quel moyen... La menace ? Même si elle réussissait, la victoire serait éphémère... La persuasion ? L'amer dialogue de rupture prouvait que l'arme serait sans effet... L'éclat de sa beauté ? C'était sa seule chance... Mais comment retrouver cette beauté totale si elle n'était pas enrobée d'une jeunesse nouvelle ? Le nom et la personnalité du médecin étranger, rencontré chez les Orniski, s'étaient alors imposés avec cette soudaineté et cette force que possèdent seules les solutions désespérées. Ce Zarnik avait affirmé avoir trouvé le moyen miraculeux d'empêcher les êtres vivants de vieillir... Immédiatement le petit homme chauve dut faire figure de sauveur dans l'esprit angoissé d'Ida.

Elle n'avait pas attendu un jour de plus. Dès le lendemain, elle avait téléphoné au Tchécoslovaque, persuadée qu'il n'y aurait aucune raison pour qu'il ne consentît pas à tenter la prodigieuse expérience sur elle ! Peut-être même serait-il fier et flatté que ce soit une femme comme elle qui fût venue le trouver ? Et si, par hasard, il montrait quelque hésitation, elle saurait se faire convaincante en lui faisant comprendre qu'elle incarnerait sa première grande victoire humaine... Mais le traitement serait probablement assez long... très long ? Peu importait pourvu qu'il se terminât par la réussite ! Pendant tout le temps qu'il durerait, il lui faudrait disparaître, se cacher pour ne se montrer à nouveau à l'amant que lorsqu'elle aurait, en plus de sa beauté, l'atout majeur de la jeunesse. Elle dut penser aussi que son absence permettrait à Geoffroy de se ressaisir et de comprendre enfin à quel point elle pouvait lui manquer... Ida n'était pas femme à admettre que son amant ne la regrettât pas ! En trois années de vie commune, elle avait trop donné d'elle-même, trop entouré « son » Geoffroy de passion et de tendresse pour qu'il en fût autrement.

Quand elle était rentrée, ce soir-là, avenue Montaigne, Ida avait dû maîtriser toute sa rancœur pour oublier la vision qu'elle venait d'avoir de la fille brune pénétrant dans le domicile de son amant et ne plus penser qu'à la femme étonnante qu'elle redeviendrait bientôt grâce au miracle d'un rajeunissement.

Et, lorsqu'elle s'était retrouvée dans sa chambre, devant le miroir de sa coiffeuse, peut-être avait-elle déjà eu l'impression que ce n'était pas son visage actuel qui s'y était reflété mais celui de l'Ida photographiée à New York seize années plus tôt et qui continuait à accueillir, avec toute sa jeunesse triomphante et parfumée de *Vol de Nuit*, les visiteurs qui pénétraient dans le living-room ?

A l'instant même où lui, Geoffroy, croyait faire acte de virilité en s'abandonnant aux pitoyables caresses d'une amante de passage — Ida avait occupé le reste de sa nuit solitaire à préparer méthodiquement la fuite nécessaire qui lui permettait de revenir un jour plus éclatante que jamais et de triompher, dès sa première réapparition ! Elle devait croire que son humiliation ne serait que de courte durée...

Malheureusement elle n'avait pas prévu que, pendant son absence voulue, Edith débarquerait à son tour en Europe... Edith ? N'avait-elle pas dit à Geoffroy n'être venue en France que parce que sa mère était rentrée aux Etats-Unis ? C'était la preuve qu'Ida avait été effectivement en Amérique... Peut-être entre deux avions ? Mais elle s'était quand même arrangée pour faire croire à sa fille qu'elle s'y installait définitivement. Et pour brouiller encore mieux les cartes, elle lui avait conseillé d'aller habiter à Paris dans son propre appartement !

Quand Ida avait fait ce voyage d'aller et retour, ce n'avait pu être que pendant les toutes premières semaines de son traitement, avant que Zarnik ne fût parvenu à obtenir la métamorphose physique. Sinon Edith se serait aperçue, mieux que quiconque, du prodigieux rajeunissement de sa mère et elle n'aurait pas manqué d'en parler à son mari. Ida devait être tellement sûre de la réussite finale qu'elle n'avait pas hésité à jouer le tout pour le tout en courant le risque fantastique de laisser partir pour la France la plus redoutable de ses rivales, sa propre fille qui était son sosie avec vingt années de moins ! Même la jeunesse d'Edith ne l'inquiétait pas ! Elle avait la certitude de la balayer dès qu'elle réapparaîtrait...

Cela tenait du raffinement dans la haine secrète vouée par une mère à sa fille. Ida laisserait même Edith faire la conquête de Geoffroy et le reprendrait quand elle jugerait le moment venu. Ce serait pour elle une vengeance éclatante... Mais tout ce qu'il y avait de machiavélique et de génial dans cette manière d'agir avait été réduit à néant en quelques secondes le jour où Edith était apparue, rayonnante, au Racing. Geoffroy le savait : c'était à cet instant que son nouvel amour était né.

Ida n'avait jamais pensé qu'il pourrait exister, entre les deux êtres jeunes, quelque chose de plus fort qu'un désir passager. Quand elle s'en était enfin aperçue, c'était trop tard. Tous ses efforts de rajeunissement et tous ses calculs s'étaient révélés inutiles : Geoffroy et Edith étaient déjà mari et femme. La maîtresse évincée pour toujours n'avait plus eu qu'une idée démoniaque : troubler, casser même le plus vite possible ce bonheur dont elle n'était pas. Les deux télégrammes avaient été ses instruments de mort : ils lui avaient permis de réussir au-delà de toutes ses espérances puisque Geoffroy s'était retrouvé seul.

Il fallait une justice : Geoffroy retrouverait la femme monstrueuse. La justice ? Les révélations que le Dr Zarnik venait de lui faire sur l'état de santé d'Ida ne démontraient-elles pas qu'elle pouvait être immanente ? L'impression de désespérance qui s'était dégagée des dernières paroles prononcées par Ida dans le cabinet du médecin, prouvait qu'elle se sentait une femme à l'hallali. Lorsqu'elle avait dit « *Mon secret ne regarde personne* », ce n'était chez elle qu'un besoin de revanche qu'elle ne pourrait plus prendre si sa beauté, privée de la jeunesse retrouvée, s'effritait rapidement.

Et quand elle était ressortie du pavillon de Saint-Cloud, l'affolement de la femme qui se savait perdante, avait dû être effroyable. Il ne lui restait qu'à disparaître... Il ne s'agissait plus de stimuler une fuite momentanée avec la certitude de revenir en triomphatrice : très vite, en quelques semaines tout au plus — Zarnik l'avait bien dit — Ida ne pourrait définitivement plus se montrer à aucun de ceux qui l'avaient connue éblouissante et certainement pas à son ancien

234

amant. Jamais plus elle ne caresserait le rêve d'écraser, dès sa première réapparition, le souvenir merveilleux que Geoffroy conserverait toujours de la beauté de sa jeune femme !

Le jour où elle avait appris la mort de sa fille, Ida avait pourtant cru être enfin débarrassée de sa plus redoutable rivale et elle avait même dû déjà fixer le moment où elle referait instantanément la conquête d'un Geoffroy livré à nouveau, par un veuvage prématuré, à sa solitude d'homme. L'ancienne maîtresse était trop femme, trop rouée aussi pour ne pas savoir que l'homme brutalement solitaire est une proie facile. Ida n'aurait pas perdu une seconde pour agir si le destin inexorable n'était venu, sous l'apparence d'un diagnostic médical, lui faire comprendre qu'il lui serait désormais interdit de jouer les amoureuses... A partir de cet instant, la vie de celle à qui tout avait réussi — même la rénovation physique — ne devait plus être qu'un drame atroce où se mêlaient les remords de n'avoir pas su se montrer mère avec une enfant unique et les regrets de ne pouvoir être à nouveau une maîtresse adorée. Une pareille existence ne pourrait être que pitoyable et instinctivement — presque à son corps défendant — Geoffroy commença à plaindre celle pour qui, depuis la disparition d'Edith, il n'avait eu que de la haine.

Contre sa volonté aussi, il repensait à l'étrange médecin venu d'Europe centrale... Et il se demandait s'il n'aurait pas été préférable que ce Zarnik restât dans son pays ? Ainsi Ida n'aurait pas fait sa connaissance au cours d'un dîner...

Qui était réellement ce personnage étrange ? Savant ou aventurier ? Génie ou demi-fou ? Geoffroy ne savait rien de lui à l'exception de ce que lui en avait dit Ida en sortant de chez les Orniski et des quelques renseignements donnés au téléphone par le Dr Vernier... Il y avait bien eu la communication transmise à la Faculté de Médecine sur la soi-disant découverte et publiée ensuite par une revue médicale... C'était peu ! Et qui pouvait avoir revu Ida après la prétendue « réussite » du fameux traitement ? Pas un de tous les amis auxquels Geoffroy avait passé une journée entière à téléphoner... Personne ! Quel était le témoin impartial qui pouvait certifier avoir seulement entrevu une femme — dont Zarnik lui-même parlait avec une fierté presque enfantine — ressemblant à celle qu'était Ida une quinzaine d'années plus tôt quand la photographie, exposée dans le living-room de l'avenue Montaigne, avait été prise à New York ?

Tout ce que Geoffroy savait maintenant des résultats du traitement miraculeux, il ne l'avait appris que de la bouche même du Tchécoslovaque et celui-ci était mal placé pour être en même temps juge et partie. Lorsqu'il avait parlé avec une fausse modestie, sous laquelle devait se cacher un immense orgueil, de ce qu'il appelait « le couronnement de son œuvre », le petit homme chauve ne s'était-il pas vanté ? Après tout, il ne risquait pas grand-chose puisque personne ne pourrait vérifier ses dires... Pour cela il aurait fallu que Geoffroy retrouvât immédiatement, dans les quelques jours à venir, l'Ida encore détentrice de la jeunesse retrouvée... Alors seulement, Geoffroy se serait fait une opinion. Mais la dernière visite, au cours de laquelle Zarnik prétendait avoir refusé de faire la piqûre qui était seule capable de maintenir l'afflux de jeunesse, remontait déjà au

23 juin. Cinq semaines s'étaient écoulées depuis la date fatidique qui avait doublement marqué les Keeling avec la mort tragique de la fille et l'écroulement des rêves fous de la mère... La dernière piqûre, effectivement faite, remontait au 15 mai : Ida ne bénéficiait donc plus des effets conservateurs du traitement depuis au moins dix semaines ! Et Zarnik avait été assez adroit pour expliquer qu'après un délai excédant deux mois d'interruption du traitement, les signes de vieillissement réapparaîtraient avec une force et une célérité accrues. Il avait même ajouté qu'il n'y aurait plus qu'à tout recommencer au cas où une pareille interruption s'avérerait nécessaire !

C'était d'une habileté suprême.

La raison qui avait nécessité l'arrêt brutal du traitement était aussi une trouvaille : Geoffroy ne parvenait pas à croire, malgré le graphique du cardiogramme, à la prétendue déficience cardiaque. Il était surtout invraisemblable que celle-ci se fût révélée avec une telle brusquerie en cinq semaines, entre les séances du 15 mai et du 23 juin ! Il faut plus de temps pour détraquer à ce degré un cœur humain : il faut beaucoup de négligences et un mépris continu de la santé pendant des années... A moins que Zarnik n'eût constaté, depuis plusieurs mois déjà, les effets désastreux de son traitement sur le système cardiaque d'Ida mais qu'il ait quand même voulu poursuivre la dangereuse expérience pour voir quelle serait la limite de résistance de l'organisme humain ? Dans ce cas, le Tchécoslovaque devenait l'authentique criminel qu'il s'était défendu d'être avec véhémence.

Assassin en puissance ou charlatan, il fallait le dénoncer ! Geoffroy n'hésiterait pas à le faire, Quai

237

des Orfèvres. Cet acte, qui lui répugnait cependant, lui apparaissait comme une mesure de salut public : il s'agissait d'empêcher immédiatement l'homme nuisible de renouveler sa sinistre expérience sur d'autres malheureux assoiffés de jeunesse perdue... Et qui le dénoncerait à l'exception de Geoffroy ? Certainement pas Ida ! Pour elle ce serait la concrétisation de qu'elle devait redouter le plus au monde : l'aveu public de sa cinquantaine ainsi que des moyens presque incroyables auxquels elle avait eu recours pour tenter de la faire oublier... Ida préférerait continuer à se taire pendant tout le restant de son existence plutôt que de devenir le témoin à charge d'un procès qui ne manquerait pas d'avoir lieu si elle parlait. Geoffroy la connaissait assez pour savoir qu'elle ne pourrait admettre que le déclin de sa beauté devînt un sujet de chronique judiciaire. Il en serait de même pour chacune des victimes futures de Zarnik qui, tous et toutes, hommes ou femmes, se refuseraient à attaquer l'étrange praticien pour ne pas sombrer à leur tour dans le ridicule.

Celui qui pouvait dénoncer le « docteur » Zarnik devait être un homme jeune qui n'avait nullement besoin de ses services : Geoffroy était décidé à jouer ce rôle. Sans qu'il s'en rendît bien compte lui-même, peut-être y avait-il dans cette détermination un besoin caché de défendre son ancienne maîtresse qui, au fur et à mesure que la personnalité trouble du Tchécoslovaque s'affirmait, lui apparaissait de plus en plus comme une victime. Geoffroy était à la torture.

Il savait qu'il lui fallait conserver tout son calme dans l'accusation : la partie serait rude. Zarnik avait dû prévoir le pire depuis longtemps. N'avait-il pas pris déjà toutes ses précautions en enfermant dans un coffre-fort les deux preuves de ce qu'il avait appelé avec emphase « sa conscience professionnelle » ? Rien ne prouvait que le graphique de l'électrocardiogramme ne fût pas truqué ? Un praticien aussi habile devait pouvoir, s'il le voulait vraiment, obtenir les écarts d'oscillation qu'il désirait au-dessus ou au-dessous de la ligne médiane ?... La déclaration, écrite par Ida, était authentique, mais quelle serait — devant un tribunal — la valeur d'un tel papier qui n'avait dû être arraché que par la persuasion à un moment où Ida, désespérée de se voir au bord du gouffre de la vieillesse, était prête à tout accepter et à signer n'importe quoi ?

Ce fut avec la volonté arrêtée de dénoncer le pseudo-distributeur de jeunesse et de retrouver coûte que coûte Ida, que Geoffroy pénétra dans le bureau des déclarations de disparitions, dont le numéro peint au-dessus de la porte venait de lui être indiqué à la conciergerie du Quai des Orfèvres. Au moment même où il franchit cette porte, il eut le sentiment que le seul moyen lui restant de retrouver les traces d'Ida serait de demander qu'une enquête minutieuse fût faite sur les activités de Zarnik. Le petit homme ne lui avait strictement révélé et expliqué que ce qu'il avait bien voulu dire. Peut-être se montrerait-il plus bavard sous l'effet des méthodes de police ?

L'homme qui semblait l'attendre dans le bureau aux murs délavés, derrière une table banale, ne prit même pas la peine de se lever ni d'esquisser un geste quelconque de politesse à son entrée. Après lui avoir désigné d'un geste vague une chaise inconfortable, il se contenta de dire, d'une voix terne qui devait être la même pour tout nouveau visiteur :

— Inspecteur Bourquet, de la Brigade des recherches... Je vous écoute, monsieur ?

Après avoir décliné son identité et son adresse, que son vis-à-vis nota sur une fiche, Geoffroy, assez mal à l'aise, expliqua le plus brièvement qu'il le put le but de sa visite. Mais, fut-ce l'effet d'un scrupule de dernière heure ou la crainte de ne pas être pris au sérieux, il ne parla que de la disparition inexplicable d'Ida. Contrairement à ses intentions, il ne dit pas un mot de la visite qu'il venait de faire à Zarnik dont il ne prononça même pas le nom. Un étrange instinct secret lui avait fait comprendre, en une lueur de réflexion, qu'il n'avait peut-être pas encore le droit de porter une accusation, même atténuée, contre le petit homme chauve.

Le policier qui, tout en continuant à prendre des notes, l'avait laissé parler sans l'interrompre et sans lui poser la moindre question, lui dit lorsqu'il eut terminé le long récit — qui commençait avec le mariage à Paris, continuait par le voyage à Biarritz et se terminait par l'inutilité des innombrables insertions faites jusqu'à ce jour aussi bien dans les journaux européens qu'américains — finit par dire :

— Je me souviens, en effet, avoir lu, il y a quelques semaines dans un journal, le récit du regrettable accident survenu à Bellagio. Mais pardonnez-moi si, sur le moment, je n'avais pas attaché beaucoup d'importance au nom de la victime... Les journaux foisonnent, malheureusement, de ces noyades aux époques de vacances... En résumé, si je comprends bien le but

240

de votre visite, vous voulez que nous vous aidions à retrouver votre belle-mère, Mme Ida Keeling ?

— Exactement.

— Je regrette un peu, monsieur Duquesne, que vous n'ayez pas éprouvé le besoin de venir nous trouver plus tôt. Si je consulte le calendrier, je suis obligé de constater que pratiquement vous avez perdu au moins quatre semaines pendant lesquelles nous aurions pu faire un travail utile. Pourquoi, lorsque vous êtes rentré à Paris, ne pas nous avoir alertés immédiatement ? Notez bien que je ne pense pas qu'il y ait lieu de s'inquiéter outre mesure... Ce genre de disparitions momentanées est fréquent ! Nous sommes inondés chaque jour de demandes de recherches du même ordre et, brusquement, alors que nous avons mis tous nos services en mouvement, nous apprenons que la personne présumée disparue a tout simplement éprouvé le besoin de se libérer de sa famille pendant quelque temps, de faire une fugue ou même changer d'air ! C'est pourquoi nous devons faire preuve d'une extrême prudence... Cependant, j'ai pris soigneusement note de tout ce que vous venez de me dire et nous sommes tout prêts, si vous maintenez votre demande de recherche, à faire le nécessaire... Seulement, je ne vous garantis pas que nous aboutirons ! Dites-vous bien que chaque année, en France seule, plus de cent mille personnes disparaissent dont on ne retrouve plus jamais la trace ! C'est vous montrer que notre tâche n'est pas aisée !

— C'est effarant !

— Il faut croire que la terre est trop peuplée... ou encore assez vaste pour que l'on puisse y changer complètement de vie et d'identité ! Si vous maintenez

241

la demande, il est nécessaire que vous la rédigiez par écrit ici-même et que vous la signiez.

— Je suis prêt à le faire, monsieur l'inspecteur.

— C'est parfait. Vous avez une pièce d'identité ?

— Mon permis de conduire suffira ?

— Oui.

Le policier le fit passer dans un local contigu où l'un de ses subordonnés tapa, en double exemplaire, sur une machine, la déclaration répétée mot à mot par Geoffroy. Quand ce fut terminé, le commissaire la relut à haute voix avant de dire à son visiteur :

— Vous n'avez plus qu'à apposer votre signature sur chaque exemplaire... Etant donné que Mme Keeling a été mariée à un Américain et ce que vous m'avez dit de son éventuel séjour en Floride, je crois que nous avons intérêt, pour aboutir vite, à informer l'*Interpol*. Dès que nous saurons quelque chose, je vous en avertirai... Au revoir, monsieur ! Mais surtout, ne dramatisez pas les choses ! Je comprends très bien qu'après la tragédie que vous venez de connaître, vous ne soyez pas enclin à l'optimisme... Cependant, il n'y a, dans tout ce que vous venez de nous dire au sujet de ces cinq semaines de silence de votre belle-mère, aucune raison spéciale de s'alarmer.

— Vous croyez cela, monsieur l'inspecteur ? Franchement, trouvez-vous normal qu'une mère — qui vient d'apprendre par les journaux la mort subite de sa fille unique — puisse rester aussi silencieuse ?

— C'est évidemment le seul point étrange... Mais on a vu se passer tant de choses dans des familles prétendues très unies que je finis par être assez sceptique sur la nature des sentiments qu'une mère moderne peut éprouver pour sa fille ! N'êtes-vous pas un peu comme moi ?

Geoffroy préféra sortir sans répondre.

Quand il se retrouva dans sa voiture, il essayait de s'interroger pour savoir quel était le véritable motif, la raison impérieuse qui l'avait poussé à ne pas parler du Dr Zarnik ? Et le plus extraordinaire était bien qu'il ne le regrettait pas... Peu à peu, il parvint à découvrir pourquoi il s'était tu devant la police.

Les reproches que son cerveau tourmenté avait accumulés, avant sa visite à la Brigade des recherches, ne reposaient sur aucun fondement solide. En y réfléchissant plus calmement, le petit homme chauve n'avait nullement cherché à l'impressionner ni à l'éblouir : il lui avait révélé, au contraire, avec beaucoup de simplicité, non seulement les bases expérimentales du traitement dont il était l'inventeur mais aussi les raisons qui l'avaient obligé à abandonner l'expérience qui, si elle avait pu être normalement prolongée, lui aurait apporté gloire et richesse. L'homme était pauvre, très pauvre : cela ne faisait aucun doute. Il vivait dans un pavillon délabré, le bâtiment qu'il appelait pompeusement « le laboratoire » n'était qu'une baraque en planches, il n'avait aucun serviteur ni assistant, il avait dû tout faire lui-même. Le jeune savant français, qu'il disait avoir choisi pour successeur, devait sans doute être aussi pauvre que lui, vivant peut-être d'obscurs travaux qui lui permettaient de poursuivre des études longues et difficiles ? Tout cela sentait la misère héroïque — celle de tous ces chercheurs modestes et parfois géniaux dont le labeur était perpétuellement bouleversé par des révolutions ou des changements de régime politique.

De quel droit lui, Geoffroy Duquesne, plus ignare que n'importe qui dans le domaine scientifique, se serait-il permis d'accuser et même de juger le travail auquel un homme avait consacré toute une vie ?

Si vraiment le Dr Zarnik avait été un aventurier dénué de scrupules, il n'aurait pas eu l'admirable courage d'avouer à Ida la vérité sur sa santé. Il aurait trouvé un biais, un faux-fuyant, un moyen détourné pour continuer à traiter cette cliente très riche qui constituait pour lui l'assurance financière de pouvoir poursuivre ses travaux. Quelle pouvait être la clientèle actuelle de Zarnik, celle qui normalement l'aurait aidé à vivre ? Nulle ! Il n'avait pas de clientèle ; ce n'étaient pas les souris blanches, les lapins et les rats qui pouvaient le payer de ses efforts ! Il devait même nourrir tous ces animaux... Le drame de l'expérience interrompue était aussi grand pour le savant que pour Ida.

Bientôt, si ce n'était déjà fait, Ida Keeling redeviendrait la femme âgée et Zarnik n'aurait plus aucune preuve vivante de la réussite à laquelle il avait atteint en quelques mois. Qui, dès lors, devant ce sabordage volontaire qui serait pris par des confrères envieux pour une faillite de toute une théorie, viendrait à nouveau trouver le médecin étranger pour lui demander cette jeunesse qu'il était peut-être le seul au monde à pouvoir ressusciter ? Le petit docteur était maintenant condamné à attendre que quelqu'un d'autre qu'Ida mît sa confiance en lui...

Un jour peut-être — il fallait le souhaiter — ce client problématique se présenterait devant la grille du pavillon délabré... Alors seulement, le Dr Zarnik

244

pourrait recommencer... Ce serait lui, Geoffroy, qui aurait fait œuvre de criminel s'il s'était permis de porter une accusation susceptible de déclencher toute la monstruosité de la machine policière. Un homme, qui consacre chaque minute de son existence à rechercher le moyen — même s'il n'est pas encore au point — d'améliorer les conditions de vie de ses semblables, mérite le respect. Et, de toute façon, en quoi une accusation de cet ordre aurait-elle pu modifier le mystère du silence d'Ida ?

Il fallait d'abord la retrouver pour vérifier si les affirmations de Zarnik étaient exactes. Ensuite, il serait toujours temps d'agir si Ida était consentante. Enfin, il ne fallait pas risquer, par une dénonciation inconsidérée, de voir le Tchécoslovaque s'enfermer dans son mutisme et ne plus rien dire par crainte d'avoir des ennuis avec la police si — comme il le pensait — une fois reposée, Ida venait le retrouver un jour avec l'espoir de recommencer le traitement ?

Malgré les doutes qu'il ne pouvait s'empêcher d'avoir sur l'efficacité des piqûres, Geoffroy avait acquis la conviction — lorsqu'il était ressorti de chez le petit homme — que celui-ci lui avait fait confiance en lui révélant beaucoup de choses dont il aurait pu ne pas parler. Geoffroy n'était pas un garçon à trahir des secrets ; il était heureux d'avoir su se taire Quai des Orfèvres.

Une semaine passa sans apporter aucune nouvelle.

Geoffroy essayait péniblement de reprendre une activité mais même sa profession de conseiller juridique, à laquelle il s'était toujours consacré avec passion, ne l'intéressait plus. Dès qu'il quittait son bureau, il rentrait s'enfermer chez lui où, pendant des soirées entières, il revivait heure pas heure, chaque moment de bonheur qu'il avait connu avec sa jeune femme. Et, quand il cessait de revoir en pensée les moindres gestes ou d'entendre résonner dans sa mémoire les paroles qu'avait prononcées Edith, le fil interrompu de ses souvenirs le ramenait à la personnalité d'Ida. Il ne parvenait pas plus à s'arracher à la tendre blondeur d'Edith qu'à la splendeur insolente d'Ida : marqué pour toujours par les Keeling, il ne pensait qu'à les retrouver....

Plusieurs fois déjà, il s'était rendu au Père-Lachaise pour se recueillir devant la tombe d'Edith et, à chacun de ces pèlerinages, il s'était senti envahir par un désir de l'au-delà : la vie ne lui semblait plus valoir la peine d'être vécue. Si la mort était venue le chercher brusquement à l'un de ces moments-là, il n'aurait même pas tenté de lutter pour l'empêcher de faire son œuvre. Mais sa jeunesse réagissait : il ne voulait pas disparaître avant d'avoir revu Ida qui, elle, était toujours vivante. De jour en jour, ce besoin devint chez lui une hantise. Il ne savait plus très bien si c'était l'implacable ennemie d'Edith qu'il recherchait pour lui faire comprendre et expier tout le mal qu'elle avait répandu d'une façon sournoise sur son bonheur naissant d'époux ou, au contraire, si la présence auprès de lui de son ancienne maîtresse ne serait pas le seul baume capable d'atténuer sa solitude désespérée ?

Il finissait par croire que le retour d'Ida effacerait les semaines de cauchemar qu'il venait de connaître. Oui... si Ida était là, en ce moment, à ses côtés pour l'aider à regarder l'avenir — comme elle savait si bien le faire autrefois avec tout son magnifique enthousiasme — il oublierait très vite le passé... Et il en arrivait à souhaiter de toute son âme qu'elle revînt lui prodiguer ses caresses d'amante... Le cri d'appel, qu'il avait déjà eu la nuit où il s'était retrouvé solitaire dans l'appartement de l'avenue Montaigne, était à nouveau sur ses lèvres. Mais cette fois, ce n'était plus une trahison : il n'avait plus conscience de tromper le merveilleux souvenir de sa femme. C'était un peu comme si les deux visages s'étaient fondus peu à peu en un seul qui avait la fraîcheur d'Edith et le charme d'Ida. Même les différences de personnalité de chacune d'elles s'étaient estompées. D'Ida et d'Edith, il ne restait plus, dans le cœur hésitant de l'homme, qu'une unique femme : celle qui était apparue deux fois déjà, à quatre années d'intervalle, dans l'existence de Geoffroy... l'éblouissante créature, dont la silhouette s'était encadrée la première fois à l'entrée du salon parisien où tous les invités attendaient pour un dîner l'élégante Mme Keeling et la seconde fois sur le seuil du bar d'un hôtel milanais où tous les regards avaient été fascinés par l'apparition de la plus belle des aventurières.

Ida avait été la grande Dame illustre, Edith avait su incarner la mystérieuse Inconnue...

Mais l'une et l'autre portaient la même robe en satin blanc brodée de perles, les mêmes longs gants également en satin, les mêmes cheveux relevés en torsade sur la nuque, le même dessin de bouche sensuelle volontairement accentué par la pâleur de la lèvre inférieure, le même maquillage doré... C'était cette femme — et celle-là seule — que Geoffroy appelait encore de tout son désir. C'était pourquoi il lui fallait retrouver Ida...

L'infernale obsession accaparait ses nuits parce

qu'il ne pouvait plus se passer de cette femme-type qui lui avait toujours été destinée.

Et, l'un de ces matins désolés qui, une fois encore, venait de succéder à une nuit de fièvre, le garçon crut — en regardant négligemment le courrier que venait d'apporter le valet de chambre — avoir une hallucination... Pendant un long moment, il resta à la fois stupéfait et heureux, se demandant s'il était bien réveillé ? Là, sur le plateau du petit déjeuner, se détachant très nettement des autres lettres qui n'étaient pour la plupart que des missives d'affaires, une enveloppe longue et rectangulaire, en papier pelure et portant la mention « *Air-Mail* », fascinait Geoffroy : la large écriture qui avait inscrit le nom « *M. Geoffroy Duquesne* » suivi de l'adresse, était la même que celle qui remplissait la déclaration conservée précieusement par le Dr Zarnik... Geoffroy aurait reconnu, entre mille, l'écriture voluptueuse d'Ida.

Hésitant encore à ouvrir le message inespéré, il constata qu'il avait été posté à Miami quatre jours plus tôt : Ida était donc bien en Floride !

Pris d'une véritable frénésie, Geoffroy décacheta enfin l'enveloppe pour lire avec avidité :

Miami, le 3 août

« *Mon cher Geoffroy,*

« *J'ai appris en son temps le deuil qui vous frappait autant que moi-même. Si je ne vous ai pas donné signe de vie plus tôt, c'est que j'estimais ce geste inutile pour trois raisons que vous pouvez comprendre mieux que personne.*

« *D'abord, pourquoi simulerais-je un chagrin que je ne ressens pas ? Ma fille et moi ne nous sommes* jamais aimées. Il me semble inutile qu'une affection commence le jour où l'une de nous n'est plus ! Ce serait de ma part une véritable injure à l'égard de la mémoire d'Edith et une preuve d'hypocrisie certaine vis-à-vis de tous ceux qui m'ont connue et auxquels je n'ai même pas éprouvé le besoin d'avouer que j'avais une enfant.

« Ensuite, trop de choses se sont passées pendant trois années entre vous et moi pour que je puisse croire que vous ayez aimé en cinq semaines de mariage une autre femme. Ce qui vous a attiré en Edith a été uniquement sa ressemblance avec moi... Croyez bien que ce que je dis là n'est pas dicté par l'orgueil : c'est une simple constatation. Souvenez-vous, mon petit Geoffroy, que je vous ai dit, la dernière fois où nous nous sommes vus, que vous resteriez mon amant jusqu'à votre mort, même si nous ne devions plus jamais nous retrouver. J'ai ajouté également que toutes celles que vous pourriez rencontrer après moi ne seraient pour vous que des aventures... Edith n'a été pour vous qu'une aventure de plus ! Bientôt vous ne penserez pas plus à elle qu'à toutes celles que vous avez oubliées depuis longtemps... Ce n'est pas un reproche que je vous fais là, bien au contraire, mais une deuxième constatation : votre destin d'homme est de rester marqué par moi qui fus et resterai votre unique amante. Donc je ne vous adresse aucune condoléance : contrairement à ce que vous pensez peut-être encore après ces quelques semaines de solitude, vos regrets d'époux sont légers... Votre peine véritable viendra de ce que nous ne nous reverrons plus.

« J'ai pris cette décision irrévocable, non pas comme vous le croyez sans doute par dépit le jour

249

où j'ai su votre mariage, mais bien avant, quand vous n'avez pas eu le courage de revenir auprès de moi le soir même de la scène de dispute que des amants tels que nous n'auraient jamais dû connaître. Cette nuit-là je vous ai attendu mais vous avez préféré la compagnie d'une fille qui, elle aussi, a rejoint depuis longtemps dans vos pensées le chemin de l'oubli. Je sais que vous êtes revenu avenue Montaigne le lendemain mais malheureusement, Geoffroy, c'était un peu tard !

« *Je pense vous avoir dit l'essentiel dans ces quelques lignes. Toutes les recherches que vous pourriez entreprendre désormais pour tenter de me revoir resteront inutiles. J'ai eu de longs mois pour réfléchir et pour prendre les dispositions qui éviteront que nous puissions même nous apercevoir de loin.*

« *Enfin le fait que je ne vous tutoie plus doit vous amener rapidement à comprendre que je suis enfin parvenue à vous oublier. Je ne vous aime plus, Geoffroy. Dites-vous que l'Ida, que vous avez connue, est morte et je suis persuadée qu'à la longue vous finirez par la regretter plus qu'une Edith. Qui sait ? Peut-être même commencerez-vous à l'aimer comme vous n'avez jamais su le faire lorsqu'elle vivait à vos côtés ? C'est le seul souhait que je puisse faire et je m'estimerai alors payée enfin de tout cet immense amour que je vous ai apporté.*

« *Adieu, Geoffroy.*   « *Ida.* »

Hébété, l'homme — dont la joie avait été immédiate lorsqu'il avait reconnu l'écriture sur l'enveloppe — avait l'impression d'avoir reçu un coup de massue. Comme elle le disait en effet, vers la fin de sa lettre, Ida avait écrit ce qui pour elle était l'essentiel et rien d'autre ! Aucune chaleur ne se dégageait de ces quelques lignes volontairement sèches, dans lesquelles chaque mot avait dû être soigneusement pesé. Ce n'était même pas une lettre d'amoureuse déçue qui a choisi la rupture. C'était un peu comme si celle qui l'avait écrite trouvait normal le néant d'une passion condamnée, comme si rien de sérieux ne s'était au fond passé entre eux...

Et cela, Geoffroy ne pouvait l'admettre : au sentiment de rage impuissante, qui venait de succéder à cette première lecture, se substituait un désir fou de revoir Ida malgré sa défense, malgré les obstacles qu'elle avait dû accumuler, malgré les frontières... L'homme savait que sa vie, qui était déjà infernale depuis son veuvage, deviendrait intolérable s'il ne pouvait trouver auprès de celle qui avait été sa vraie maîtresse — et qui le savait — le seul refuge contre sa solitude grandissante. Il n'osait encore se l'avouer mais il était tout prêt à reconnaître, dans le secret de son âme, qu'Ida avait raison quand elle lui rappelait qu'elle l'avait marqué pour toujours... Et il se passa, dans le cœur de Geoffroy, ce qu'avait prévu Ida : il commença à l'aimer comme il ne l'avait jamais fait. Cette lettre, qui d'abord l'avait déçu, était le déclic qui venait de mettre en marche le prodigieux mécanisme du souvenir extasié qui ne s'arrêterait plus...

Tout revint comme un flot passionné dans la mémoire de l'amant plus jeune : la voix chaude, les caresses incessantes, la tyrannie de l'amoureuse, sa merveilleuse jalousie qui ne pouvait admettre le moindre partage, sa tendresse parfois maternelle, sa coiffure auburn qui faisait oublier les boucles d'or d'Edith... Il n'était pas possible de ne pas retourner auprès d'Ida.

Désormais, ce serait l'unique but, la seule occupation de Geoffroy. Il délaisserait tout : les affaires, Paris, même la tombe de celle à qui il avait donné son nom jusqu'à ce qu'il eût retrouvé la seule femme qui avait su lui faire goûter — quand il vivait auprès d'elle — la saveur de l'existence et — depuis qu'elle le fuyait — toute son amertume.

Mais ce serait lui-même et lui seul, sans l'aide de personne, qui entreprendrait les recherches. Ce ne serait qu'à ce prix qu'Ida consentirait peut-être à lui pardonner ? Que lui importait, après tout, qu'elle ait tenté l'expérience proposée par Zarnik ? Ce n'était pas une Ida, rajeunie de vingt ans, qu'il recherchait mais bien celle qu'il avait toujours connue : la femme épanouie. C'était celle-là seule dont il avait besoin. Puisque l'enveloppe portait le cachet de Miami où Ida se trouvait encore quatre jours plus tôt, il prendrait dès demain l'avion pour les Etats-Unis. Et, si elle n'était plus en Floride lorsqu'il arriverait, si elle continuait à le fuir comme elle l'avait fait déjà à Biarritz, il s'acharnerait... Plus rien ne l'obligeait à revenir en arrière.

Lentement, il relut et il crut comprendre cette fois que sous ces termes dépouillés de passion, Ida cherchait peut-être aussi à cacher la crainte qu'elle éprouvait elle-même à l'idée qu'il pourrait la retrouver vieillie ? C'était stupide de sa part ! Comme si Ida pouvait vieillir ! Ida resterait toujours la plus belle et la plus désirable des maîtresses !

La première chose à faire était de stopper immédiatement l'enquête qu'il avait demandée à la police. Maintenant qu'il savait approximativement où était

Ida, celle-ci devenait inutile, dangereuse même... Ce serait pis que tout si l'amoureuse apprenait qu'il s'était permis de faire appel à des policiers indiscrets pour reconstruire leur bonheur.

Il téléphona aussitôt Quai des Orfèvres :

— Monsieur l'inspecteur Bourquet ?... Ici Geoffroy Duquesne, qui a été vous rendre visite, il y a déjà une dizaine de jours, au sujet de la disparition présumée de ma belle-mère, Mme Ida Keeling... Je suis désolé, monsieur l'inspecteur, de vous avoir dérangé pour rien mais je viens enfin de recevoir ce matin une lettre de Mme Keeling qui est en effet en Floride. Alors je pense que ce n'est plus la peine de procéder aux recherches ?

— Mais, monsieur, répondit la voix impersonnelle de l'inspecteur, les ordres ont été donnés et transmis à l'*Interpol* le jour même de votre visite. Apprenez que la police est une institution parfois lente à se mettre en mouvement mais qui va jusqu'au bout quand une enquête est commencée... Je comptais justement vous téléphoner ce matin pour vous prier de passer à mon bureau... Nous avons déjà recueilli un certain nombre de renseignements intéressants.

— J'en suis convaincu mais la nouvelle que je viens de vous donner doit sans doute diminuer cet intérêt ?

— Je ne sais pas... Vous venez bien de me dire que la lettre de Mme Keeling provenait des Etats-Unis ? Avez-vous conservé l'enveloppe ?

— Oui. Elle est timbrée d'il y a quatre jours exactement à Miami.

— Pouvez-vous m'apporter cette enveloppe et cette lettre le plus tôt possible, monsieur ?

— Mais... monsieur l'inspecteur, je n'en vois pas la nécessité ?

— Je vous attends avant la fin de la matinée, monsieur... Il est indispensable que vous veniez.

En raccrochant l'appareil, Geoffroy était subitement inquiet : pourquoi cet inspecteur faisait-il tant de mystère ? Sans doute voulait-il faire du zèle et lui prouver que son service de recherches fonctionnait à merveille ? De toute façon, il était très difficile de ne pas se rendre à sa convocation mais ce serait une perte de temps alors que les heures de la journée allaient être remplies par les innombrables démarches que Geoffroy serait obligé de faire pour pouvoir prendre l'avion le lendemain comme il le projetait.

Il était bien décidé, en tout cas, à ne pas montrer à cet inspecteur le texte de la lettre. Il se contenterait d'apporter l'enveloppe timbrée de Miami. Il ne pouvait être question qu'un fonctionnaire de la police apprît, écrit de la main même d'Ida, qu'avant de devenir son gendre, Geoffroy avait été son amant ! Ce sont de ces choses qui peuvent, à la rigueur, se chuchoter dans un cercle relativement fermé de mondains mais qu'il est inutile de voir mentionnées dans des rapports ou sur des fiches officielles.

Une heure plus tard, il pénétrait dans le bureau de l'inspecteur Bourquet.

— Vous avez la lettre reçue ce matin ? demanda celui-ci.

— Voici l'enveloppe...

Après avoir examiné minutieusement les deux cachets apposés par les postes de départ et d'arrivée, l'inspecteur demanda :

— Et le contenu ?

— Monsieur l'inspecteur, ce que m'a écrit ma belle-mère est strictement personnel et ne regarde que moi... D'ailleurs, elle ne disait absolument rien qui pût offrir pour vous un intérêt quelconque ! La seule chose importante est que vous sachiez qu'elle semble être en bonne santé.

— Vraiment ?... Eh bien, cher monsieur, nous en sommes d'autant plus heureux pour elle et pour vous que les premiers résultats de nos recherches nous incitaient plutôt à croire qu'elle n'était peut-être pas, du moins au point de vue mental, dans un état aussi rassurant que vous voulez bien nous le dire...

— Je ne comprends pas ? Qu'est-ce qui vous permet de formuler de telles affirmations ?

— Les agissements de Mme Keeling elle-même... Si vous le permettez, nous allons reprendre l'affaire dans l'ordre où vous me l'avez exposée quand vous êtes venu nous demander notre aide... Vous m'avez dit, ce jour-là, avoir reçu dans la même journée du 22 juin deux télégrammes expédiés de Biarritz et signés par la direction de l'Hôtel Miramar qui nie formellement vous les avoir envoyés à Bellagio ?

— C'est bien cela.

— La direction de l'hôtel a eu raison de nier car ce n'est pas elle, en effet, qui a posté à Biarritz même les deux télégrammes respectivement le 21 juin à 17 heures et le 22 juin à la même heure. Je vous rappelle que vous m'avez dit n'avoir trouvé que le premier, arrivé cependant la veille au soir à la *Villa Serbelloni*, que le lendemain matin vers midi quand vous êtes revenu de Milan avec Mme Duquesne ?

— C'est exact.

— Ceci fait que les deux télégrammes, dont vous

255

avez pris connaissance, l'un à midi et l'autre à 8 heures du soir, dans la même journée du 22 juin, ont été envoyés de Biarritz de façon que vous les receviez exactement à vingt-quatre heures de distance... Tout ceci n'a été, bien entendu, mis à exécution que sur des ordres formels et moyennant paiement.

— Paiement ?

— Oui... C'est une agence privée, spécialisée dans ce genre de travail, qui a reçu l'ordre de faire poster par son correspondant à Biarritz les deux télégrammes qui vous étaient destinés. Ce correspondant, avec lequel nous avons toujours entretenu les meilleures relations — vous devez bien vous douter qu'aucune agence de détectives privés ne peut vivre si elle ne « cousine » pas de temps en temps avec la police officielle — n'a fait aucune difficulté pour confirmer à l'un de nos inspecteurs, qui l'a interrogé lundi dernier à Biarritz, qu'il était en effet l'expéditeur des deux télégrammes dont le texte précis lui avait été transmis la veille, donc le 21 juin, par une communication téléphonique de Milan.

— De Milan ? répéta Geoffroy stupéfait.

— Oui... *l'Agence Internationale de Renseignements* — c'est le nom de l'organisation en question — possède des correspondants un peu partout et dans toutes les villes importantes. Sa direction générale est à Paris mais la succursale de Milan, dont le rayonnement s'étend à tout le nord de l'Italie, est importante.

Tout en parlant, l'inspecteur Bourquet avait appuyé sur le bouton d'une sonnette d'appel. Dès que le personnage appelé fut entré, il lui dit :

— Raymond, passe tout de suite un fil à *l'Agence*

Internationale pour demander de ma part si leur réseau s'étend aux Etats-Unis et spécialement s'ils possèdent un correspondant direct à Miami, Floride ?

— Bien, patron.

Quand l'homme fut sorti, l'inspecteur continua :

— Le renseignement que nous recevrons dans quelques instants peut être une précieuse indication : s'il se confirme que l'Agence possède effectivement ce correspondant à Miami, j'estime que nous ne devons pas chercher plus loin l'origine de la lettre que vous avez reçue ce matin. Madame votre belle-mère est certainement une charmante femme mais, pour le moins, une originale à laquelle nous n'avons aucune raison d'accorder plus de confiance pour l'expédition de cette lettre que pour les deux télégrammes ! De même qu'elle n'a pas eu besoin d'aller à Biarritz pour vous les envoyer, elle n'a sans doute jamais mis les pieds en Floride...

— Ma femme m'a pourtant affirmé l'avoir vue aux Etats-Unis avant qu'elle-même ne vînt en France.

— Cette rencontre remonterait à combien de temps ?

— Huit mois au moins et sans doute davantage.

— Beaucoup d'événements peuvent se produire pendant un pareil délai ! Mme Duquesne vous a-t-elle précisé où exactement elle a vu sa mère aux Etats-Unis ?

— Je crois que c'était à New York quand ma belle-mère venait d'y débarquer.

— Mais ce n'était pas à Miami ?

— Sûrement pas.

— New York n'est pas la Floride, cher monsieur !

— J'attire cependant votre attention sur le fait

très précis qu'Edith m'a dit pendant nos fiançailles à Paris avoir reçu quelques mois plus tôt une carte de sa mère, timbrée de Floride.

— Mme Duquesne a-t-elle répondu à cette carte ?

— Non.

— A mon avis, elle a bien fait : si mes pressentiments sont justes, elle aurait perdu le prix du timbre. Cette réponse serait depuis longtemps en souffrance dans un bureau de rebut de Miami que cela ne m'étonnerait pas !

— Malgré ce que vous pensez, monsieur l'inspecteur, je trouve qu'il y a une sérieuse différence entre les deux télégrammes qui, en effet, peuvent avoir été postés à Biarritz par n'importe qui et cette lettre où j'ai formellement reconnu l'écriture de Mme Keeling.

— Rien ne prouve que la lettre n'ait pas été écrite longtemps à l'avance et transmise à l'Agence avec l'ordre de ne vous la faire parvenir, par le canal de la poste de Miami, qu'à la date mentionnée par le tampon d'expédition, c'est-à-dire il y a quatre jours ?

Le collaborateur de Bourquet venait de revenir.

— Alors ? demanda l'inspecteur.

— Ils ont douze correspondants directs aux Etats-Unis dont un à Miami.

— Et voilà, cher monsieur ! dit en respirant fort l'inspecteur. Le tour a été joué ! Vous voyez qu'il n'est même pas très difficile !

Geoffroy ne savait plus que dire.

— Nous devons donc en conclure que Mme Keeling n'était presque sûrement pas en Floride, comme vous le pensiez, il y a quatre jours... Mon cher, votre belle-mère me paraît être une personne très habile !

Ce que je ne parviens pas à comprendre, c'est pourquoi elle joue toute cette petite comédie qui, étant donné la mort tragique de sa fille, a un côté que je qualifierai au minimum d'assez mauvais goût.

— Je crois connaître la véritable raison de cette attitude de Mme Keeling...

— Pouvez-vous me l'expliquer ?

— Non, monsieur l'inspecteur. C'est une affaire qui ne regarde qu'elle et moi mais qui, je vous le garantis, sera réglée un jour comme elle le mérite !

— Seriez-vous, comme beaucoup de gendres, en mauvais termes avec votre belle-mère ?

— C'est pis que cela... Mme Keesling cherche à se venger...

— De quoi ?

— Il m'est impossible de vous le dire avant que je n'aie acquis une certitude absolue.

— Libre à vous, cher monsieur ! Ce n'est pas moi qui tiens à retrouver cette dame, mais vous ! Maintenant que nous vous avons transmis ces premiers renseignements, que comptez-vous faire ?

— Je ne sais pas...

— A votre place, je serais également perplexe... Vous tenez toujours à savoir où se trouve actuellement Mme Keeling ?

— Plus que jamais !

— Dans ce cas, nous continuons les recherches... Notez bien que c'est la partie la plus difficile de notre travail mais enfin l'*Interpol* fonctionne admirablement depuis ces dernières années... Ce sera peut-être très long mais nous y arriverons !

— Vous serait-il possible de savoir qui a donné à l'Agence de Milan l'ordre de téléphoner à Biarritz pour que les deux télégrammes y soient expédiés ?

— Figurez-vous que nous n'avons pas attendu votre question pour le demander à l'*Interpol*... Seulement nos confrères italiens sont un peu tenus aux mêmes règles de « bon cousinage » que nous devons maintenir entre nos services officiels et les organisations privées telles que cette *Agence Internationale*... Vous devez bien comprendre que le principe même de ce genre d'agences est la discrétion. Ses dirigeants où correspondants ont des instructions très strictes pour ne nous transmettre que des renseignements d'ordre assez général, sinon ce serait à brève échéance la faillite de leur affaire et ils n'y tiennent pas. Nous non plus d'ailleurs ! Ces organisations, un peu en marge, peuvent nous être, le cas échéant, très utiles... La majorité de leur personnel est d'ailleurs recrutée parmi d'anciens fonctionnaires de la police officielle qui ont pris leur retraite. Dans l'ensemble, ce sont des gens sérieux qui ne badinent pas avec la confiance qui leur est faite par la clientèle... Toutefois, s'il s'agissait d'une chose grave — d'un meurtre par exemple — ce serait différent ! L'agence privée n'hésiterait pas à nous communiquer tout ce qu'elle pourrait savoir mais ce n'est pas le cas en ce qui concerne votre belle-mère : nous cherchons simplement à savoir où elle se trouve.

— Il s'agit quand même de l'informer de la mort de sa fille !

— Etes-vous bien sûr qu'elle l'ignore ? Pouvez-vous m'affirmer qu'elle ne vous en a pas parlé dans la lettre que vous venez de recevoir et que vous vous obstinez, à tort, à ne pas me montrer ?... Vous êtes dans l'erreur la plus complète, cher monsieur, en vous figurant que la police ne sait pas être discrète !

Dites-vous bien que la discrétion est l'élément essentiel de la réussite de nos enquêtes...

— Je ne peux pas vous montrer cette lettre, inspecteur ! Ma belle-mère s'y montre trop injuste pour sa fille.

— Mais elle dit bien savoir qu'elle est morte ?

— Oui, avoua Geoffroy après hésitation.

— Il me semble alors que ces recherches, que vous nous avez demandé d'entreprendre, n'ont plus aucune raison d'être ? Le but principal est atteint. Le reste, mon Dieu, est d'un intérêt assez secondaire : que vous importe, après tout, que Mme Keeling soit ici ou ailleurs ? A moins qu'il ne s'agisse de questions de succession urgente ?

— Non. Ma femme avait directement hérité de son père le jour de sa majorité et ma belle-mère possède aussi une grosse fortune personnelle que lui avait constituée son mari.

— Ces maris américains sont véritablement des hommes merveilleux pour leurs veuves ! Que faisons-nous ?

— Plus rien, monsieur l'inspecteur... Je vous demande d'arrêter l'enquête.

— Ce n'est pas si facile que cela, maintenant qu'elle est lancée ! On ne joue pas impunément avec la police, monsieur Duquesne !

— Je suis prêt à payer tous les frais qui ont déjà été engagés par vos services.

— Il ne s'agit pas de cela ! Je vais cependant transmettre des ordres pour essayer de vous donner satisfaction... Vous voyez que nous ne sommes pas méchants ! Seulement je vous préviens : ne venez plus jamais me trouver au sujet de cette affaire car je vous enverrai promener !... Il se pourrait aussi qu'avant que ce contrordre ne fût arrivé, d'autres renseignements nous parviennent et vous ne m'en voudrez pas si je vous passe un coup de fil entre-temps pour vous annoncer que si Mme Keeling n'éprouve pas le besoin en ce moment de donner de ses nouvelles à son gendre, c'est tout simplement parce qu'elle est en train de filer le parfait amour dans quelque coin enchanteur ! Ce sont de ces cho-ses qui arrivent, même aux belles-mères !

— Je vous remercie de tout ce que vous avez déjà fait, monsieur l'inspecteur.

Bourquet avait appuyé à nouveau sur le bouton de la sonnette :

— Raymond, demanda-t-il à l'entrée de son ad-joint, combien y a-t-il de personnes qui attendent dans le couloir ?

— Cinq ou six, patron.

— Je vous garantis que nous allons les expédier en vitesse !

Puis il se tourna vers Geoffroy :

— Vous voyez : c'est toute la journée ainsi... Des gens qui viennent me faire part de disparitions aussi mystérieuses que sensationnelles et, quand on leur a fait signer une belle déclaration en double exem-plaire, après que l'on a perdu son temps à faire des recherches, lorsque le mécanisme a été déclenché, ces gens-là reviennent comme vous ce matin pour nous prier bien gentiment de ne plus nous mêler de leurs affaires ! Mais, bon sang, qu'est-ce que vous avez donc tous à nous faire perdre notre temps ? Et vous vous plaindrez plus tard que la police est mal faite ! Il vous reste toujours la possibilité de nous faire des excuses... Au revoir, monsieur.

Pendant qu'il descendait le vieil escalier poussiéreux, Geoffroy ne pensait déjà plus à la colère de l'inspecteur. Ce serait lui-même qui poursuivrait seul les recherches : aucun étranger ne devait être dans le secret de sa liaison avec Ida qu'il ne demandait qu'à renouer. Comme il en avait l'intention après avoir lu la lettre, il prendrait l'avion... Mais ce ne serait pas celui des États-Unis. L'avion pour Milan l'attendait.

Il s'envola d'Orly à 12 h 30 et atterrit sur l'aérodrome *Forlanini* deux heures plus tard. A 3 heures, il était introduit dans le bureau directorial de la succursale milanaise de *l'Agence Internationale de Renseignements*, dont il avait eu l'adresse par un appel téléphonique passé avant son départ à la maison centrale de Paris.

Il se trouva non pas en présence d'un homme mais d'une femme d'un certain âge à qui un tailleur strict et des cheveux coupés très court donnaient une allure masculine. La voix, qui parla dans un français correct, était grave :

— Vous désirez, monsieur ? J'ai pensé en lisant votre fiche de réception que vous étiez français ? Je suis la directrice de cette agence.

— Votre adresse, madame, m'a été communiquée par votre maison-mère de Paris... J'aimerais avoir quelques renseignements sur une personne pour laquelle vous avez travaillé, il y a de cela six semaines... Mon nom ne vous rappelle rien ?

Après une très légère hésitation, que Geoffroy put remarquer, la directrice répondit :

— Non, monsieur.

— Souvenez-vous pourtant ? Je pense que, plus que quiconque, vous lisez les journaux ?

— Notre métier nous oblige en effet à nous tenir quotidiennement au courant de tout ce qui se passe... et même des moindres faits divers !

— Précisément : parmi ces faits dits « divers », il en est un dont la lecture n'a pu vous échapper... Il s'est étalé sur plusieurs colonnes et en première page de tous les journaux milanais le 24 juin... Il s'agissait d'un regrettable accident survenu à Bellagio : une femme d'origine américaine, qui était en voyage de noces avec son mari français, s'était noyée dans le lac de Côme ?

— Je me souviens, cette affaire fit beaucoup de bruit.

— Cette jeune femme était la mienne, madame...

— Croyez bien, monsieur, que nous en sommes désolés...

— Je vous remercie de ces marques de sympathie... Ma femme, à la suite de son récent mariage, portait donc mon nom mais elle était née Keeling !... Ce nom ne vous dit rien ?

— Je serai très franche, monsieur : j'ai déjà reçu, la semaine dernière, la visite de deux inspecteurs de l'*Interpol* qui étaient chargés, sur requête spéciale venue de la police française, de se renseigner au sujet d'une correspondance privée où il était question de ce nom.

— Je suis au courant. Il y a cinq heures à peine, j'étais Quai des Orfèvres, à la brigade spéciale des recherches où l'on m'a confirmé que le texte des deux télégrammes, qui m'avaient été adressés respectivement les 21 et 22 juin de Biarritz, avait été téléphoné directement d'ici même le 21 juin à 3 heures de l'après-midi au correspondant de votre organisation à Biarritz. Je pense que c'est là ce que vous avez répondu à vos confrères de la police officielle italienne ?

— Exactement.

— Puis-je vous demander, ayant été le destinataire de ces deux télégrammes, qui est venu vous trouver le 21 juin, à 3 heures, pour vous prier de faire... ce travail ?

— Il n'est pas dans nos habitudes, monsieur, de révéler les noms de ceux qui font appel à nos services... D'ailleurs, je n'étais pas là quand cette personne est venue. Elle a été reçue par l'un de mes employés.

— Cet employé est toujours ici ?

— Non. Il nous a quittés, voici une quinzaine de jours.

— C'est vraiment regrettable... Pourriez-vous m'expliquer comment les choses se passent quand quelqu'un vient ainsi vous trouver ?

— C'est très simple. Après avoir décliné son identité, le client nous explique exactement ce qu'il désire : recherche de parent ou d'ami, filature discrète, envoi de lettres d'un endroit déterminé, de cadeaux même, de fleurs, etc. Nous faisons tous les genres de travaux autorisés par les règlements de police internationaux.

— Cela ne vous gêne donc nullement d'adresser des télégrammes revêtus d'une fausse signature comme ceux que j'ai reçus ?

— Ceci ne nous concerne pas, monsieur... Si la clientèle a recours à nos services, c'est justement parce qu'elle sait que nous lui apportons le moyen de réaliser ce qu'elle ne pourrait faire autrement... La teneur des textes que nous transmettons demeure sous l'entière responsabilité du client.

— Vous ne craignez quand même pas, madame, d'avoir parfois de sérieux ennuis si le destinataire vient vous trouver lui-même, comme moi aujourd'hui, avec l'intention bien arrêtée de vous demander des explications ?

— Quels ennuis, monsieur ? répondit la directrice d'une voix suave. Vous pouvez être assuré que nous avons pris toutes nos précautions... Nous exigeons en effet, surtout pour éviter des plaisanteries de mauvais goût qui jetteraient un discrédit certain sur la responsabilité de notre Maison, que toute personne nous demandant d'exécuter un travail nous présente une pièce d'identité en règle dont nous notons soigneusement le numéro, la date et le lieu de délivrance sur un registre spécial.

— Voilà qui est parfait ! J'en déduis donc que vous détenez, sur ce précieux registre, le nom et l'identité de la personne qui est venue trouver votre collaborateur le 21 juin à 15 heures en lui remettant les textes des deux télégrammes ?

— Nous l'avons certainement.

— Pourrais-je consulter le registre ?

— C'est impossible, monsieur... Nous ne le communiquons même pas à la police, à moins qu'il ne s'agisse d'une recherche de criminel ou d'un accident grave.

— Mais justement, madame, il y a eu l'accident grave pour lequel vous venez même de m'adresser vos condoléances tardives... Et je ne peux pas croire qu'en lisant dans les journaux du 24 juin le récit de l'accident survenu à Mme Geoffroy Duquesne, née Keeling — comme c'était bien précisé dans chaque édition — une personne aussi avertie et aussi subtile que vous n'ait pas fait un rapprochement de

pensée immédiat avec le nom de cette Mme Ida Keeling dont il était question, dans chacun des télégrammes, à propos d'une cer aine maladie ?

La directrice resta silencieuse.

— Sans doute allez-vous me dire, continua Geoff-
froy, que — n'ayant pas été là au moment où l'ordre d'expédier les télégrammes a été remis ici —
vous ignorez leur texte qui a été téléphoné à votre
agence de Biarritz ? Seulement, chère madame, je
ne croirais pas un mot d'une pareille affirmation car
il n'est pas concevable que vous n'ayez pas conservé,
dans vos archives, l'original des textes qui vous ont
été remis... Ceci, ne serait-ce que pour une vérification ultérieure ou une confirmation éventuelle à
votre correspondant de la Côte d'Argent ? Une erreur de compréhension de mots peut toujours se
glisser dans une communication téléphonique transmise à pareille distance et, comme vous l'avez très
bien souligné, votre « Maison » est beaucoup trop
sérieuse pour se permettre la moindre erreur d'un
tel genre, qui risquerait d'altérer considérablement
le sens des messages expédiés ? Où sont ces textes
originaux ? Je veux les voir !

— Je vérifie moi-même, monsieur, la teneur de tous
les messages de ce genre que nous transmettons. Je
me souviens très bien des textes de ces deux télégrammes.

— J'en étais sûr ! Donc vous ne pouvez pas ne
pas avoir remarqué le nom de Mme Keeling mentionné dans chacun d'eux ! Et comme vous m'avez
dit n'avoir pas été là quand votre employé a reçu
« le client », vous n'avez pu lire ces textes qu'après
votre arrivée à ce bureau ?

— En effet.

— Celle-ci s'est quand même située avant la fin de la journée du 21 juin, soit deux ou trois heures après la venue du « client » ?

— Je reviens tous les soirs à mon bureau à 5 h 30 pour signer le courrier et contrôler le travail de la journée.

— Vous méritez, chère madame, votre situation de directrice... Seulement vous reconnaîtrez qu'entre le 21 juin, 17 h 30 et le 24 juin 8 heures du matin, moment approximatif où vous avez lu dans vos journaux la première relation de l'accident dont ma femme a été la victime, il n'y a même pas eu un délai de trois jours ! C'est peu pour une mémoire telle que la vôtre qui, pour l'exercice même de votre délicate profession, doit être par principe excellente... Il n'est donc pas concevable que lorsque le nom de *Mme Duquesne, née Keeling* s'est étalé, sous vos yeux, en première page des journaux de la matinée du 23 juin, vous n'ayez pas éprouvé une certaine surprise ? Vous refusez toujours de me montrer les textes originaux ?... Je vais donc être dans la regrettable obligation de vous en faire demander communication par la police officielle.

— Je serais assez étonnée si elle consentait à faire cette démarche !

— Elle la fera, madame, n'en doutez pas ! Ceci pour une raison majeure dont vous m'avez parlé tout à l'heure : il s'agit d'un cas grave... très grave même puisque j'estime que l'accident, dont ma femme a été la victime, n'a pu se produire que parce que n'étais pas avec elle dans la barque d'où elle s'est noyée... Et savez-vous pourquoi je ne m'y trouvais pas ? Tout simplement parce qu'ayant reçu les deux télégrammes, expédiés par vos soins et me réclamant d'urgence auprès de ma belle-mère Mme Ida Keeling « gravement souffrante », j'avais été contraint de me rendre, ce jour-là, à Biarritz ! Je suis décidé à porter plainte contre la personne qui a remis ici même les textes à votre employé... Que vous le vouliez ou non, que ce soit dans « les usages » de votre profession ou pas, je vous garantis qu'avant la fin de la journée vous aurez été contrainte de livrer à la police l'identité de votre « client » ! Ma femme étant citoyenne des Etats-Unis, je vais demander l'intervention immédiate du Consulat de son pays.

Le visage hermétique de la directrice avait légèrement pâli.

— Et j'ai tout lieu de penser, continua Geoffroy, que cette regrettable « discrétion » de votre part ne vous crée de sérieux ennuis... Je n'hésiterai nullement à faire une déclaration à votre presse, qui a la réputation d'être plutôt friande de scandales ! Je crains que ce ne soit pour votre « Maison » une réclame telle que vous soyez dans l'obligation de fermer ses portes ?... Cependant comme je ne veux pas vous empêcher de gagner votre vie, je suis disposé, à la condition que vous me communiquiez le nom et le numéro de la pièce d'identité de la personne qui est venue ici le 21 juin à 15 heures, à ce que cet entretien reste strictement limité à nous deux.

La directrice se leva sans rien dire et se dirigea vers une armoire où elle introduisit une clef qu'elle devait toujours porter sur elle. Ensuite elle retira du meuble un registre volumineux qu'elle posa sur son bureau et dont elle commença à tourner les pages... Sa voix grave dit enfin :

— La personne qui est venue le 21 juin à 15 heures

était Mme Ida Keeling elle-même. Son passeport français n° 145813, établi par la Préfecture de Police de Paris, le prouve.

Cette fois, ce fut Geoffroy qui resta silencieux.

La directrice demanda alors d'une voix tranchante :

— Vous êtes satisfait ?

Geoffroy dut faire un effort pour répondre :

— Très satisfait...

La directrice avait déjà refermé le registre qu'elle replaça dans l'armoire avant de la fermer à double tour. Après être revenue s'asseoir derrière le bureau, elle ajouta :

— Je pense que vous comprenez maintenant pourquoi je n'avais aucune raison de refuser à cette dame de faire transmettre des télégrammes où il n'était question que d'elle-même ?

Geoffroy réfléchissait :

— Sur sa carte d'identité, il y avait sa photographie ?

— Evidemment. C'est ce qui m'a permis de la reconnaître.

— C'est donc vous qui l'avez reçue et pas l'un de vos employés comme vous l'avez prétendu ?

— C'était moi.

— Pourquoi m'avoir menti ?

— Parce que nous sommes tenus, je vous le répète, à la plus grande discrétion.

— Ne serait-ce pas plutôt parce que vous aviez établi, dès la parution des journaux le matin du 24 juin, un rapprochement troublant entre le nom de votre visiteuse et celui de cette Edith Duquesne, née Keeling, qui venait de se noyer ?

La directrice se tut une fois de plus.

— Je me souviens, madame, que tous les journaux de Milan, sans exception, ont publié, pour accompagner leurs articles, comme photographie de ma femme, une reproduction de celle qui a été trouvée par la police de Bellagio sur sa carte d'identité restée dans son sac. Vous avez bien vu ce portrait ?

— Oui.

— Et quelqu'un d'aussi perspicace que vous n'a pas remarqué un détail qui aurait sauté aux yeux de n'importe qui ayant vu l'avant-veille Mme Keeling ?

— J'ai été, en effet, très frappée par l'extraordinaire ressemblance existant entre cette dame et la photographie publiée.

— Pourquoi alors n'en avez-vous pas fait part à la police ?

— J'ai estimé que ma cliente, qui devait certainement être une parente très proche de la noyée, ne tenait sans doute pas — étant donné la discrétion dont elle avait entouré sa visite ici — à ce que son nom fût également mentionné dans les journaux en un moment pareil...

— D'autant plus que vous connaissiez parfaitement la teneur plutôt étrange des télégrammes qu'elle vous avait fait envoyer à cette Mme Geoffroy Duquesne qui venait de connaître une fin aussi tragique ?

Il avait extrait de son portefeuille la photographie d'Edith qu'il mit sous les yeux de la directrice :

— Votre visiteuse ressemblait à cette jeune femme mais en sensiblement plus âgée ?

— Mme Ida Keeling ne m'a pas paru plus âgée que sur cette photographie... On croirait que c'est elle ! Ceci me remet un détail en mémoire : je me

271

rappelle que, quand j'ai relevé sur mon registre les indications mentionnées par le passeport de notre cliente, j'ai été stupéfaite de lire sa date de naissance... Celle-ci mentionnait que Mme Keeling avait cinquante ans mais je vous garantis qu'en la regardant attentivement devant moi à la place où vous êtes en ce moment, elle n'en paraissait guère plus de trente ! De ma vie, je n'ai connu une femme aussi bien conservée !

— Vous ne m'étonnez pas !

Mais Geoffroy n'ajouta pas ce qu'il pensait : le Dr Zarnik n'avait donc pas exagéré les résultats du traitement. Ida avait bien retrouvé la jeunesse physique.

Tout en remettant la photographie d'Edith dans son portefeuille, il dit :

— Je vais vous poser une toute dernière question, madame, et je vous promets qu'ensuite nous ne nous reverrons plus... Il s'agit d'un... document. Reconnaîtriez-vous, par hasard, cette enveloppe ?

Il exhiba l'enveloppe, timbrée de Miami, qu'il venait de recevoir à Paris le matin même.

Sans hésitation, cette fois, la directrice répondit :

— Certainement.

Geoffroy crut n'avoir pas bien entendu :

— Vous êtes sûre d'avoir déjà vu cette enveloppe dont l'adresse — qui est la mienne à Paris — a été écrite de la main même de Mme Keeling ?

— Mais oui, monsieur...

La directrice se leva une seconde fois pour reprendre le registre dans l'armoire. Après l'avoir ouvert à la même page que précédemment, elle expliqua :

— Mme Keeling est revenue nous voir deux jours plus tard.

— Deux jours plus tard ?... Mais c'était le 23 juin, jour de la mort de ma femme ?

— Il devait être 2 h 30 de l'après-midi... C'est encore moi qui l'ai reçue : elle paraissait très pressée. Après m'avoir félicitée pour la transmission des deux télégrammes qui vous étaient bien parvenus aux heures prévues...

— Comment pouvait-elle le savoir ?

— Je l'ignore, monsieur... Mme Keeling me remit cette enveloppe fermée en me demandant s'il était possible de la faire poster cette fois de Floride à destination de Paris mais en spécifiant qu'il ne faudrait pas l'expédier avant cinq semaines, de façon qu'elle ne vous parvînt que dans les premiers jours d'août ? J'ai répondu que c'était très facile puisque nous avions une agence à Miami. Il suffisait pour nous d'expédier cette lettre cachetée, dont nous n'avions pas à connaître le contenu, par pli recommandé à notre correspondant là-bas. Ce que nous avons fait. Le pli avait tout le temps d'arriver pour vous être réexpédié à la date demandée par la cliente : notre correspondant nous en a d'ailleurs accusé réception ainsi que des instructions que nous lui avions transmises. Quand avez-vous reçu cette lettre ?

Geoffroy comprit qu'il n'avait plus rien à faire dans l'agence. Tout ce que lui avait laissé entendre l'inspecteur Bourquet se confirmait. Il se leva en disant :

— Je suppose, madame, que Mme Keeling vous a réglé des honoraires pour le remarquable « travail » que vous avez exécuté ?

— Oui, monsieur. Notre cliente s'est même montrée généreuse.

— On le serait à moins ! Au revoir, madame...

Quand il se retrouva dans la *via Manzoni*, l'homme avait les jambes qui chancelaient. Accablé par la dernière révélation, il crut même s'effondrer. La fantastique machination d'Ida continuait à se dérouler avec une rigueur impitoyable et avec toute sa précision de mécanisme d'horlogerie.

Geoffroy pénétra dans le premier bar qu'il vit pour se faire servir un double scotch. Ce ne fut que lorsqu'une chaleur bienfaisante commença à l'envahir qu'il put enfin réaliser la situation : il n'était pas plus avancé qu'au premier jour pour savoir où se cachait Ida ! Elle n'avait certainement fait que passer à Milan les 21 et 23 juin pour y laisser à l'agence ses ordres machiavéliques... Mais si elle se trouvait dans la grande ville ces jours-là, il y avait beaucoup de chances pour qu'elle ait été soit avant ces dates, soit après, à Bellagio... Avant ? Pour épier son bonheur avec Edith et choisir le moment où elle le ferait crouler par l'envoi des télégrammes. C'était effrayant !... Après ? N'aurait-elle pas éprouvé une délectation morbide à suivre de très près, sans qu'il s'en doutât, le calvaire qu'il avait enduré à son retour sur les rives du lac de Côme ? S'il en était ainsi, Ida méritait d'être tuée ! C'était une raison encore plus impérieuse de la retrouver.

L'idée de meurtre produisit en Geoffroy le choc qui lui permit de se ressaisir. Avec une froide détermination il se remémora tout ce que venait de lui avouer — uniquement par peur qu'il ne portât plainte — la directrice de l'agence... Emergeant de tout un amas de calculs, une évidence se dessinait : c'était Ida seule qui avait fixé les dates et les heures d'expédition des messages ! Elle semblait même n'avoir pas prévu qu'après la réception à Bellagio du premier télégramme, il y aurait quatre-vingt-dix-neuf chances sur cent pour qu'Edith et lui fissent tout pour se mettre directement en rapport, soit par téléphone, soit par câble, avec la direction de l'hôtel de Biarritz qui était censée avoir expédié les deux télégrammes. Une pareille lacune, dans un plan si minutieusement préparé, était incompréhensible de la part d'un cerveau comme celui d'Ida ! Parce qu'enfin, que se serait-il passé si un orage n'avait pas coupé la ligne téléphonique avec Biarritz ? La direction du *Miramar* aurait répondu que ce n'était pas elle qui avait envoyé le télégramme et que cette Mme Keeling ne se trouvait pas à l'hôtel. La supercherie aurait été aussitôt découverte !

L'orage ? Geoffroy avait eu la confirmation à Biarritz qu'il n'y en avait pas eu le 22 juin et que le temps était resté uniformément beau dans tout le Sud-Ouest de la France. Bien plus, le réceptionnaire du *Miramar* lui avait affirmé avoir reçu, par téléphone, de Turin, deux réservations ce même jour ! La ligne téléphonique n'avait donc pas été coupée !

Croyant cependant qu'elle l'était, Edith et Geoffroy avaient alors envoyé leur télégramme et ils avaient cru, en recevant cinq heures plus tard le deuxième câble posté de Biarritz sur l'ordre antérieur d'Ida, que c'était bien la réponse à leur demande de précisions complémentaires sur l'état de santé de Mme Keeling. Mais, dans la réalité, il n'en avait rien été : Geoffroy avait eu aussi la preuve à Biarritz que si son propre télégramme n'y était pas arrivé, ce ne pouvait être que parce qu'il n'avait pas été expédié de Bellagio !

Il devait se rendre immédiatement à Bellagio. Là sans doute, il découvrirait que c'était encore Ida, toujours Ida, qui avait trouvé le double moyen de faire croire à la *Villa Serbelloni* que la ligne téléphonique était coupée et d'intercepter le télégramme signé par Geoffroy.

Une heure plus tard, un taxi milanais s'arrêtait devant le commissariat de Côme, dont la seule vue glaça Geoffroy d'horreur. Jamais il n'aurait cru qu'il y reviendrait... Mais il n'avait plus le droit de reculer : il irait jusqu'au bout de la réalisation du plan terrible conçu par Ida. Ce serait le moyen infaillible d'arriver enfin jusqu'à elle.

Le commissaire Minelli l'accueillit avec beaucoup d'affabilité :

— Je suis très heureux de vous revoir, monsieur Duquesne, bien que je suppose que votre retour n'est dicté que par un sentiment douloureux auquel nul ne peut échapper : sans doute avez-vous voulu refaire une sorte de pèlerinage sur les lieux où vous avez connu le bonheur pendant quelques semaines ?

— Non, monsieur le commissaire. Les journées affreuses qui ont marqué la fin de mon séjour ici sont suffisantes pour m'ôter à tout jamais le désir de revenir dans votre ville ! Je me souviens qu'au moment de mon départ après la cérémonie à l'église, vous m'avez dit que je pourrais toujours compter sur l'aide de la police italienne. J'ai besoin de vous...

Et il expliqua rapidement les raisons qui le faisaient douter de l'envoi effectif de son propre télégramme.

— Nous allons être immédiatement fixés, répondit

son interlocuteur. Venez avec moi à la poste de Bellagio.

Là, ils eurent la preuve que le 22 juin, aucun télégramme à destination de Biarritz n'avait été transmis par le standard de la *Villa Serbelloni*.

— Allons maintenant à la *Villa*, dit simplement le commissaire.

Le court trajet fit passer la voiture de police devant le port où la barque bleue devait continuer à se balancer mollement... Geoffroy ne vit rien à l'exception de l'ombre maléfique de son ancienne maîtresse, devant laquelle toute la beauté du paysage semblait ne plus être qu'un décor de carton-pâte planté en permanence pour servir de cadre à un opéra-comique... Mais Ida était devenue un personnage de drame.

Ni Geoffroy ni le commissaire Minelli ne laissèrent au directeur de la *Villa Serbelloni* le temps de se confondre en de nouvelles condoléances à retardement. Dès qu'ils furent dans son bureau, après avoir dit le but précis de sa visite, l'officier de police conclut :

— Nous devons donc admettre, monsieur le directeur, que ce serait de votre hôtel que le télégramme n'aurait pas été transmis à la poste. Qui est chargé, chez vous, de ce travail ?

— La standardiste.

— Est-ce toujours la même qui est ici en ce moment ?

— Mais oui.

— Pourriez-vous la faire venir ?

Le directeur décrocha un appareil intérieur pour appeler directement l'employée, puis il dit à Geoffroy :

277

— Comme elle est obligée, par sa profession, de parler couramment plusieurs langues, ce sera très facile de l'interroger en français.

Un coup discret venait d'être frappé à la porte. Une fille très brune et gracieuse entra. Le directeur lui demanda aussitôt :

— Mademoiselle Paola, le 22 juin vous étiez bien de service dans la journée ?

La jeune femme réfléchit avant de répondre :

— Oui, monsieur le directeur, de 12 h 30 à 20 h 30.

— Vous devez donc vous souvenir, et de toute façon ce doit être inscrit sur votre contrôle des communications de cette journée du 22 juin, avoir reçu par téléphone de la chambre occupée par M. et Mme Duquesne qui était...

— La chambre 32, précisa Geoffroy.

— Donc de la chambre 32, un texte de télégramme à destination de l'hôtel *Miramar* de Biarritz ?

— Non, monsieur le directeur. Je m'en souviendrais certainement, étant donné ce qui est arrivé le lendemain à Mme Duquesne.

— Attendez ! dit Geoffroy. Cette demoiselle a raison : je voulais téléphoner en effet le message de ma chambre mais je me souviens que ma femme, pour être plus sûre qu'il n'y ait pas d'erreur dans la transmission du texte, a tenu à porter elle-même au standard le texte que j'avais rédigé. Elle est remontée quelques minutes après en me disant que la téléphoniste avait transmis le câble en sa présence et que la poste avait même confirmé qu'il arriverait à Biarritz au plus tard dans trois heures...

— Quelle heure était-il, cher monsieur, quand

Mme Duquesne descendit porter votre message ? demanda le commissaire.

— Environ 2 heures de l'après-midi.

— Qu'avez-vous à répondre, mademoiselle Paola ? dit le directeur d'une voix plus sévère.

— Mais rien d'autre, monsieur le directeur ! Je me souviens très bien en effet que, vers cette heure-là, la dame du 32 m'a appelée de sa chambre pour me demander si on pouvait envoyer un télégramme à Biarritz ? Comme je lui ai répondu que oui, elle a ajouté qu'elle me le porterait dans cinq minutes... Mais elle n'est pas venue.

— En êtes-vous bien sûre ? demanda Geoffroy, stupéfait.

— Oui, monsieur... Au bout d'une demi-heure, n'ayant toujours pas vu Mme Duquesne, je me suis permis de la rappeler pour lui demander si elle désirait que je lui envoie un chasseur chercher le message ? Elle m'a répondu alors que c'était inutile, que vous aviez changé d'avis et que je ne devais plus la déranger parce qu'elle se reposait.

— C'est incroyable ! s'écria Geoffroy qui reconnut cependant : il est exact qu'Edith était fatiguée. Elle m'avait même demandé, après être revenue de vous porter le texte du télégramme, de la laisser seule... Je suis sorti et j'ai été me renseigner à l'office de tourisme pour savoir quel serait le moyen le plus rapide d'aller éventuellement à Biarritz. Mais je ne peux pas croire, mademoiselle, que ma femme ne vous ait pas remis le texte ?

— C'est très facile à vérifier, monsieur Duquesne, remarqua le directeur. Mademoiselle Paola, allez me chercher votre livre de contrôle ; si le télégramme a été envoyé d'ici à l'heure indiquée, il est obligatoirement mentionné sur ce fichier servant à pointer les communications téléphoniques qui doivent être inscrites ensuite sur la note hebdomadaire du client. Ceci nous donne d'ailleurs une deuxième vérification possible sur le livre de comptabilité générale des notes des clients : normalement, monsieur, quand vous avez acquitté votre note en partant, si le télégramme est bien parti d'ici, son prix devait y être indiqué. Vous ne vous souvenez pas ?

— J'étais dans un tel état au moment de mon départ pour la France que j'ai eu d'autres soucis que de vérifier une note !

— Pardonnez-moi, monsieur... Je vais aller moi-même faire la vérification à la réception.

Pendant l'absence du directeur et de la standardiste, Geoffroy avoua au commissaire :

— Je ne comprends plus...

— Cette fille semble pourtant catégorique. De plus, je puis vous assurer que tout le personnel de cet hôtel est soigneusement trié... Peut-être Mme Duquesne a-t-elle confié votre message à quelqu'un d'autre ?

— Mais non ! Je vous répète l'avoir entendue me dire que la standardiste l'avait transmis à la poste en sa présence !

— Et comme la poste nous a confirmé n'avoir pas reçu ce message, il est évident qu'il y a là...

Le directeur revint, avec la standardiste qui portait son livre de contrôle en affirmant :

— Messieurs, je puis vous assurer qu'il n'y a aucune trace de ce télégramme ni sur le contrôle de la standardiste ni à la comptabilité de la réception. Vous pouvez donc être certains qu'il n'a pas été envoyé d'ici.

Ces dernières paroles avaient été prononcées avec la satisfaction d'un homme heureux de ne pas avoir à suspecter l'honnêteté professionnelle de son personnel. Il ajouta presque aussitôt :

— Le contraire m'aurait d'ailleurs étonné ! Voilà déjà trois années que Mlle Paola assure ici son service et nous n'avons toujours eu qu'à nous louer de la parfaite exécution de son travail.

L'affirmation sonore fut suivie d'un silence embarrassé. Geoffroy et le commissaire Minelli ne quittaient pas des yeux la fille brune qui rougit et sembla se troubler.

— Qu'est-ce qui vous arrive, mademoiselle Paola ? demanda avec douceur l'officier de police.

Il n'y eut pas de réponse mais la jeune femme fondit en larmes.

— Allons, Paola ! dit le directeur d'une voie bourrue. Ces messieurs ne vous veulent aucun mal ! Il y a eu une méprise, c'est tout !

Mais elle continuait à sangloter comme si quelque chose l'étouffait. Enfin elle hoqueta :

— C'est affreux !... Si j'avais pu deviner ce qui se passerait le lendemain, je n'aurais jamais accepté ! Pauvre dame ! Elle était si gentille... et si belle !

— Qu'est-ce que vous avez accepté ? questionna le commissaire.

— Tout ce que je viens de répondre au sujet du télégramme est vrai... Mais je n'ai pas tout dit... Ce jour-là, vers midi, Monsieur a téléphoné de la chambre 32 pour me demander d'appeler l'hôtel *Miramar* de Biarritz... Ce que j'ai fait. Je lui ai confirmé, d'après ce que la poste m'avait répondu, que l'attente durerait au moins deux heures. Au bout de ce délai, Monsieur m'a rappelée en me demandant d'insister : je lui ai alors dit que j'avais déjà fait trois essais et qu'il fallait encore attendre... Tout cela c'était vrai. Mais, au moment où j'allais rappeler une quatrième fois la poste, Mme Duquesne est entrée dans le bureau du standard en me disant : « *Annulez la communication avec Biarritz. Ce n'est plus la peine !* » J'ai fait devant elle ce qu'elle me demandait. Puis elle a ajouté : « *Dans une demi-heure, vous appellerez mon mari qui est resté dans la chambre et vous lui direz qu'il est impossible d'avoir Biarritz, qu'un violent orage dans le Sud-Est de la France a coupé la ligne et que toutes les communications avec cette direction sont interrompues jusqu'à demain soir... Vous m'avez bien comprise ?* » Et comme je devais la regarder avec étonnement, elle m'a glissé dans la main cinq mille lires et m'a dit en souriant : « *Ceci sera pour vous aider à faire ce que je vous demande... Rassurez-vous : c'est un petit mensonge mais je suis tellement amoureuse de mon mari que je ne veux pas qu'il obtienne cette communication qui pourrait l'obliger à aller là-bas ! Je veux le garder pour moi toute seule ici ! Si vous étiez en voyage de noces comme moi, je suis sûre que vous feriez la même chose !* » J'ai souri, moi aussi, et je lui ai promis de lui faire plaisir... Je ne sais pas si c'est mal mais, quand j'ai appris le lendemain l'accident, j'ai pleuré... Pendant tout le temps où Monsieur a été encore à l'hôtel, je voulais lui dire la vérité... Mais je n'ai pas osé ! La douleur de Monsieur nous faisait tant de peine à tous ! J'ai pensé aussi que si je la disais à Monsieur, il aurait encore plus de chagrin d'apprendre que Madame l'aimait tant ! Je comprenais très bien que ce qu'elle m'avait demandé, c'était un geste d'amour pour essayer de garder Monsieur auprès d'elle... Voilà : j'ai tout dit.

Très pâle, Geoffroy s'approcha de la jeune femme en larmes :

— Ne pleurez plus, mademoiselle Paola... Je savais depuis Biarritz qu'il n'y avait pas eu d'orage et que la ligne n'avait pas été coupée...

Puis il se tourna vers le directeur :

— Je m'excuse, monsieur, de vous avoir dérangé.

Il sortit du bureau, suivi du commissaire qui l'aida à monter en voiture en disant :

— Je suis vraiment désolé de tout cela !

Geoffroy restait prostré.

— Je tiens à vous ramener moi-même à Milan, monsieur Duquesne.

Il n'y eut aucune réponse pendant que la voiture quittait la ville ensoleillée où l'homme savait cette fois qu'il ne reviendrait plus jamais.

Le commissaire Minelli sentait qu'il était préférable de ne pas parler. Geoffroy, effondré, était dans l'impossibilité physique de lui répondre. Il ne parvenait même plus à rassembler ses idées et ce ne fut qu'après un quart d'heure de voiture, quand la contemplation muette et hébétée du paysage lui eut apporté une certaine détente, qu'il put enfin réaliser que — contrairement à ce qu'il avait imaginé — ce n'était pas Ida qui avait inventé le prétexte de l'orage ou empêché l'expédition de la réponse à Biarritz : c'était Edith ! Et il n'arrivait pas à comprendre pourquoi elle avait agi ainsi ? Pour l'empêcher, par une intervention secrète d'amoureuse comme elle l'avait confié à la standardiste, de faire le voyage à Biarritz et pour le garder auprès d'elle ? Le procédé était mauvais : Edith avait bien dû prévoir qu'elle-même et Geoffroy, ou tout au moins ce dernier — puisqu'elle était fatiguée — seraient dans l'obligation, ne pouvant obtenir de nouvelles directes par téléphone ou plus de précisions par câble, de se rendre d'urgence sur la côte basque !

C'était à croire qu'Edith et Ida avaient été de connivence pour affoler à tour de rôle l'une son époux et l'autre son ancien amant ? C'était aussi la preuve qu'Ida n'était pas intervenue à Bellagio où elle n'avait peut-être même pas mis les pieds ?

Voyant que le visage de son compagnon était moins crispé, l'officier de police demanda :

— Où voulez-vous que je vous dépose à Milan ?

— Je ne sais pas... Le mieux serait sans doute l'aérodrome où j'attendrai de pouvoir monter dans le premier avion en partance pour Paris.

— C'est entendu... A propos d'aérodrome, je me souviens d'un détail que je ne vous ai pas transmis en France parce que j'estimais qu'il était maintenant pour vous sans intérêt... Il s'agit du rapide passage de Mme Duquesne à Milan le matin de l'accident...

— Que voulez-vous dire ?

— Vous vous rappelez probablement que c'est un chauffeur de taxi milanais qui, après avoir lu les articles publiés dans les journaux relatant l'accident, était venu spontanément dire à notre bureau central de police à Milan qu'il avait pris en charge votre femme à 3 heures de l'après-midi *piazza Fontana* et qu'il l'avait déposée une heure plus tard à quelques mètres du port de Bellagio ?

— En effet...

— Eh bien, figurez-vous qu'une dizaine de jours environ après votre départ pour Paris le même commissariat central de Milan m'a téléphoné pour m'informer que le chauffeur de taxi était revenu pour

284

compléter sa première déclaration. Cette fois, il avait raconté qu'en bavardant la veille avec un autre chauffeur de taxi, qui était l'un de ses amis, ce dernier lui avait dit : « *Qu'est-ce que ça te fait comme réclame, l'histoire de cette Américaine que tu as transportée à Bellagio directement pour qu'elle se jette à l'eau !* » Pardonnez-moi d'employer les termes exacts de la conversation qui nous a été rapportée, mais je crois que c'est préférable... Et ce deuxième chauffeur a poursuivi à l'intention de son camarade : « *Seulement, mon vieux, moi j'aurais pu être aussi célèbre que toi dans cette affaire et avoir, comme tu l'as eue, ma photo dans les journaux ! Parfaitement ! Ton Américaine, que tu as prise en charge piazza Fontana, je l'avais eue comme passagère juste avant toi : elle est montée dans ma voiture à 14 h 30 à la station de l'aérodrome Forlanini où elle devait débarquer de l'avion venant de Paris, le seul qui arrive à cette heure-là...* »

Geoffroy avait sursauté.

— Il a bien dit l'avion de Paris ? Ce serait donc le même que celui que j'ai pris ce matin et qui part d'Orly à 12 h 30 ?... Vite ! Continuez, monsieur le commissaire !

— Je ne pensais pas que ces ragots de chauffeurs pouvaient offrir un intérêt quelconque, sinon je vous aurais écrit tout de suite... Le chauffeur a ajouté : « *Elle m'a demandé de la conduire d'urgence à un numéro de la via Manzoni où je l'ai laissée. Mais je suis sûr que c'est la même femme que toi : j'ai reconnu sa photographie sur les journaux. Elle parlait français avec un très net accent américain. Toi tu ne l'as prise en charge qu'une demi-heure plus tard piazza Fontana.* » C'est tout ce qu'a dit le chauffeur, monsieur.

— C'est tout ? balbutia Geoffroy. Mais... c'est fou, monsieur le commissaire ! Vous ne pouvez pas comprendre !... Il a bien dit aussi qu'il avait déposé ma femme via Manzoni ? Je suis sûr que c'était au numéro 12, à l'*Agence Internationale de Renseignements*... J'y étais moi-même tout à l'heure et j'ai fait exactement la même chose : je m'y suis fait conduire en taxi en sortant de l'aérodrome, à 14 h 30... Combien de temps, à votre avis, faut-il pour se rendre à pied de la *via Manzoni* à la *piazza Fontana* où ma femme a pris le second taxi ?

— Une dizaine de minutes tout au plus...

— C'est bien cela : la directrice de l'Agence, qui a revu sa cliente ce 23 juin entre 14 h 30 et 14 h 45, m'a bien précisé qu'elle semblait pressée. Elle n'a dû rester que quelques minutes dans l'agence et elle a eu le temps d'arriver *piazza Fontana*... Seulement la cliente de l'agence, c'était...

Geoffroy s'arrêta net de parler : le prénom ne vint pas sur ses lèvres. Ses yeux semblèrent traversés brusquement par des lueurs de folie. Après s'être passé la main sur le front, il finit par dire au commissaire qui l'observait avec stupeur :

— Est-il possible d'avoir immédiatement à l'aérodrome la liste des passagers qui ont débarqué de l'avion de Paris le 23 juin à 14 h 30 ?

— Naturellement. Les noms et numéros de passeports sont mentionnés sur les livres de police.

— Alors vite, monsieur le commissaire ! Je vous en supplie ! Tout cela est tellement fantastique que j'ai l'impression de perdre la raison... Ne me posez plus de questions !

286

Haletant, il s'était tu et ne prononça pas un mot jusqu'à l'arrivée à l'aérodrome où il suivit le commissaire vers le bureau de contrôle.

Dix minutes plus tard, ils avaient les renseignements suivants : Mme Ida Keeling, détentrice du passeport français nº 145 813, avait bien débarqué le 23 juin de l'avion venant de Paris et arrivé à 14 h 30 mais — et Geoffroy manqua s'évanouir en entendant la suite — ce n'était pas tout : le volet du billet de cette dame était un retour. Elle avait utilisé l'aller le matin même pour se rendre à Paris par l'avion partant de *Forlanini* à 8 heures du matin et arrivant à Orly deux heures plus tard. Ce billet d'aller et retour avait été pris la veille 22 juin à 16 heures au bureau d'*Air France,* situé au centre de la ville, 2 *piazza Cavour.*

— Nous voudrions bien savoir, ajouta le préposé au contrôle, ce qu'est devenue cette dame ?... A son retour elle a laissé une valise à la consigne ainsi qu'un manteau. Si elle pouvait venir les reprendre ?

Quelques instants après, Geoffroy et le commissaire Minelli se trouvaient, dans les bureaux de la consigne, en présence de la valise et du manteau en poil de chameau qu'Edith avait emportés de Bellagio le jour de son départ matinal avec Geoffroy pour Milan. En reconnaissant ces objets, Geoffroy fut incapable de parler et entendit, comme en rêve, la voix du commissaire dire :

— Ne m'aviez-vous pas signalé que lorsque vous aviez déposé Mme Duquesne devant l'entrée de l'hôtel *Duomo,* elle avait une valise et un manteau qui n'avaient pas été retrouvés dans la barque ?

— Voulez-vous, ajouta l'officier de police après un nouveau silence, que je m'occupe de votre passage sur le prochain avion partant pour Paris ?

— Non, monsieur le commissaire... La seule chose que je vais encore vous demander est de me ramener au centre de la ville pour me déposer à l'hôtel *Duomo*. Là, nous nous séparerons. J'ignore encore quand je quitterai Milan.

Minelli fit ce qu'il lui avait demandé mais il ne put s'empêcher de dire, lorsqu'un groom de l'hôtel ouvrit la portière de la voiture :

— Réellement, monsieur Duquesne, vous pensez que je ne puis pas vous rendre d'autres services ?

— Non. J'ai compris maintenant que tout était fini... Je n'ai plus qu'un immense besoin de solitude ! Mais croyez bien que je n'oublierai jamais toute la compréhension dont vous avez fait preuve à mon égard. Je vous remercie et adieu !

Il s'était engouffré dans le hall de l'hôtel.

Pendant qu'il embrayait, l'officier de police pensa :

« La mort tragique de sa femme a été un choc « trop rude pour ce garçon... Je crains qu'il ne s'en « remette jamais ! »

Dans l'hôtel, le chef de réception dit en accueillant Geoffroy :

— Nous nous sommes associés en pensée à votre deuil, monsieur, quand nous avons appris la nouvelle par les journaux vingt-quatre heures après votre départ d'ici avec Mme Duquesne.

— Merci. Pouvez-vous me donner immédiatement ce même appartement que nous avons occupé une nuit avec ma femme ?

— Mais certainement, monsieur.

— Pouvez-vous aussi me faire prendre pour ce

288

soir deux fauteuils d'orchestre pour la Scala ? Je vois sur cette affiche que l'on y donne *Aïda*...

— Deux fauteuils ? répéta le réceptionnaire étonné avant d'ajouter : Ce sera très facile.

— Enfin, j'aimerais que l'on préparât, dans le petit salon de l'appartement attenant à la chambre, un souper au champagne pour quand je reviendrai du théâtre ? Le souper également pour deux personnes...

— Deux ?... C'est entendu, monsieur.

— Vous direz aussi au concierge de nuit qu'il me réveille demain matin à 5 heures et vous ferez préparer ma note : je partirai de très bonne heure.

— Bien, monsieur... Si vous voulez signer cette fiche : ce n'est pas la peine de la remplir puisque nous retrouverons tous les renseignements sur celle qui avait déjà été faite, il y a quelques semaines...

— Ce sont les mêmes en effet, à un détail près cependant... Il vous faudra supprimer la mention « *marié* »... Je reviendrai tout à l'heure : j'ai quelques courses à faire.

Il repartit, laissant le chef de réception médusé.

Quelques minutes plus tard, il pénétrait dans la chemiserie où Edith l'avait entraîné pour acheter un lot de cravates. Le chemisier, qui le reconnut, se précipita, le sourire commercial sur les lèvres.

— Bonjour, monsieur ! Madame est-elle toujours satisfaite du choix qu'elle a fait ?

— Madame n'est plus là, répondit Geoffroy. Aujourd'hui, c'est moi qui choisis : montrez-moi vos cravates noires...

En ressortant du magasin, il alla directement à *Air France, piazza Cavour* pour demander :

— Etablissez-moi un passage aller-et-retour Milan-

Paris pour l'avion qui part d'ici demain matin à 8 heures et qui arrive à Orly à 10. Je reviendrai le jour même par celui qui s'envole d'Orly à 12 h 30 et qui atterrit à *Forlanini* à 14 h 30...

Après *Air France*, le cycle de ses étranges « courses » le conduisit dans le grand magasin où il avait acheté le smoking de confection qui avait tant étonné Edith. Quand il revint à l'hôtel, il portait dans un carton un autre smoking.

La première chose qu'il fit, en pénétrant dans l'appartement de leur plus belle nuit d'amour, fut d'y répandre — au moyen d'un vaporisateur acheté dans une parfumerie — le parfum lourd du *Vol de Nuit*. Il eut ainsi l'impression qu'*Elle* était là...

Il lui restait juste le temps d'endosser le smoking. Une demi-heure plus tard, il se retrouvait sur un tabouret du bar, devant un scotch. Et il ne bougea plus, les yeux rivés sur la porte d'entrée, attendant l'apparition de la femme éblouissante... Quand il pensa que la durée de l'attente était la même que celle qu'il avait vécue, il quitta son siège sans bouger de place : dans son hallucination *Elle venait d'apparaître*... Il crut que tous les regards des occupants du bar se dirigeaient à nouveau vers le seuil pour contempler l'admirable créature en robe perlée... Après l'avoir regardé avec un sourire triomphant, l'ombre vint vers lui et il entendit la voix caressante qui murmurait dans ses souvenirs :

« — *Etes-vous satisfait, mon amour ?* »

Il s'entendit lui-même, balbutiant :

« — *Tu as même volé son parfum !* »

Et il éclata de rire... Un rire sinistre qui lui fit mal. Comme *Elle* avait dû savourer à cette minute son triomphe, cette femme prodigieuse qui venait de

290

jouer, depuis la rencontre au Racing, la partie la plus fantastique qu'avait jamais risquée une amoureuse ! Car tout n'avait été régi, dans la conduite qu'Ida s'était imposée depuis des mois, que par son amour.

Dans son accès de folie, Geoffroy se revoyait, quittant le bar sous les regards d'envie de tous les clients et donnant le bras à l'ombre qui venait de lui dire :

« — *Il me semble que l'on nous admire beaucoup* « *ici ? N'était-ce pas le résultat que nous cher-* « *chions ?* »

Mais la réalité monstrueuse lui fit penser, au moment où il sortait seul :

— Qui m'envierait maintenant, après les dix semaines que je viens de vivre ?

Dans la voiture le conduisant au théâtre, l'imagination douloureuse de l'homme continuait à voir — assise à sa droite — la silhouette de la compagne qui avait su trouver le moyen fabuleux d'ajouter un renouveau de jeunesse à son éclatante beauté de femme. Il se souvenait avoir complètement oublié — dans ces mêmes circonstances dix semaines plus tôt — la présence réelle d'Edith pour ne plus penser qu'à celle irréelle, de son ancienne maîtresse. Et il en avait été de même pendant toute la représentation d'*Aïda*... Le rêve qu'il refaisait volontairement dans sa solitude désespérée n'était pas plus fou que l'illusion sans défaut qu'Ida était parvenue à lui apporter pendant toute une soirée n'appartenant déjà plus qu'au souvenir... *Elle* avait réussi alors la gageure prodigieuse de lui faire regretter de ne pas être aux côtés de sa maîtresse alors qu'il était persuadé d'avoir fait découvrir la Scala à sa jeune femme.

Et quand cette pseudo-Edith lui avait dit, dans un élan qui lui avait paru tellement spontané, après

la chute du rideau : « — *Je rêvais depuis des années*
« *d'entendre un jour Aïda dans ce cadre prestigieux*
« *auprès de l'homme que j'aimerais !* » il ne s'était
pas douté une seconde que celle qui venait de parler,
était la même femme qui n'avait cessé de lui répéter pendant trois années de vie commune : « — *Il*
« *faudra absolument un jour que nous allions à la*
« *Scala... Je veux te former le goût ! Un homme n'est*
« *complet que lorsqu'il est capable de vibrer à la*
« *beauté des chefs-d'œuvre.* »

Ida avait réussi à lui imposer l'étonnante représentation à laquelle il était bien décidé à ne jamais
assister quand elle lui en parlait à Paris.

Ce soir, pendant les trois heures — où il était
resté dans la salle bruissante de l'éclatante partition
de Verdi — avec, à sa gauche, le fauteuil vide, il
n'avait même pas souffert de sa solitude : son cœur
n'avait pas cessé de penser à la seule femme qui avait
joué tour à tour dans sa vie les rôles d'amante et
d'épouse... Il lui avait parlé en secret... Ses mots
avaient été si tendres et si légers qu'aucun des spec-
tateurs l'entourant n'aurait pu se douter de l'étrange
conversation :

« — Je suis heureux, mon seul amour, de penser
aujourd'hui que je me trouvais avec toi le premier
soir... J'imagine quelle a dû être ta satisfaction de
femme ! Ida, je ne t'en veux pas de m'avoir trompé
à ce point sur ta véritable identité. Je crois même
que je t'en remercie ! Tu n'as fait ce long mensonge,
qui a commencé au Racing, que parce que tu voulais
me reconquérir complètement. Tu as même poussé
le raffinement jusqu'à m'obliger, malgré moi, à faire
mille comparaisons entre celle que je prenais pour
ta fille et toi ! A chaque fois, c'était ton souvenir qui

292

triomphait ! Ce n'est que maintenant que je puis comprendre ce que tu m'avais dit le jour de notre rupture et que tu m'avais écrit dans ta dernière lettre reçue ce matin : Edith, comme la fille brune avec qui tu m'as vu à Paris, comme n'importe quelle autre femme, ne serait pour moi qu'une aventure... Tu as même réussi à lui donner ici la silhouette d'une très belle Aventurière parce que c'était toi qui l'incarnais ! Tu m'as fait connaître la plus extraordinaire des soirées tout en m'obligeant quand même à regretter de ne pas être avec toi... Le génie de « ton expérience » a été de te faire épouser sous ta nouvelle apparence uniquement pour qu'un jour mon désespoir devînt immense de n'avoir pas su rester avec toi, telle que je t'avais connue et telle que je t'avais aimée ! Je peux te l'avouer ce soir dans cette salle qui, pour moi, restera pour toujours imprégnée de ta double présence : si j'ai été séduit par ta jeunesse retrouvée sous le nom d'Edith, je me suis bien aperçu après ma visite à Zarnik que l'unique femme vraie de ma vie était cette Ida épanouie à qui personne ne pouvait donner son âge véritable. Pourquoi as-tu ressenti la brusque crainte de trop paraître mon aînée ? Tu savais pourtant que c'était cette seule aînée dont j'avais besoin... Je t'aime, Ida... »

En quittant le théâtre, il éprouva un apaisement bienfaisant : la conversation secrète, qu'il venait d'avoir avec l'ombre de sa maîtresse, lui avait permis enfin d'avouer tout ce qui l'étouffait, tout ce qu'il n'avait pu dire depuis des semaines par respect pour la mémoire de celle qu'il croyait une jeune morte. Il savait maintenant que la morte était Ida. Il n'y avait pas eu d'Edith dans sa vie... Il n'était l'homme que d'une femme.

La table du souper était dressée dans le petit salon de l'appartement, à l'hôtel. Les deux couverts et le champagne attendaient... L'odeur grisante du *Vol de nuit,* répandu quelques heures plus tôt, continuait à affirmer la présence de l'amante éternelle...

L'homme remplit le verre de la compagne irréelle avant de boire à son tour. Il « la » contemplait... Il partageait « son » bonheur et brusquement — alors qu'il commençait à être ivre — il réentendit la douloureuse résonance de l'éclat de rire qui avait bouleversé l'harmonie heureuse de leur soirée avant que la voix étranglée, qu'il n'avait encore jamais connue à la fausse Edith et qui était bien celle d'Ida, n'ait dit :

« — *Geoffroy, tout est tellement merveilleux que* « *j'ai peur que cela ne puisse durer !* »

Et il la revit sanglotante...

Il n'avait pas pu comprendre, en son temps, la raison de cette détresse, parce que la femme avait su se montrer trop fine et trop adroite depuis des semaines... Mais Ida, elle, savait... L'après-midi même, après avoir réussi à lui faire croire qu'elle serait entièrement accaparée par l'essayage chez le couturier, elle avait téléphoné à Zarnik pour le prévenir qu'elle serait le surlendemain matin à 10 h 30 à Saint-Cloud pour y recevoir la piqûre indispensable... Ensuite, elle était passée aux bureaux d'*Air France* pour y retenir l'aller-et-retour et elle avait terminé le périple effarant par sa première visite à l'agence d'où étaient partis les deux télégrammes... Elle savait qu'au moment même où Geoffroy murmurait, pour tenter de calmer son chagrin : « *Ma chérie, il n'y a aucune raison pour que notre* « *bonheur ne se prolonge pas autant que nous-mê-*

« *mes !* » le premier câble était déjà arrivé de Biarritz à la *Villa Serbelloni*... Ils le trouveraient demain à leur retour. Ce serait l'annonce infaillible de leur première séparation. Elle avait tout prévu, tout organisé dans son cerveau d'amante pour qu'une raison impérieuse obligeât Geoffroy à s'éloigner d'elle pendant quarante-huit heures. Il le fallait ! Elle ne pouvait lui révéler le voyage à Paris, ce serait l'aveu de tout. Geoffroy ne devrait jamais connaître la vérité !

Malgré l'ivresse grandissante, une lueur de lucidité fit que l'homme se demanda s'il n'aurait pas mieux valu pour lui qu'Ida eût la franchise de tout dire ? Mais peut-être lui en aurait-il voulu alors d'avoir joué le jeu infernal ? Il ne savait plus...

Il revoyait aussi sa compagne du souper retrouvant peu à peu son calme pour dire :

« — *C'est terrible, n'est-ce pas, ce que la jalousie* « *peut faire d'une amoureuse ?* »

L'apaisement était revenu en elle parce qu'elle était persuadée que tout se passerait exactement comme elle l'avait prévu... Après la visite à Zarnik, elle retournerait aussitôt à Orly et s'envolerait pour Milan où elle serait de retour à 14 h 30. Ensuite elle aurait tout l'après-midi devant elle pour s'installer tranquillement, libérée par l'idée qu'elle venait de recevoir sa dose de jouvence, dans l'appartement où ils avaient connu les sommets du bonheur... Elle y attendrait avec impatience l'appel téléphonique de Geoffroy. Ce qu'il lui annoncerait, d'une voix certainement furieuse, ne lui apporterait aucune surprise. Après l'avoir laissé parler, elle répondrait gentiment :

« — *Tu vois, chéri, que j'avais raison de croire que ma mère nous a fait une sinistre plaisanterie ! Je t'ai dit qu'elle était capable de tout ! J'espère maintenant que tu seras définitivement fixé sur son compte ? »*

Elle l'aurait dit parce qu'elle le connaissait, son Geoffroy ! Plus elle continuerait, comme elle l'avait toujours fait depuis le Racing, à médire d'Ida, et plus il mourrait d'envie de revoir son ancienne maîtresse ! Et il en serait ainsi pendant tout le restant de leur existence commune : l'homme serait condamné à vivre avec sa femme Edith qui parviendrait à satisfaire ses désirs mais — dans le plus profond de son cœur — il regretterait Ida jusqu'à sa mort... Ce serait pour *Elle* la plus grande victoire qu'ait remportée une amante. *Elle* s'en délecterait pendant des années car plus jamais Geoffroy ne reverrait celle qu'il s'obstinerait à appeler en secret « sa seule maîtresse ! »

Elle ajouterait aussi, avec la voix la plus caressante du monde, dans sa réponse au téléphone :

« — *Oublie tout cela, mon amour, et repose-toi. Après avoir passé une bonne nuit tu repartiras demain pour Milan. Mais promets-moi de ne pas conduire trop vite ? Même si tu n'arrives ici qu'à minuit, cela n'a aucune importance ! Au contraire même : je vais commander un souper comme la première fois... Ton aventurière t'y attendra... »*

Si Geoffroy enfin lui demandait le résultat de sa consultation chez le gynécologue, qui avait été pour elle un excellent prétexte pour aller à Milan, elle dirait :

« — *Je suis désolée, chéri ! Je m'étais trompée... Tu ne m'en veux pas, au moins ? Ne trouves-tu pas que c'est mieux ainsi ? Je n'ai pas encore eu assez le temps de devenir ta maîtresse... »*

Après ces dix semaines, l'homme savait qu'Ida

n'aurait toujours pu être que l'amante. Malgré la jeunesse retrouvée, son âge réel l'empêcherait d'être mère... L'avait-elle seulement été quand elle avait eu sa vraie jeunesse ? Cette Edith, dont elle avait pris l'identité, avait-elle même existé ? N'était-elle pas l'extraordinaire invention qui avait permis à la maîtresse délaissée de faire sa fulgurante réapparition ? Le vice-consul des Etats-Unis avait cependant paru savoir qu'Ida avait eu aux Etats-Unis une fille d'Edward C. Keeling ? Mais rien ne prouvait que ce fût vrai. La seule personne qui avait révélé à Geoffroy l'existence de cette Edith était la fausse Edith elle-même... Là encore le mensonge avait été magistral.

Assommé par la boisson et par la fatigue, le solitaire en smoking s'effondra dans un fauteuil du petit salon sans même avoir la force d'atteindre le lit de la chambre voisine.

Il fut réveillé, comme il l'avait demandé la veille à la réception, par l'appel téléphonique du concierge de nuit à 5 heures du matin. Dégrisé, il remit ses vêtements de voyage en abandonnant dans l'appartement le smoking qui, avec le magnum vide et le verre encore rempli de l'absente, serait tout ce qui resterait du deuxième souper...

Geoffroy se retrouva dans la rue, devant l'entrée de l'hôtel encore endormi, à l'heure même et à l'endroit où il avait vu pour la dernière fois vivante, dans le rétroviseur de sa voiture, celle qu'il croyait encore être alors Edith et qui lui faisait un signe d'adieu... Un véritable adieu.

A 8 heures, l'avion pour Paris décollait. Geoffroy y

remplaçait celle qui en avait été la passagère le 23 juin : il refaisait le même voyage. Deux heures plus tard, l'avion se posait à Orly.

Toujours mû par l'étrange automatisme qui le poussait à revivre les derniers moments qu'avait connus Ida, il héla un taxi auquel il donna l'adresse du pavillon de Saint-Cloud. A 10 h 30 la voiture s'arrêtait devant la grille rouillée.

— Nous attendrons ici, dit Geoffroy au chauffeur.

Mais il ne descendit pas du taxi au fond duquel il resta blotti, regardant le pavillon aux toits délabrés et aux murs suintant la misère où tout n'était que silence... où, peut-être, l'obscur chercheur avait œuvré pendant la nuit ? Pourquoi déranger le petit homme chauve ? Pourquoi lui dire que la réussite de son traitement avait été si complète que lui-même Geoffroy avait fini par épouser son ancienne maîtresse ? Véritablement, ce Zarnik était un grand savant...

Immobile, surveillé avec inquiétude par le chauffeur qui devait sans doute le prendre pour un policier exerçant une filature discrète ou même pour un homme méditant un mauvais coup, Geoffroy revit en mémoire les moindres détails de la dernière visite qu'Ida avait faite au médecin et que celui-ci lui avait racontés avec une totale franchise. C'était à la même heure, le 23 juin, que l'amoureuse avait su que ses excès de passion pendant les cinq semaines du voyage de noces avaient brisé le moteur essentiel de son organisme. Et Geoffroy se sentit une effroyable responsabilité : aveuglé par le désir sans cesse renouvelé, il avait aidé Ida à courir vers sa perte. Cette passion, « la cliente » n'avait pu l'avouer au médecin.

Quand elle avait acquis la certitude que Zarnik refuserait de tenter le risque d'une nouvelle piqûre, elle était ressortie désespérée du pavillon pour monter dans le taxi auquel elle avait donné, comme son amant ce matin, l'ordre d'attendre.

Après avoir regardé sa montre, Geoffroy prononça les mots qu'Ida avait dû dire à un autre chauffeur : « *Ramenez-moi à Orly* » quand sa détermination irrévocable était déjà prise : elle retournerait à Bellagio.

N'avait-elle pas confié trois années plus tôt à son amant.

« — *L'Italie est le seul pays au monde où j'aime-* « *rais mourir !* »

Après avoir enfin connu et savouré ce voyage de noces auquel, disait-elle « *toute femme a droit au moins une fois dans sa vie* », elle repartait vers les lacs de soleil pour le voyage de mort.

A Orly, Geoffroy regarda l'avion de Milan sans y monter : il n'avait plus rien à faire là-bas. Il attendit — devant la barrière que n'ont pas le droit de franchir ceux qui ne partent pas et qui marque la limite des adieux — l'heure du départ du quadrimoteur... Là, à sa droite, il aperçut une femme — une étrangère sans aucun doute, peut-être même une Américaine ? — qui griffonnait en hâte, assise à l'une des tables spécialement prévues dans le hall d'attente, une lettre sur du papier pelure... Et il comprit que ce devait être à cette même table qu'Ida avait écrit, sur du papier identique, la lettre... « sa » lettre !

Elle l'avait emportée avec elle dans l'avion pour la déposer à l'agence, dès son arrivée à Milan, avant de prendre le dernier taxi qui la conduirait auprès de la barque bleue...

L'avion de Milan commença à tourner lentement sur la piste, puis ce fut l'envol...

Geoffroy fit un signe d'adieu dans la direction de l'appareil qui prenait de la hauteur... Dans ce geste banal — répété quotidiennement par des milliers de gens sur tous les aérodromes de la terre et dans tous les lieux imprégnés de la nostalgie des départs — l'homme voulut exprimer tout ce qui lui restait de compréhension pour l'immense amour dont Ida avait fait preuve en prenant la décision suprême.

Elle avait voulu retourner vers les paysages du bonheur, avant que le seul homme qu'elle eût jamais aimé n'y revînt lui-même et pour qu'il conservât toujours la conviction que sa mort n'était due qu'à un accident. Au moment où l'avion disparaissait, Geoffroy savait qu'il n'y avait pas eu d'accident : Ida s'était noyée volontairement. Elle s'était tuée pour qu'il ne vît jamais celle qu'elle serait devenue dans très peu de temps et qui n'aurait plus été la femme éblouissante qu'il avait adorée. Sa passion pour Geoffroy avait été trop grande aussi, trop violente, pour qu'elle pût accepter d'y mettre un frein comme le lui avait demandé le médecin. N'était-il pas préférable de devancer, alors qu'elle avait encore devant elle quelques jours de pleine beauté, cet arrêt du cœur dont elle était menacée à brève échéance ?

Eperdu de regrets, n'ayant plus conscience de l'endroit où il se trouvait, l'homme refit une dernière fois en pensée le voyage du retour avec celle qui avait su être tout... Il s'imagina être à ses côtés dans l'appareil du 23 juin et ses lèvres murmurèrent à la compagne qui allait le quitter pour toujours :

300

— Je ne peux pas t'empêcher de parachever ton œuvre d'amante par cette disparition terrible ! Nul n'a jamais pu aller contre ta volonté de femme, mais je veux que tu saches, avant de mourir, que je t'aurais aimé même vieillie et laide... Il y a eu, entre nous, quelque chose de plus fort et de plus durable que la beauté physique ! Puisque ta décision est définitive, je veux aussi te remercier pour l'élégance et la grandeur de ton amour : tu as atteint le but que tu cherchais pour me faire le moins de peine possible. Ton sacrifice est grandiose ! Pendant tout le temps qui me restera à vivre, je me dirai : « J'ai eu la chance d'être marié avec la plus belle et la plus adorable de toutes les femmes, avec celle dont je n'ai pas eu le temps d'entrevoir les défauts parce qu'elle a préféré que notre union légale fût courte ! Oui, vraiment, je suis l'homme qui a connu le plus grand bonheur de ce monde ! Merci Ida... »

Il fut arraché à sa rêverie désolée par un employé de l'aéroport qui lui demanda :

— Vous attendez quelqu'un, monsieur ?

— Non. Plus jamais personne...

Alors qu'il revenait vers la capitale, il eut un dernier sursaut de révolte : tout ce qu'il venait de vivre depuis des mois était faux ! Ce n'était qu'un cauchemar ! Jamais il n'avait aperçu, sur le plongeoir du Racing, la fille insolente qui avait prétendu se nommer Edith Keeling ! Et il était encore plus faux qu'Ida ait pu réussir à prendre l'identité de sa fille. Si seulement cette Edith n'avait pas été une illusion ! Comment usurper à ce point la personnalité de quelqu'un de vivant ? Il fallait des papiers, des attestations... Ida avait cependant — au moment où ils avaient dû remplir les formalités de mariage — un passeport établi au nom d'Edith Keeling, âgée de vingt-huit ans ! Comment s'y était-elle prise pour obtenir un tel passeport ? Comment aussi avait-elle réussi à tromper, après son soi-disant retour des Etats-Unis où il était certain maintenant qu'elle n'avait jamais été pendant son absence, sa propre domestique, cette Lise qui l'avait servie pendant des années à Paris avant le brusque départ de l'avenue Montaigne ? Ou alors Lise savait qu'Ida et Edith n'étaient qu'une même personne ?

Geoffroy ne pouvait tolérer cette idée. Le premier endroit où il se rendit, en revenant d'Orly, fut l'avenue Montaigne.

— Madame, demanda-t-il à la concierge, vous devez avoir l'adresse de la femme de chambre de Mme Keeling ? Je viens de recevoir une lettre de ma belle-mère dans laquelle celle-ci m'informe de son prochain retour en France et me demande d'en avertir Lise, qui m'avait dit repartir en Bretagne vivre auprès de son frère en attendant d'avoir des nouvelles de sa patronne.

Il mentait mais c'était indispensable : la concierge lui donna l'adresse de la femme de chambre à Rennes.

Il prit le train le soir même pour arriver le lendemain matin, de très bonne heure dans le chef-lieu de l'Ille-et-Vilaine. Au 16 de la rue de Brest, il trouva Lise qui l'accueillit, dans un domicile modeste mais propre, avec autant de stupéfaction que de méfiance.

Une fois de plus il mentit pour savoir la vérité. Après avoir montré l'enveloppe timbrée de Miami où s'étalait l'écriture d'Ida que la vieille femme ne pouvait pas ne pas reconnaître, il dit :

— Je viens de recevoir cette lettre de Mme Keeling

dans laquelle elle m'informe qu'elle rentre incessamment à Paris et me prie de vous en avertir afin que vous prépariez tout avenue Montaigne pour son retour...

Tout en parlant, il observa attentivement le visage de Lise qui ne marqua aucune surprise et parut même contente de la nouvelle :

— J'étais sûre que Madame reviendrait ! dit-elle. Après ce qui est arrivé à sa fille, c'était obligatoire.

— Il y avait longtemps que vous saviez que Mme Keeling avait une fille ?

— Depuis le jour où elle m'a écrit des Etats-Unis, six mois après son départ, pour me prévenir que Mlle Edith arriverait huit jours plus tard et logerait dans l'appartement.

— Cela ne vous a pas étonnée que Mme Keeling ne vous ait jamais parlé d'Edith avant cette lettre, pendant les longues années où vous aviez été à son service en France ?

— Si Madame ne m'a rien dit avant, c'est sans doute qu'elle ne l'a pas jugé utile...

— La question que je vais vous poser, Lise, va vous paraître un peu étrange mais vous y répondrez en toute franchise, maintenant que ma femme n'est plus... Quelle a été votre toute première impression quand vous avez vu Edith à son arrivée ?

— Probablement la même que celle qu'a dû ressentir Monsieur... Mlle Edith était le portrait de Madame, en plus jeune... Elle s'est montrée tout de suite très gentille avec moi et avec la concierge en nous demandant de lui servir toutes deux de témoins à l'Ambassade des Etats-Unis.

— De témoins ? Pourquoi ?

— Mlle Edith nous a dit en arrivant qu'elle avait

perdu son passeport. Elle était très ennuyée... Elle a téléphoné à l'Ambassade où on lui a répondu que pour en établir un nouveau, il lui fallait une pièce d'identité et deux attestations de témoins. Heureusement, elle avait apporté avec elle d'Amérique un extrait de son acte de naissance... Et moi j'avais gardé la lettre de Madame annonçant son arrivée.

— Vous êtes bien sûre qu'elle avait cet extrait de naissance ?

— Oui, délivré à Boston où elle était née... Nous l'avons accompagnée, avec la concierge, rue Boissy-d'Anglas. J'ai certifié que j'étais au service de sa mère depuis cinq ans et j'ai montré la lettre envoyée par Madame. La concierge a déclaré comme moi que Mme Keeling était repartie aux Etats-Unis depuis six mois et qu'elle avait été également prévenue, par une lettre de Madame, de l'arrivée de Mlle Edith... Comme celle-ci avait l'extrait de naissance spécifiant qu'elle était la fille de Madame, elle n'a eu aucune difficulté pour que les services de l'Ambassade lui établissent un nouveau passeport américain.

— Oui... Je comprends maintenant... Au revoir Lise ! J'ai vu que j'avais un train dans une heure qui me ramènera à Paris au début de l'après-midi. J'ai tenu à venir vous faire moi-même la commission de Mme Keeling... Elle ajoute pourtant dans sa lettre d'attendre qu'elle m'ait fixé par télégramme la date exacte de son retour pour vous dire quel jour vous devrez rentrer à Paris. Donc vous n'avez qu'à patienter tranquillement ici. Je vous ferai signe.

— Bien, monsieur.

— Au revoir, Lise.

Pendant que le train le ramenait vers la capitale,

il ne regrettait pas d'avoir accompli ce rapide voyage : ne lui avait-il pas permis de découvrir la méthode rationnelle utilisée par Ida pour se procurer le passeport au nom d'Edith Keeling, qui lui avait ensuite servi de pièce d'identité essentielle pour toutes les formalités précédant le mariage ? Une question cependant restait encore sans réponse : puisque Edith n'avait jamais existé réellement, comment Ida avait-elle pu faire établir à Boston l'extrait de naissance ?

Geoffroy n'avait pas de scrupules d'avoir fait croire à la femme de chambre que Mme Keeling allait bientôt revenir. Il valait mieux que Lise — dont le contentement sincère à l'idée de revoir son ancienne patronne avait été la preuve qu'elle aussi n'avait jamais réalisé qu'Ida et Edith n'étaient qu'une seule et même personne — n'apprît jamais la vérité. Pourquoi ébruiter l'étonnant secret qu'Ida avait réussi à taire pendant des mois en accomplissant de véritables prodiges ? Dans quelques jours Geoffroy écrirait à Lise que Mme Keeling avait changé d'avis et ne rentrait définitivement plus en France ; en même temps il lui conseillerait de chercher une autre place. Ainsi, la vieille femme conserverait toujours ses illusions sur l'identité de « celles » qu'elle croyait avoir servies.

Ida avait trompé Lise comme elle l'avait fait avec tout le monde depuis le jour de sa fuite. Tour à tour la fidèle domestique, le Dr Zarnik auquel elle n'avait jamais avoué qu'elle ne cherchait à retrouver la jeunesse que pour prendre une fausse identité, la concierge de l'avenue Montaigne, les fonctionnaires de l'Ambassade auxquels elle était parvenue à faire légaliser cette fausse identité, les habitués du Racing, Geoffroy, le personnel et les clients des hôtels où ils avaient eu les étapes du voyage de noces, les habitants de la *Villa Serbelloni* et parmi eux cette petite téléphoniste qu'elle avait réussi à attendrir pour en faire sa complice, les commerçants milanais, la directrice de l'*Agence Internationale* chez qui elle ne s'était toujours présentée qu'en utilisant son véritable passeport n° 145 813 établi au nom d'Ida Keeling, les habitués du bar de l'hôtel *Duomo* qu'elle avait éblouis dans sa robe perlée, tous sans exception avaient été trompés !

Ida avait triché en virtuose non seulement avec les êtres humains mais aussi avec la vie, à laquelle elle avait trop demandé pendant les dernières semaines, et avec la mort dont elle avait devancé l'appel. Tout n'avait été chez elle que tricherie : l'accent anglo-saxon très net qu'elle s'était ingéniée à prendre, une fois rajeunie, pour marquer une différence sensible avec cette femme de cinquante ans qu'elle reniait et qui, elle, parlait admirablement sa langue natale... l'écriture qu'elle avait su camoufler : celle d'Ida était large et voluptueuse, celle d'Edith, menue et raisonnée... Dans tous ces détails, qui avaient eu leur importance pour compléter l'illusion, Ida avait su se montrer une grande artiste ! Quelle étonnante comédienne elle aurait fait !

Jamais tricheuse n'avait atteint à pareille maîtrise.

En arrivant chez lui, Geoffroy fut accueilli par son valet de chambre qui lui dit :

— Je suis heureux que Monsieur soit de retour au début de cet après-midi, comme j'ai répondu que je le pensais, à la visite qui est passée juste avant le déjeuner. Cette personne m'a dit qu'elle reviendrait avant 3 heures. Elle ne va certainement pas tarder...

— Une visite ?

— Une jeune femme.

— Elle a laissé son nom ?

— Oui, monsieur...

Le domestique hésita avant de dire le nom, comme s'il craignait de mal le prononcer. Enfin il se décida :

— Cette personne a dit qu'elle était Mlle Edith Keeling.

— Quoi ? répondit Geoffroy suffoqué. Ah ça ! Vous êtes fou ?

— Je ne crois pas, monsieur...

La sonnerie du vestibule avait retenti.

— Ce doit être elle ? dit le serviteur en se dirigeant vers la porte.

Pétrifié, Geoffroy attendit dans le vestibule que celle-ci fût ouverte et il vit, s'encadrant sur le seuil, la silhouette d'une très jeune femme, nu-tête et dont les longs cheveux châtain foncé retombaient sur les épaules. La visiteuse était plus gracieuse que jolie. En voyant Geoffroy, elle parut intimidée et dit dans un très mauvais français, avec un accent qui, lui, ne pouvait être simulé :

— Monsieur Geoffroy Duquesne ?

— C'est moi, répondit l'homme d'une voix blanche.

— J'ai eu votre adresse par un télégramme du Consulat des Etats-Unis à Milan auquel j'avais moi-même câblé après avoir appris la nouvelle publiée dans les journaux américains... Dès que je l'ai reçue, j'ai pris l'avion à Mexico pour venir directement à Paris où je suis arrivée ce matin à 11 heures.

— A Mexico ? répéta Geoffroy hébété.

— Oui... J'y suis depuis trois mois avec la mission archéologique américaine à laquelle j'appartiens et qui fait des fouilles dans les environs... C'est pour cela que je n'avais pas lu les journaux des Etats-Unis plus tôt. C'est l'un de mes amis, resté à Washington, qui m'a envoyé une coupure de presse... Et j'ai été tellement surprise de cette information qui annonçait ma mort accidentelle en Europe que je me suis mise aussitôt en rapport avec notre représentant à Milan comme le demandait la note insérée dans le journal après l'article... Je n'ai pas bien compris : on disait y rechercher ma mère en Floride, mais elle n'y est pas ! Il y a longtemps qu'elle vit en France ! Je ne sais pas non plus pourquoi le journal disait que j'étais en voyage de noces en Italie au moment où l'accident s'est produit et que mon mari français était vous ?

Abasourdi, Geoffroy ne put que balbutier :

— Vous prétendez être Edith Keeling ?

— Mais je le suis ! dit la jeune fille en souriant. Voici mon passeport...

Geoffroy saisit fébrilement le document qu'elle lui tendait pour comparer la photographie et l'original qu'il avait devant lui : c'était bien la même femme... Et la date de naissance indiquée était celle qu'Ida avait sur son faux passeport établi par l'Ambassade de Paris ! L'homme sentit que cette folie, au bord de laquelle il s'était trouvé à Milan, l'envahissait à nouveau. Il trouva quand même la force de dire :

— Ainsi vous êtes bien la fille d'Ida Keeling ? Mais vous ne lui ressemblez pas du tout ?

— On m'a toujours dit que je rappelais mon père, mort quand j'avais deux ans.

— Inouï ! répétait Geoffroy. Inouï !

— Je pense que vous savez où est ma mère ?

— Si je le sais ?... Oui.

La jeune fille parut soulagée :

— Je suis venue de toute urgence parce que je me suis dit qu'il devait y avoir une erreur dans l'interprétation des journaux et j'ai craint un moment que ce ne fût ma mère qui ait été victime de l'accident ?

— C'est elle, en effet...

L'authentique Edith Keeling n'eut pas de réaction. Son visage agréable mais inexpressif ne marqua aucun chagrin comme si elle se résignait à accepter la fatalité.

Etonné, Geoffroy demanda :

— Quand avez-vous vu votre mère pour la dernière fois ?

— Il y a huit mois... Elle est venu à New York entre deux avions.

— Entre deux avions ?

— Elle paraissait très pressée de retourner en Europe... Elle m'a rendu visite un matin au Muséum, où je travaille, pour me demander de lui procurer un papier officiel dont elle avait besoin, je crois, pour le renouvellement de son passeport.

— Un papier officiel ? répéta encore Geoffroy.

— Mon extrait de naissance. Elle a eu la chance que je n'aie même pas eu besoin d'écrire à Boston pour le demander ; j'en avais un récent chez moi. J'ai été le chercher et je le lui ai porté à son hôtel.

Elle m'a dit alors qu'elle repartirait pour la France le soir même.

— Comment l'avez-vous trouvée lorsque vous l'avez revue ce jour-là ?

— Toujours aussi belle ! Plus belle que jamais ! Je me souviens même lui avoir dit qu'elle paraissait encore plus jeune que la dernière fois où je l'avais rencontrée, par le plus grand des hasards, dans un restaurant de Broadway.

— Quand était-ce ?

— Quatre années plus tôt... Nous nous voyions très peu, ma mère et moi... Nous n'avons jamais sympathisé... Je crois qu'elle n'aimait pas, belle comme elle l'était, qu'on sût qu'elle avait une grande fille. Cela d'ailleurs m'était complètement indifférent ! J'en avais un peu souffert lorsque j'étais plus jeune au collège mais, depuis ma majorité, je me suis organisé une vie très agréable : j'ai quelques bons amis, je me passionne pour mon travail et la fortune que m'a laissée mon père me donne une complète indépendance... Alors ? Les journaux se sont réellement trompés sur l'identité de la défunte ? Ils ont confondu les prénoms ? Je vous avoue que ça m'a tout de même produit un curieux effet quand j'ai lu que je m'étais mariée en Europe et noyée ! Je n'ai aucune envie de me marier et je n'aimerais pas du tout ce genre de mort ! Pauvre maman ! Elle était si belle !

Geoffroy comprit que les regrets exprimés par cette jeune fille, pour qui l'éloignement voulu par Ida s'était transformé en indifférence, n'iraient pas plus loin...

Elle lui posa cependant une dernière question :

310

— Vous avez donc épousé ma mère puisqu'elle portait votre nom ?

Il répondit lentement :

— Ida était ma femme...

La jeune fille lui tendit spontanément la main en disant :

— Je suis contente d'avoir quand même fait votre connaissance. Si maman vivait encore, je crois que je l'aurais félicitée : vous faites un beau-père très sympathique !... Et, avec ma mère, on pouvait s'attendre à tout !

— Vous avez raison : à tout !... Edith ?

Il venait de dire le prénom mais il se reprit :

— Vous me permettez de vous appeler ainsi ?

— Naturellement puisque c'est mon nom !

— Ma petite Edith, que comptez-vous faire maintenant ?

— Repartir le plus tôt possible pour les Etats-Unis... L'Europe ne m'intéresse pas et je n'y serais jamais venue s'il n'y avait pas eu cette nouvelle... Je suis américaine, moi, tandis que ma mère était née en France : elle n'aimait que son pays. C'était normal qu'elle se remariât avec un compatriote.

— Je vous approuve de retourner là où vous êtes heureuse... Pourtant, avant de partir, ne désirez-vous pas vous recueillir sur la tombe de votre mère ?

— Je dois le faire... Je voudrais y déposer des roses : elle adorait les roses rouges !

— Venez. Je vais vous y conduire.

Une heure plus tard, ils pénétraient dans le caveau de la famille Duquesne au Père-Lachaise. Edith — la véritable Edith — portait dans ses bras une gerbe de roses éclatantes...

Quand ils furent devant la dalle où elle put lire

l'inscription suivie des deux dates de vie et de mort, la jeune fille remarqua :

— Mais là aussi, on a inscrit mon prénom au lieu de celui de ma mère ?

— Je vous promets que ce sera changé dès demain, répondit Geoffroy avant d'ajouter plus bas : Vous avez raison, Edith, c'est une erreur...

Littérature

Cette collection est d'abord marquée par sa diversité : classiques, grands romans contemporains ou même des livres d'auteurs réputés plus difficiles, comme Borges, Soupault, Goes. En fait, c'est tout le roman qui est proposé ici, Henri Troyat, Bernard Clavel, Guy des Cars, Alain Robbe-Grillet, mais aussi des écrivains tels que Moravia, Colleen McCullough ou Konsalik.

Les classiques tels que Stendhal, Maupassant, Flaubert, Zola, Balzac, etc. sont publiés en texte intégral au prix le plus bas de toute l'édition. Chaque volume est complété par un cahier photos illustrant la biographie de l'auteur.

BENZONI Juliette	*Un aussi long chemin* 1872/4★
	Le Gerfaut des Brumes :
	- Le Gerfaut 2206/6★
	- Un collier pour le diable 2207/6★
	- Le trésor 2208/5★
	- Haute-Savane 2209/5★
BEYALA Calixthe	*C'est le soleil qui m'a brûlée* 2512/2★
BINCHY Maeve	*Nos rêves de Castlebay* 2444/6★
BISIAUX M. & JAJOLET C.	*Chat plume* 2545/5★
BOMSEL Marie-Claude	*Pas si bêtes* 2331/3★ illustré
BORGES & BIOY CASARES	*Nouveaux contes de Bustos Domecq* 1908/3★
BOURGEADE Pierre	*Le lac d'Orta* 2410/2★
BOVE Emmanuel	*Mes amis* 1973/3★
BRADFORD Sarah	*Grace* 2002/4★
BRISKIN Jacqueline	*La croisée des destins* 2146/6★
BROCHIER Jean-Jacques	*Odette Genonceau* 1111/1★
	Villa Marguerite 1556/2★
	Un cauchemar 2046/2★
	L'hallali 2541/2★
BURON Nicole de	*Vas-y maman* 1031/2★
	Dix-jours-de-rêve 1481/3★
	Qui c'est, ce garçon ? 2043/3★
CALDWELL Erskine	*Le bâtard* 1757/2★
CARS Guy des	*La brute* 47/3★
	Le château de la juive 97/4★
	La tricheuse 125/3★
	L'impure 173/4★
	La corruptrice 229/3★
	La demoiselle d'Opéra 246/3★
	Les filles de joie 265/3★
	La dame du cirque 295/2★
	Cette étrange tendresse 303/3★
	L'officier sans nom 331/3★
	Les sept femmes 347/4★
	La maudite 361/3★
	L'habitude d'amour 376/3★
	La révoltée 492/4★
	Amour de ma vie 516/3★
	La vipère 615/4★
	L'entremetteuse 639/4★
	Une certaine dame 696/4★
	L'insolence de sa beauté 736/3★
	J'ose 858/2★
	La justicière 1163/2★
	La vie secrète de Dorothée Gindt 1236/2★
	La femme qui en savait trop 1293/2★

DUMAS Alexandre	*La dame de Monsoreau* 1841/5★
	Le vicomte de Bragelonne 2298/4★ & 2299/4★
DUNNE Dominick	*Pour l'honneur des Grenville* 2365/4★
DYE Dale A.	*Platoon* 2201/3★
DZAGOYAN René	*Le système Aristote* 1817/4★
EGAN Robert & Louise	*La petite boutique des horreurs* 2202/3★ illustré
ETIENNE J.-L Dr & DUMONT E.	*Le marcheur du pôle* 2416/3★
EXBRAYAT Charles	*Ceux de la forêt* 2476/2★
FEUILLÈRE Edwige	*Moi, la Clairon* 1802/2★
FIELDING Joy	*Le dernier été de Joanne Hunter* 2586/5★ (mai 89)
FLAUBERT Gustave	*Madame Bovary* 103/3★
FOUCAULT Jean-Pierre & Léon	*Les éclats de rire* 2391/3★
FRANCK Dan	*Les Adieux* 2377/3★
FRANCOS Ania	*Sauve-toi, Lola !* 1678/4★
FRISON-ROCHE	*La peau de bison* 715/2★
	La vallée sans hommes 775/3★
	Carnets sahariens 866/3★
	Premier de cordée 936/3★
	La grande crevasse 951/3★
	Retour à la montagne 960/3★
	La piste oubliée 1054/3★
	Le rapt 1181/4★
	Djebel Amour 1225/4★
	Le versant du soleil 1451/4★ & 1452/4★
	L'esclave de Dieu 2236/6★
FYOT Pierre	*Les remparts du silence* 2417/3★
GEDGE Pauline	*La dame du Nil* 1223/3★ & 1224/3★
	Les Enfants du Soleil 2182/5★
GERBER Alain	*Une rumeur d'éléphant* 1948/5★
	Le plaisir des sens 2158/4★
	Les heureux jours de Monsieur Ghichka 2252/2★
	Les jours de vin et de roses 2412/2★
GOES Albrecht	*Jusqu'à l'aube* 1940/2★
GOISLARD Paul-Henry	*La maison de Sarah* 2583/5★ (mai 89)
GORBATCHEV Mikhaïl	*Perestroïka* 2408/4★
GOULD Heywood	*Cocktail* 2575/5★
GRAY Martin	*Le livre de la vie* 839/2★
	Les forces de la vie 840/2★
GRIMM Ariane	*Journal intime d'une jeune fille* 2440/3★
GROULT Flora	*Maxime ou la déchirure* 518/2★
	Un seul ennui, les jours raccourcissent 897/2★
	Ni tout à fait la même, ni tout à fait une autre
	1174/3★
	Une vie n'est pas assez 1450/3★
	Mémoires de moi 1567/2★

GROULT (suite).	*Le passé infini* 1801/**2**★
	Le temps s'en va, madame... 2311/**2**★
GUERDAN René	*François Ier* 1852/**5**★
GUIGNABODET Liliane	*Dessislava* 2265/**4**★
GUIROUS D. & **GALAN** N.	*Si la Cococour m'était contée* 2296/**4**★ illustré
GURGAND Marguerite	*Les demoiselles de Beaumoreau* 1282/**3**★
HALEY Alex	*Racines* 968/**4**★ & 969/**4**★
HARDY Françoise	*Entre les lignes entre les signes* 2312/**6**★
HAYDEN Torey L.	*L'enfant qui ne pleurait pas* 1606/**3**★
	Kevin le révolté 1711/**4**★
	Les enfants des autres 2543/**5**★
HÉBRARD Frédérique	*Un mari c'est un mari* 823/**2**★
	La vie reprendra au printemps 1131/**2**★
	La Chambre de Goethe 1398/**3**★
	Un visage 1505/**2**★
	La Citoyenne 2003/**3**★
	Le mois de septembre 2395/**2**★
	Le Harem 2456/**3**★
	La petite fille modèle 2602/**3**★ (juin 89)
HILLER B.B.	*Big* 2455/**2**★
HORGUES Maurice	*La tête des nôtres* 2426/**5**★
ISHERWOOD Christopher	*Adieu à Berlin (Cabaret)* 1213/**3**★
JAGGER Brenda	*Les chemins de Maison Haute* 1436/**4**★ & 1437/**4**★
	Antonia 2544/**4**★
JEAN Raymond	*La lectrice* 2510/**2**★
JEAN-CHARLES	*La foire aux cancres* 1669/**2**★
JONG Erica	*Le complexe d'Icare* 816/**4**★
	La planche de salut 991/**4**★
	Fanny Troussecottes-Jones 1358/**4**★ & 1359/**4**★
	Les parachutes d'Icare 2061/**6**★
	Serenissima 2600/**4**★ (juin 89)
JYL Laurence	*Le chemin des micocouliers* 2381/**3**★
KASPAROV Gary	*Et le Fou devint Roi* 2427/**3**★
KAYE M.M.	*Pavillons lointains* 1307/**4**★ & 1308/**4**★
	L'ombre de la lune 2155/**4**★ & 2156/**4**★
	Mort au Cachemire 2508/**4**★
KENEALLY Thomas	*La liste de Schindler* 2316/**6**★
KEVERNE Gloria	*Demeure mon âme à Suseshi* 2546/**6**★
KIPLING Rudyard	*Le livre de la jungle* 2297/**2**★
	Simples contes des collines 2333/**3**★
	Le second livre de la jungle 2360/**2**★
	Kim 2598/**3**★ (juin 89)
KOESTLER Arthur	*Spartacus* 1744/**4**★
KONSALIK Heinz G.	*Amours sur le Don* 497/**5**★
	La passion du Dr Bergh 578/**3**★
	Dr Erika Werner 610/**3**★

Impression Brodard et Taupin
à La Flèche (Sarthe) le 15 mars 1989
6662A-5 Dépôt légal mars 1989
ISBN 2-277-14125-9
1er dépôt légal dans la collection : janv. 1972
Imprimé en France
Editions J'ai lu
27, rue Cassette, 75006 Paris
diffusion France et étranger : Flammarion

125